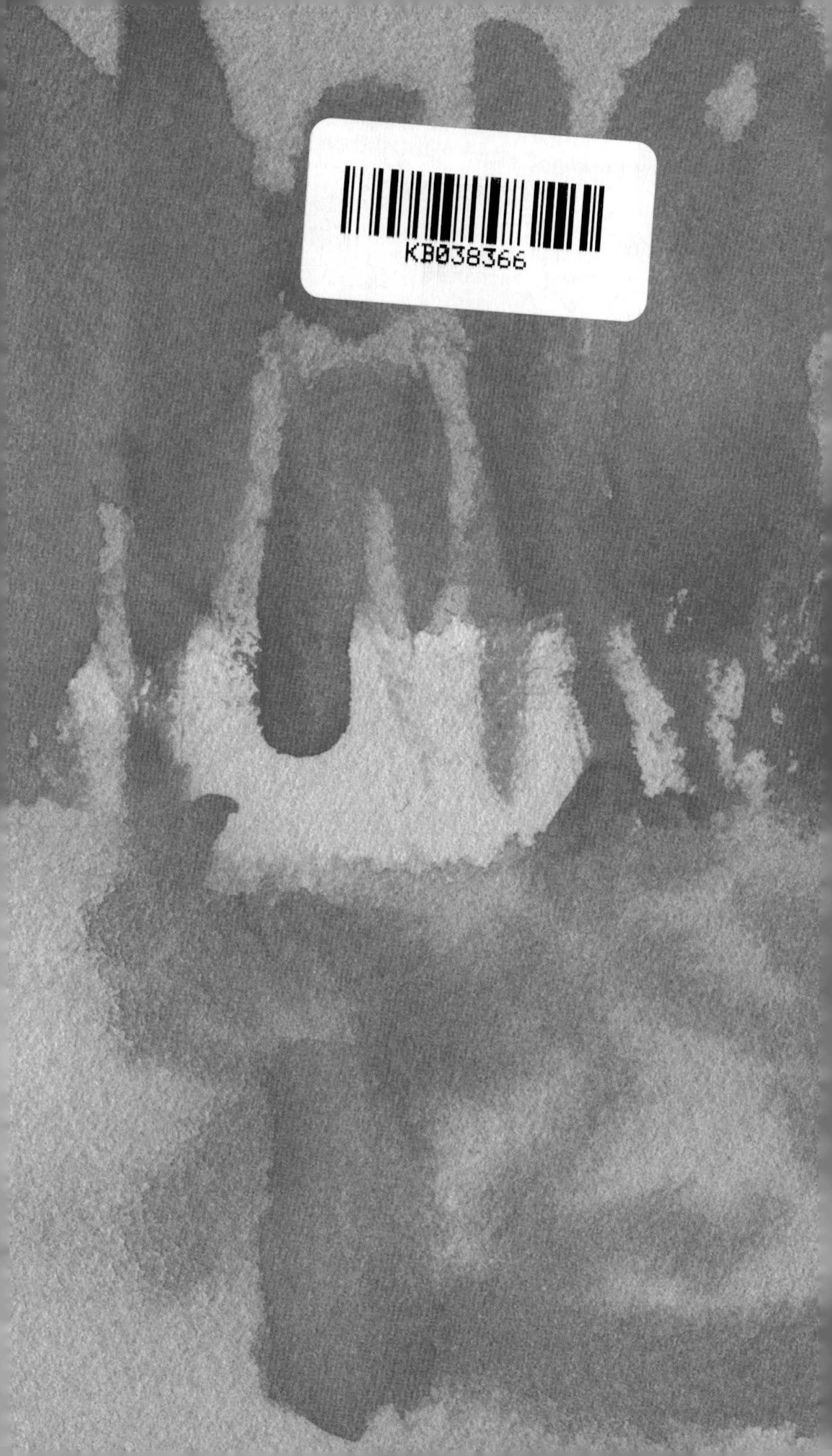

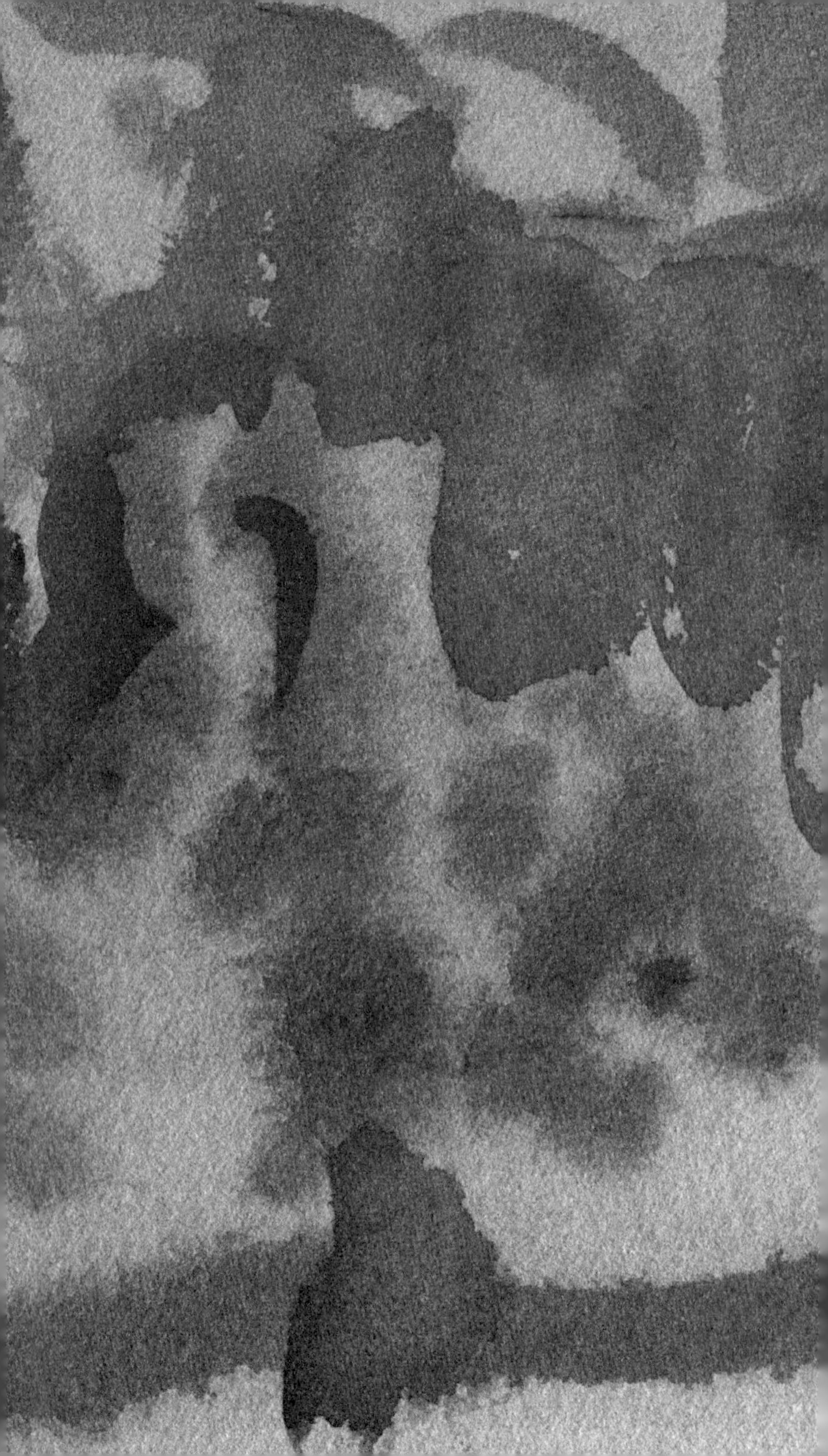

GIANFRANCO CALLIGARICH

L'ULTIMA ESTATE IN CITTÀ

A NOVEL

L'ULTIMA ESTATE IN CITTÀ

by Gianfranco Calligarich

First published under Bompiani imprint in 2016
www.giunti.it
www.bompiani.it

도시의 마지막 여름

지안프랑코 칼리가리치 지음

김현주 옮김

오랜 시간에 걸쳐 컬트 소설이 된 《도시의 마지막 여름(L'ultima estate in città)》은 전례가 거의 없을 정도로 독특한 출판 사례를 가지고 있다. 당시 스물여섯 살이던 작가는 밀라노에 본사를 둔 신문사의 특파원으로 로마에 파견되고, 취재를 마친 후 밀라노에 돌아가는 대신 로마에 남아 소설을 쓰기로 결심한다. 그러나 완성된 원고는 이탈리아의 거의 모든 출판사에서 출간을 거절당하고, 우연히 이탈리아에서 가장 유명한 작가인 나탈리아 긴츠부르그(Natalia Ginzburg)의 손에 들어가게 된다. 그리고 단 하룻밤 만에 소설에 매료된 그녀의 열렬한 지지를 얻어 1973년 가르잔티(Garzanti)에서 첫 출간된다. 같은 해 이네디토상(Inedito Prize)을 수상하고 한여름 동안에만 17,000부가 팔리는 등 돌풍을 일으켰으나 돌연 출판 시장에서 완전히 사라지고 만다. 이후 이 책은 문학을 연구하는 박사과정의 학생들과 책 애호가들의 탐구 대상이 되면서 일반 독자들 사이에서도 입소문이 퍼지게 되고, 다시 세상에 알려진다. 그렇게 아라그노(Aragno)에서 재출간된 후, 첫 출간 당시 이 소설을 소홀히 여겼던 많은 매체 및 비평가들의 공개적인 사과와 함께 '고도로 정교하고 진지한 소설'이라는 호평을 받는다. 정확한 이유는 밝혀지지 않았지만 두 번째 판이 소진된 후 책은 또다시 모습을 감추게 되고, 독자들의 간절한 요청에 의해 2016년 봄피아니(Bompiani)에서 다시 한번 세상의 빛을 보게 된다. 2021년 작가의 소설 중 처음으로 미국의 출판사 파라, 스트라우스 앤 지루(Farrar, Straus and Giroux)에서 영어로 번역 출간되면서 같은 해 피츠제럴드상(Fitgerald Prize)과 마르코폴로상(Marco Polo Prize)을 수상하고, 유럽문학상(European Literature Award) 최종 후보작으로 선정된다. 현재 작품성을 널리 인정받아 전 세계 20개국 이상의 언어로 번역 출간되었다.

사라 칼리가리치에게

인류에게 가장 먼저 닥친 대재앙은 홍수가 아니라 가뭄이었다.

—산도르 페렌치(Sandor Ferenczi, 헝가리의 정신의학자)

그는 오르락내리락하듯이 나이와 젊음의 시기를 거치고
소용돌이 속으로 모습을 감췄다.

—T.S. 엘리엇(T.S. Eliot, 영국의 시인)

차례

1970년대 초 어느 여름,

이탈리아 로마

일러두기 | 본문 괄호 안의 주는 모두 옮긴이 주다.

1

결국 항상 이런 식이다. 어떻게든 자신을 지키려고 애쓰다가 어느 날 영문도 모른 채 끝장으로 치닫게 만드는 무엇인가에 사로잡혀 있다는 사실을 깨닫게 된다.

나 같은 경우에는 다행히 그 치열한 경주에서 기꺼이 제외될 수 있었다. 이곳에 막 도착해 출발점에 선 사람부터 결승점에 도달한 사람까지 온갖 부류를 알고 있었는데, 다들 얼마 후에는 하나같이 불만족스러운 얼굴을 하는 것을 보고 인생은 그저 방관자의 시선으로 바라보기만 해야 한다는 결론에 이르게 됐기 때문이다. 하지만 작년 초봄 어느 비 오는 날처럼 돈도 없는데 불운까지 겹친 현실만큼은 받아들일 수 없었다. 그날을 제외하면 모든 것이 흘러가는 대로 자연스럽게 그렇게 되었다. 어쨌든 내가 그 누구에게도 나쁜 감정 따위를 갖고 있지 않다는 점은 확실하다. 내게 주어진 운명이 있고 그것을 따라 살았을 뿐이다. 그게 전부다.

결론부터 말하자면 이곳의 만은 굉장히 멋있다. 사라센 요새(La fortezza Saracena, 서로마 제국 멸망 후 사라센 해적의 침략에 대비해 수천 개의 탑과 함께 건설된 군사 시설)가 바다로부터 약 100미터 정도 뻗어 나와 있는 바위로 된 곶에서 자태를 뽐내고, 해안 쪽으로 시선을 돌리면 지중해의 키 작은 초목들의 푸르름 사이로 눈부시게 이어진 해변을 볼 수 있다. 더 멀리 내다보면 이 계절에는 오가는 인적이 거의 없어 3차선 고속도로의 터널이 햇볕 아래 반짝이는 여러 바위 언덕과 사슬로 연결된 모습도 볼 수 있다. 하늘은 푸르고 바다는 맑다.

그래서 나는 다른 선택을 할 수 없었다.

나는 언제나 바다를 사랑했다. 어릴 때부터 해변에 머물기 좋아하던 나의 성향은 젊은 시절 지중해 상선에서 인생을 보내려 했던 할아버지가 그 우울한 도시 밀라노에 좌초된 후 집에 틀어박힌 채 자식들에게 치이며 사는 모습에 대한 반항이었을지도 모른다. 할아버지를 다시 찾았다. 회색 눈동자의 슬라브계 노인은 많은 증손자들에게 둘러싸여 임종을 맞고 있었다. 할아버지가 마지막으로 간신히 띄엄띄엄 내뱉은 말은 바닷물을 조금 달라는 것이었고, 장손인 아버지가 누이들 중 한 명에게 우표 가게를 맡기고 차를 타고 제노바로 향했다. 나도 아버지와 함께 갔다. 당시 나는 열네 살이었고, 기억하기로는 차를 타고 가는 동안 아버지와 나는 서로 말 한마디 하지 않았다. 아버지는 원래 거의 말이 없었고, 나는 학교에서 말썽을 일으킨 터라 입을 다물고 있는 것이 최선이었다. 그때가 지금까지 가장 짧은, 병 하나 채우기에 딱 적당한 시간 동안의 바다 여행이었다. 그리고 우리가 돌아왔을 때 할아버지는 거의 의식이 없었으니 가장 쓸모없는 여행이기도 했다. 아버지가 병에 담아 온 바닷물로 할아버지의 얼굴을 씻겨 봤지만, 할아버지는 딱히 좋아하시거나 고마워하시는 것 같지 않았다.

몇 년 후, 바다가 아주 가까이 있다는 사실은 내가 로마에 입성한 이유 중 하나가 된다. 군 복무를 마치고 앞으로 무엇을 하고 살 것인지의 문제가 코앞에 들이닥쳤지만, 주위를 둘러보면 볼수록 결정을 내리기가 점점 힘들었다. 친구들은 대학을 졸업하면 결혼을 하고 돈을 벌겠다는, 아주 구체적인 계획을 갖고 있었지만 나는 그런 전망이 혐오스럽게 느껴졌다. 밀라노에서 돈의 회전이 평소보다 유난히 잘되던 시절이었고, '경제 기적'이라는 용어로도 유명한 국가 차원의 술책 같은 것이 있던 시절이었기에 나 역시 어떤 식으로든 그 혜택을 누릴 수 있었다. 그게 언제였냐면 내가 가끔 아주 신경을 써서 에세이를 쓰더라도 원고료는 형편없었던 의학·문학잡지사가 로마에 사무실을 열게 되면서 나를 특파원으로 고용했을 때다.

어머니가 어떻게든 내가 떠나지 못하도록 막으며 설득했다면 아버지는 아무 말도 하지 않았다. 아버지는 누가 보더라도 결혼 상대로 완벽한, 요컨대 좋은 조건의 화이트칼라 남자를 만나 어린 나이에 결혼한 누이들의 성공 사례와 비교하면서 내가 시도하는 모든 일을 아무 말 없이 지켜보기만 해 왔다. 그래서 나도 할아버지를 위해 바닷물을 뜨러 가는 동안 아버지와 똑같이 침묵으로 일관했고, 그 덕분에 말썽을 치고도 그냥 넘어갈 수 있었다. 아버지와 나는 제대로 된 대화를 나눈 적이 없다. 누구 때문인지도 모르겠고 딱히 누구의 잘못 때문이라고 할 수도 없겠지만, 아버지와 직접 얼굴을 맞대고 대화를 했다면 어떤 식으로든 아버지에게 상처를 입혔을 것 같다는 느낌이 항상 들었다. 전쟁 때문에, 그러니까 제2차 세계대전 때문에 아버지는 딱히 이렇다 할 개성을 쌓지도 못하고 먼 곳으로 떠나야 했는데, 이런 일을 겪은 대부분의 사람은 절대 예전과 같은 상태로 집으로 돌아올 수 없기 마련이다. 아버지의 그 자랑스러운 침묵 속에는 항상 무엇인가를 잊으려는 분위기가 감돌았다. 아마도 몸과 마음이 부서진 채로 집에 돌아온 현실이나 전기 충격 요법의 후유증으로 몸부림치는 육중한 몸을 우리에게 보여 줘야 한다는 사실 같은 것을 외면하려 한 듯하다. 어떤 의미에서 보면 그렇기는 한데, 나는 어려서부터 아버지의 영웅답지 못한 직업과 질서에 대한 강박, 그리고 이해할 수 없는 것들에 대한, 예를 들면 전쟁터에서 돌아온 당일에 하루 종일 망가진 주방 의자만 붙잡고 고치게 만든 참해(慘害)에 대한 집착 같은 것을 용납할 수 없었다. 아버지는 거의 30년이 지난 지금도 그 참을성 하며 고개를 꼿꼿이 들고 있으려는 자세나 질문을 하지 않는 습관 같은 군인의 습성 몇 가지를 지니고 있다. 그리고 별다른 이유는 없지만 지금까지도 나는 어릴 적 아버지 옆을 걸을 때 느꼈던, 세상 무서울 것 없는 기분을 잊을 수가 없다. 아버지의 발걸음은 그 어떤 것보다 빠르게 내 어린 시절을 떠올리게 만든다. 지금까지도 녹음 가득한 수풀 속을 걸을 때면 아버지의 강하면서도 부드럽고, 피곤함이라고는 전혀 묻지 않은 듯하며, 엄청나게 큰 보폭의 걸음걸이가 떠오르면서 마치 함께 걸으며 집으로 돌아가고 있는 것 같은 착각이 든다.

그렇게 나는 로마로 떠나게 되었고, 만약 아버지가 전혀 예상치 못하게 자존심을 내려놓고 나를 역까지 바래다주고 기차가 출발할 때까지 플랫폼에서 나를 기다려 주지 않았다면 결국에는 그동안의 내 지난 모든 감정을 쏟아내고 말았을 것이다. 참 길고 견디기 힘든 기다림이었다. 아버지의 커다란 얼굴은 눈물을 참으려 애쓰느라 벌겋게 달아올라 있었다. 우리는 언제나처럼 아무 말 없이 서로를 바라보고 있었지만, 나는 우리가 작별 인사를 하고 있다는 것을 알고 있었다. 내가 할 수 있는 일이라고는 어서 기차가 출발해 단 한 번도 본 적 없는 아버지의 가슴 아파하는 눈빛을 그만 보게 되기를 기도하는 것뿐이었다. 플랫폼에 서서 승강장 끝에 있는 신호등을 흘낏거리느라 연신 고개를 돌리는 아버지를 바라보면서 나는 그때 처음으로 아버지의 머리카락이 전보다 많이 가늘어졌고, 키도 나보다 훨씬 작아졌다는 사실을 알 수 있었다. 아버지의 커다란 몸은 어떤 충격이 오더라도 견뎌내겠다는 듯이 쩍 벌리고 버티고 있는 두 다리에 붙박여 꼼짝도 하지 않았고, 두 손은 외투 주머니에 쿡 찔러져 있었다. 그리고 촉촉이 젖은 눈동자는 상기된 얼굴 위에서 반짝이고 있었다. 그 모습을 보며 마침내 나는 아버지에게 있어서 외아들이라는 존재가 무엇을 의미하는지 깨닫게 되었다. 기차에서 내려 아버지에게 다가가 더 이상 서로 싸우지 않고 우리의 삶을 가다듬을 수 있는 방법을 찾을 수 있으리라고 말해 주려고 마음먹은 순간, 기차가 한 번 덜컹거리더니 서서히 움직이기 시작했다. 그렇게 해서 나는 다시 한번 침묵 속에서 아버지의 모습을 바라만 봐야 했다. 기차가 출발하자 아버지의 커다란 몸이 움찔거렸고, 기차가 멀어질수록 아버지는 점점 더 작아졌다. 아버지는 한 발짝도 움직이지 않고 제자리에 가만히 서 있었다. 얼마 후, 아버지의 모습은 내 시야에서 완전히 사라졌다.

내가 로마에서 존경심을 가지고 일할 수 있는 기간은 그리 길지 않았다. 직장에서 1년 만에 해고될 수밖에 없었는데, 솔직히 그보다 더 빠를 수도 있었다. 로마 편집부는 잡지사가 호황을 누리던 시기에 탄생한 결과물이자 문을 닫기 전 가장 마지막으로 상환되어야 할 채무였기 때문이다. 내가 일하던 사무실은 테베레강 바로 옆 움베르티노 지구에 위치한 저택 건물에 붉은색 다마스크 장식 가구들이 배치된 방이었는데, 잡지 광고를 구하는 데 다소 어려움이 있었고 이따금 문학에 대한 의사들의 난해한 감성을 칭찬하는 글을 실었다.

사장님은 산텔리아 조반니 루비노라는 백작으로 무심한 듯 자유분방하고 약간 젠체하는 오십 대 남자였다. 서로 어색해 하던 초반에는 가끔 내 자리 쪽으로 와서 발코니 창을 열고 자신이 정원에서 기르는 라일락 향기를 맡아 보라고 권할 뿐이었는데, 언제부턴가 내 책상 앞에 있는 소파에 앉아 대화를 나누는 일이 잦아졌다. 그리고 서로에 대한 친밀감이 커지면서 나는 사장님의 진짜 재정 상황까지 알게 되었고, 어느 날 사장님이 이제 완전히 파산했다는 사실을 알려준 다음부터는 아예 편하게 이름을 부르는 사이가 되었다.

어려운 상황 탓에 사장님은 통통하고 부산스러운 성격을 가진 금발의 사모님과 함께 집 뒤쪽 한편을 거처로 삼았고, 빵집 청년이 배달을 올 때만 나와서 문을 열어 주었다. 한번은 사모님이 문을 열어 주었다가 채권자와 대면하는 상황이 벌어졌고, 그는 곧장 응접실에 놓인 화려한 황금 탁자를 압수해 갔다. 그날 나는 두 분을 대신해 서툴지만 비서 노릇을 좀 해야 했다. 하지만 그런 것쯤이야 기꺼이 할 수 있었다. 특히 사장님을 위해서라면. 나는 사장님이 사무실에 들어오면서 회색 관자놀이를 손으로 한번 쓱 쓰다듬은 후 팔꿈치를 쓸어내리듯 강하게 두드려 재킷 소매에서 새하얀 셔츠 소맷부리를 빼내는 모습을 보는 게 좋았다. "별일 없지? 일하고 있던 건가?" 사장님이 물으면 나는 으레 타자기 뚜껑을 덮고 병을 꺼내 들었다. 사장님은 보통 밀라노 사람들이 그렇듯 재정 문제 같은 심각한 이야기보다는 유쾌한 일이나 귀족이나 유명 인사들, 특히 여자와 말(馬)에 관해 수다를 떨었는데, 가끔은 눈이 번쩍 뜨일 정도로 외설적인 농담도 했다.

여름이 다가오면서 우리는 거실로 자리를 옮겨 시간을 보내는 습관이 생겼고, 해가 거실을 지나 이제는 모두 사라진 가구들의 흔적이 선명하게 남은 벽을 비출 때면 사장님은 스타인웨이 그랜드 피아노를 연주하고 나는 소파 끝자리에 깊숙이 앉아 감상했다. 매일 오후 첫 소절이 시작되는 소리가 들리면 나는 곧바로 술집에 전화해 차가운 맥주를 주문하고 거실로 향했다. 사장님은 절망적인 모습으로 어깨에 오래된 실크 가운을 걸치고 자신의 레퍼토리에 심취하여, 어머니에게서도 들었던 조지 거슈윈(George Gershwin, 미국의 작곡가)이나 콜 포터(Cole Porter, 미국의 작곡가)를 비롯해 '로베르타(Roberta)'라는 제목의 오래전 미국 곡을 연주했다. 그리고 가끔은 함께 노래를 부르기도 했다.

그해 초가을, 로마 사무실을 닫는다는 편지가 도착했다. 그 소식을 들은 사장님은 피아노에 기대어 미소를 지으며 나를 걱정하는 말을 건넸다. "그럼 이제 자넨 어떻게 할 생각이지?" 하지만 당시 나는 그 소식이 그에게 죽을 만큼 큰 충격이었다는 것을 미처 알지 못했다. 이틀 후 내가 서류들을 챙기고 있는 동안 초인종이 울렸고, 결연한 표정의 인부 네 명이 피아노를 어깨에 둘러메고 가져가 버렸다. 인부들은 피아노를 들고 현관을 빠져나가는 것부터 애를 먹는가 싶더니 기어코 도로 쪽에서는 장례식 때 울리는 종소리 같은 것이 들렸다. 그 귀한 스타인웨이가 여기저기에 부딪히며 낸 마지막 소리였다. 피아노를 옮기는 동안 사장님은 방에서 한 발짝도 나오지 않았고, 내가 유난히 감정이 북받친 사모님과 작별 인사로 악수를 하고 밖으로 나오자 창문에서 한 손을 들어 내게 인사를 건넸다. 사장님의 행동에는 확고한 무엇인가가 있었고, 나는 그에 적절하다고 생각되는 유일한 방식으로 답했다. 나는 길에 가방을 내려놓고 허리를 숙여 마지막 인사를 전했다.

사무실이 문을 닫은 후 며칠 동안 나는 여관에서 지내면서 앞으로의 일에 대해 생각했다. 잡지사에서 일하는 동안 알게 된 사람들을 통해 할 수 있는 일이라고는 교외의 제약회사에 취직해 아침 아홉 시부터 오후 여섯 시까지 광고 기사를 쓰는 것뿐이었다. 나는 궁지에 몰린 귀족처럼 무슨 일이든 생기기를 기다리기로 했다.

나는 매일 바다를 보러 갔다. 주머니에 책 한 권을 찔러 넣고 오스티아행 지하철을 타고 가서 해변의 어느 작은 트라토리아(trattoria, 이탈리아의 식당 종류 중 하나로, 적당한 격식을 갖춘 캐주얼 레스토랑)에 앉아 거의 온종일 독서를 했다. 그리고 다시 시내로 돌아와 나보나광장 주변을 배회하곤 했다. 그곳에서 친구 몇 명을 사귀었는데, 그들은 모두 나처럼 배울 만큼 배웠고 불안하지만 기대에 찬 얼굴로 무엇인가를 기다리며 방황하고 있었다. 로마는 우리의 도시였고 우리에게 관대했으며 우리를 달래 주었다. 나 역시 실직한 이후 불규칙적인 일로 돈벌이를 하며 몇 주째 제대로 된 식사 한 번 못 하고, 누렇게 바래고 삐걱거리는 가구 몇 개가 전부인 음습한 여관방을 전전해야 했지만 로마는 내가 살아갈 수 있는 유일한 곳이었다. 로마라는 도시는 기억을 태워 버리는 특별한 성질을 갖고 있기에, 그 시절을 돌이켜 보면 아주 소수의 인물과 장소, 일에 대한 기억만 또렷이 남아 있다. 도시라기보다 꼭꼭 감추어 두었던 짐승 같은, 우리의 은밀한 부분이라 할 수 있다. 그래서 이 어여쁜 짐승은 언제나 사랑을 갈구하기에, 최고의 사랑이 아닌 어중간한 마음으로는 이곳에서 살아갈 수가 없다. 남부의 푸르고 가파른 길이든 울퉁불퉁하게 뻗은 북부의 도로, 혹은 저 깊은 영혼의 심연이든 그 출발지를 막론하고 로마를 찾는 사람들에게 부과되는 유일한 통행료는 사랑, 오직 이것 하나뿐이다. 이렇게 사랑받는 로마는 언제나 우리가 바라는 대로 해 줄 테니 우리는 그저 손바닥을 펴고 그 속에 움켜쥐고 있던 행복을 지금 눈앞에서 넘실대는 파도에 내맡기면 된다. 그러면 로마는 우리를 위해 여름 저녁을 붉게 물들이는 빛과 활기찬 봄날의 아침, 바람에 흩날리는 소녀들의 치마를 연상시키는 카페 테이블보, 살을 에는 듯한 겨울과 걷고 있어도 아무런 소리도 내지 않는 떨어져 갈가리 찢긴 나뭇잎들이 무성하게 깔린, 무력하고 병들어 지친 듯 보이는 도시 속 영원히 끝나지 않을 듯한 가을을 선물해 준다. 또한 시간을 초월한 유치한 것들을 제외하고 시간이 모든 의미를 잃기 전까지 눈부시게 아름다운 계단과 연못, 폐허가 된 사원, 타도당한 신들의 밤의 정적도 있다. 그렇게 하루 이틀 기다리다 보면 우리는 이 도시의 일부가 되고, 이 도시 또한 우리로부터 살아갈 수 있는 에너지를 얻는다. 그러다 어느 맑은 날, 바다에서 불어오는 바람을 맞으며 하늘을 바라보면 문득 더 이상 기다릴 것이 없다는 사실을 깨닫게 된다.

가끔 누군가는 자신의 돛을 올려 이곳을 떠나기도 했다. 나보나광장에서 사귄 친구들 중 글라우코와 세레나가 떠나게 됐을 때 나는 몬테 마리오에 있는 두 사람의 아파트에 들어가 살기로 했다. 여관방을 전전하는 데 한계를 느끼던 차에 혼자만의 공간을 갖게 된다는 현실이 믿기지 않았고, 단돈 5만 리라(Lira, 2002년까지 통용되던 이탈리아의 화폐단위)에 두 사람이 타고 다니던 고물 알파 로메오까지 구입했을 때는 내 인생이 확실히 전환점에 이르렀다는 생각마저 들었다. 나는 여행 가방 두 개에 책들을 채워 넣고 두 사람이 떠나는 당일에 바로 이사했다. 그들이 떠나는 이유는 세레나가 멕시코시티의 한 극단과 계약하면서 2년 동안 미술 감독으로 일하게 됐기 때문이었지만, 그보다 더 큰 이유는 두 사람의 결혼 생활이 위기에 놓인 상황인데다가 글라우코가 더 이상 그림을 그리지 않는 것이었다. 로마는 그들을 파괴했고, 그들은 제대로 정리도 하지 않은 짐들을 수많은 여행 가방에 되는 대로 쑤셔 넣고 떠나게 된 것이었다.

"역겨운 도시야." 글라우코가 발코니 밖으로 몸을 내밀며 말했다.

"난 이곳이 마음에 들어."

"진심이야? 그런데 왜 항상 취해 있는 걸까?"

"항상은 아니야." 내가 반박했다. "자주 취할 뿐이지. 이건 근본적으로 다른 거라고." 그러고는 발코니 앞 멀리 펼쳐진 광대한 계곡을 바라봤다. 계곡은 하루에 몇 번씩 애벌레처럼 긴 기차가 조용히 지나가는 수많은 아치가 있는 다리를 끼고 양쪽으로 나뉘어 장관을 이루고 있었다. 그 양쪽에는 각각 석양 무렵 종을 울리는 수도원 담장이 늘어서 있었고, 그 맞은편에 가장 가까이에 위치한 집들은 수평선까지 이어진 푸른 숲에 파묻혀 있었다. 하늘은 드넓고 빛으로 가득한, 정말 멋진 풍경이었다.

"이제 다 네 거야." 글라우코가 우리가 서 있던 방 안을 가리키며 말했다. 방에 있는 것이라고는 오래된 안락의자와 책장, 거의 소파로 사용하던 침대뿐이어서 따로 목록을 만들 필요도 없었다. 다른 방 두 개도 특별히 비용을 들이지 않고 포르테세성문 벼룩시장에서 산 오래되고 정감 있는 가구들로 채워져 있었다. 그중 한 방은 캔버스와 물감을 비롯해 일반적으로 화가에게 필요한 모든 것이 거의 완벽하게 갖춰져 있었다.

"돈 떨어졌다고 내 그림들 팔면 안 돼." 글라우코가 자신의 그림을 팔려고만 하면 얼마든지 살 사람이 나타날 것이라는 듯이 말했다. 그러고는 아직 작별 인사를 할 사람이 남았다며 집을 나섰다. 내게 데려다 달라고 하지 않은 것으로 봐서 애인한테 간 듯했다. 그에게 다른 여자가 있다는 것은 공공연한 사실이었다. 큰 덩치에 호전적인 글라우코는 무슨 일이 생기면 자랑을 하지 않고는 못 배겼다. 또한 그는 나와 세레나가 서로 호감을 갖고 있다는 것을 알면서도 무엇 하나 두려울 것이 없는 성격이어서 그런지 우리 둘만 집에 남겨 두는 것도 개의치 않았다.

세레나는 아직도 침실에서 여행 가방들을 펼쳐 놓은 채로 있었다. 두 손을 비비며 이리저리 왔다 갔다 하는 것을 보니 많은 짐에 파묻힐까 봐 걱정되는 모양이었다.

"글라우코는?" 그녀가 물었다. 나는 글라우코가 금방 돌아올 것이라고 말했고, 그녀는 비참한 얼굴로 계속 방 안을 서성였다. 그녀가 내 옆을 세 번째로 지나칠 때 나는 결국 그녀의 어깨를 팔로 감쌌다. 세레나는 내 품에 안긴 채 당혹스러운 얼굴로 나를 바라봤다. 나는 더 세게 그녀를 안았다. 하지만 그녀의 경직된 얼굴을 보는 순간 나는 그녀가 나를 거부하고 있다는 사실을 깨달았다. 다른 때였다면 그녀도 나를 원했겠지만 어쨌든 지금은 아니었다. 이제 와서 그러기에는 너무 늦은 것이었다. 우리는 글라우코가 돌아올 때까지 멕시코에 대해 이야기하며 시간을 보냈다.

"그럼, 이제 가 볼까?" 글라우코의 슬픈 목소리가 나를 당황스럽게 만들었다. 마지막 인사가 유난히 힘들었던 모양이다. 방 한가운데 우두커니 서 있는 그는 경기에서 지고 챔피언 벨트를 잃은 헤비급 선수 같았다. 나는 그에게서 처음으로 동정심을 느꼈다.

나는 둘을 배웅하기 위해 함께 공항에 갔다. 서로 작별 인사와 볼 키스를 나눈 후 나는 그들이 떠나는 모습을 지켜보기 위해 공항 전망대로 향했다. 그들도 탑승 계단을 오르는 동안 나를 놓치지 않기 위해 계속 둘러봤다. 그렇게 그들이 비행기 안으로 들어갈 때까지 우리는 서로 손을 흔들며 몇 번이고 인사를 나눴다. 비행기가 출발하기까지는 시간이 제법 걸렸지만 마침내 활주로 중앙을 향해 천천히 움직이기 시작하더니, 마치 숨을 고르려는 듯 잠시 멈췄다가 힘차게 바퀴를 굴려 멋진 자세로 떠올랐다. 비행기는 햇빛 속에서 반짝이며 계속 위로 올라가다 어느 순간 사라졌고, 그제야 나도 자리를 떴다.

시내로 돌아오면서 지금까지 겪은 이별을 떠올렸다. 아버지에게 작별 인사를 했을 때를 떠올렸고, 산텔리아 사장님과 이별할 때도 떠올렸다. 그리고 이 모든 이별이 내 인생을 어떻게 바꾸어 놓았는지 생각해 봤다. 늘 그렇듯 우리는 만난 사람들을 위해서가 아니라 우리가 떠나온 사람들을 위한 존재다. 이런 생각을 하며 내 고물 알파 로메오를 차분하게 몰았다. 차는 느리고 고래 같은 소리를 냈고, 새들은 하늘에 먹구름이 지나가기를 기다리는 듯 나무 위에 조용히 앉아 있었다. 이 차를 소유했던 사람들을 열거하자면 어느 지역 전화번호부만큼이나 그 계보가 화려할 테지만, 그 안에 깊숙이 스민 담뱃재와 가죽의 냄새는 거의 취하게 만들 만큼 매력적이었다.

진지하게 술을 끊어보기로 결심했다. 나는 햇볕이 드는 발코니에서 책을 읽으며 술집과 그곳을 드나드는 사람들을 멀리했다. 너무 더울 때에는 달콤한 와인과 얼음물을 섞어 마셨는데, 금단현상을 줄이는 데 도움이 됐고 점차 살도 붙기 시작했다. 가장 참기 힘든 시간은 〈코리에레 델로 스포르트(Corriere dello Sport, 이탈리아의 스포츠 신문)〉 리셉션 부서에서 일을 마치고 나온 저녁이었고, 10시부터 새벽 1시까지는 거의 죽을 맛이었다. 다행히 여자 친구들이 도움이 되었다. 어찌 된 일인지 항상 운 좋게 여자 친구가 있었다. 몇 개월 동안 이어진 내 알코올과의 전쟁이 그녀들의 모성 본능을 자극했고, 대부분 쳇바퀴 도는 일상에 묶인 교사나 점원처럼 근무 시간이 명확한 직업을 가지고 있었기 때문에 나는 보통 낯선 침대에서, 그것도 혼자 잠을 깰 때가 많았다. 솔직히 말해서 그렇게 잠을 깨는 것은 굉장한 즐거움이었다. 침대에서 나와 집안을 어슬렁거리다가 턴테이블을 켜고 거의 항상 나를 위해 미리 내려 둔 커피를 데워 마셨다. 그러고는 여기저기 수건과 칫솔, 머리핀, 연한 색 크림이 들어 있는 묘하게 생긴 화장품 병들이 놓여 있는 깔끔한 욕실로 들어갔다. 욕실 안을 찾아

보면 대부분 어딘가 목욕 소금이 있었고, 나는 욕조에 몸을 담그고 느긋하게 시간을 보냈다. 목욕이 끝나면 몸을 말리고 다시 옷을 입은 뒤 현관문을 닫고 텅 빈 아파트가 울리는 소리를 들으며 밖으로 나섰다.

거리를 거닐며 신문을 사고 중고 책 가판대도 슬쩍 구경하다가 필요한 물건 몇 가지를 산 후, 그대로 집에 가서 책을 읽을지 영화를 보러 갈지 신문사에 들를지 오후 일정을 결정했다. 그렇게 보내던 어느 아침, 나는 수중에 돈이 한 푼도 없다는 사실을 뒤늦게 깨달았다. 사실 이상한 상황은 전혀 아니었지만 그날따라 이런저런 불운들이 한꺼번에 겹치면서 머릿속이 복잡해졌다. 여자 친구 집의 문은 자동으로 잠겨서 다시 들어갈 수 없고, 차는 전날 밤에 외딴 동네에 주차해 두었고, 아무리 애를 써도 기억이 나지 않는데 무엇인가를 잊은 것 같은 기분까지 들어 짜증이 났다. 이런 상황이 되니 손에 쥔 건 떨어진 셔츠 단추뿐이고 연락처를 적은 수첩도 잃어버려 약속을 잡거나 도움을 청할 수도 없었다. 경우는 다르지만 집의 모든 문이 밖에서 잠기는 바람에 집 안에 갇혀 있었던 여러 날들 중 하루와 다를 바 없이 보내야 하는 것은 아닐까 하는 생각이 들었다. 그런 날도 할 수 있는 일이라고는 집에 갇힌 채 이런 상황에서 벗어나게 되기만을 기다리는 것이니 말이다. 하지만 나는 오늘 하루를 그렇게 만들기 싫었고, 그래서 빗속을 걷기 시작했다.

그렇다. 비가 내리지 않았다면 다른 선택을 했을지도 모른다. 지금도 그날 내리던 비를 생생하게 기억한다. 잊고 있던 깜짝 선물처럼 도시에 갑자기 내린 봄비는 그 어떤 향수보다 더 향긋한 냄새로 도시를 채우고 있었고, 내 인생에서 이 이야기가 시작된 날만큼 향기 가득한 날은 다시없을 것이다.

2

나는 빈속에 신발도 흠뻑 젖은 채 포폴로광장에 도착했다. 그 넓은 광장에는 주차된 차들이 넘쳐났고, 저 높은 하늘에서 내려오는 한줄기 햇살이 핀초언덕의 테라스들을 비추고 있었다. 카페 카노바(Canova)와 로사티(Rosati) 두 곳 모두 이미 야외 자리에 앉을 수 없어 불만인 사람들로 가득했고, 나는 로사티의 천막 아래에 쌓여 있는 의자들을 발견하고 그중 하나를 가져다 자리를 잡고 앉았다. 점심을 사줄 만한 여자 친구가 있는지 주위를 두리번거렸지만 꼴 보기 싫은 얼굴들만 보일 뿐이었다. 빗방울이 하나둘씩 떨어지더니 젖은 땅에 다시 비가 내리기 시작했고, 나는 산드로 씨 술집으로 향했다. 산드로 씨는 절도 있고 능숙한 손놀림을 자랑하는 나이 지긋한 바텐더로, 그가 운영하는 술집은 붉은 가죽 의자와 벽에 새긴 무늬가 멋진 곳이었다. 작가와 시인, 영화인, 그리고 일부 급진적인 저널리스트들이 그곳을 드나들며 스테이크와 당근 요리를 먹곤 했는데, 그날따라 내게 함께 아침 식사를 하자고 기꺼이 말해 줄 만큼 가까운 사람은 아무도 없었다. 어쨌든 그곳에서 나름대로 신용이 있던 나는 햄버거와 바롤로(Barolo, 이탈리아산 최고급 레드 와인) 한 잔을 주문하고 가장 좋아하는 쇼 중 하나인 산드로 씨가 칵테일을 만드는 모습을 구경했다. 분위기가 무르익을 무렵 술집으로 웅장한 실크 우산이 들어섰다. 렌조 디아코노였다. 진작 왔으면 좋았을 텐데 나는 이미 식사를 거의 마친 상태였다. 그가 텔레비전 쪽으로 진출하면서부터 우리는 한동안 못 보고 지낸 터였다.

"레오!" 렌조가 나를 보더니 큰 소리로 외치며 다가왔다. 그는 일행이지만 술집에 들어서자마자 곧장 카운터 쪽에 자리한 손님들 틈으로 사라진 무성한 수염에 뒤덮인 거구의 남자에 비해 아주 세련된 모습이었다. "뭐 마시고 있었어?"

"아무것도 아니에요."

"아무것도 아니라고?" 그는 순간 무엇인가를 말하려고 하는가 싶더니, 피에몬테 출신 특유의 센스로 내가 언제 체스를 두러 올 수 있는지 물으며 말을 돌렸다. "난 이제 이런 중요한 일에 신경 쓸 여유가 없으니까." 그러고는 카운터의 북새통에서 빠져나오고 있는 동료를 가리키며 말했다. 그에게는 이런 매력이 있었다. 누구와 함께 있든 그는 항상 당신과 함께 있고 싶다고 느끼게 했다. "어떻게 지내?"

"글쎄요, 그냥 저 하나만 챙기고 있어요." 내가 대답했다.

"브라보! 자네 아주 현명하군." 그때 수염 거구가 술잔을 들고 우리 쪽으로 다가왔다. 내가 손을 들어 인사를 건네자 그도 내게 잔을 들어 보였다. 그는 군용 우비를 어깨에 걸치고 펄럭이는 우산을 팔에 걸고 발까지 내려오는 긴 스카프를 치렁치렁 드리웠으며, 술에 잔뜩 취한 자만이 지닌 숭고한 관점에서 세상을 평가했다. 얼굴에는 베테랑의 황량한 미소가 담겨 있었다. 그러자 렌조가 그에 대해 말하길 술에 취하지 않았을 때 그는 최고의 방송국 프로듀서지만 요즘에는 그런 모습을 영 찾아보기 어렵다고 했다. 거구는 민망한 듯 씩 웃어 보이더니 다시 술잔을 채우러 자리를 떴다.

"오늘 저녁에 보는 거 어때?" 렌조가 내게 물었다. 그러고는 아내와 함께 이사한 집 주소를 말해 주고 내가 잊지 않도록 두 번 반복해서 말하게 했다. 하지만 그런 염려는 필요 없었다. 나와 나이는 한 세대 정도 차이가 났지만 그는 좋은 친구이자 체스도 아주 잘 두는 존경할 만한 역사가였고, 그의 아내 비올라 부인은 요리를 아주 잘했다. 이렇게 불운한 하루를 마무리하는 데 이보다 더 좋은 제안은 없었을 것이다.

다시 홀로 남은 나는 내 불운이 어디까지 이어질지 시험해 보기로 했다. 일단 〈코리에레 델로 스포르트〉 신문사에 가서 돈을 좀 구하고 나서 잠시 영화관에 들렀다가 고물 알파 로메오를 찾아 렌조의 집에 가기로 했는데, 아주 간단하고 어려울 것 없는 일정이라고 생각하니 갑자기 마음이 편해졌다. 나는 그쳐 가는 비 내음을 맡으며 기꺼이 길을 나섰다. 이따금씩 숨어 있던 굵은 빗방울이 포장도로에 떨어져 부서지고 하늘에는 거대하고 푸른 대기층이 모습을 드러내고 있었다. 나는 비에 젖어 반짝이는 코르소 거리의 건물들 사이를 걸었고, 10분 후 장고 라인하르트(Django Reinhardt, 20세기 재즈 음악계의 3대 거장 중 한 명으로 꼽히는 벨기에의 기타 연주가)의 변주곡에 맞춰 〈내 사랑은 어디에(Ou es—tu mon amour)〉를 흥얼거리며 신문사로 들어갔다.

헤드폰을 쓰고 타자기 앞에 앉은 여직원들이 내가 보통 때와 다른 시간에 나타나자 놀란 얼굴로 작은 비명을 지르며 인사를 건넸다. 내가 로사리오를 찾자 어느 부스 앞까지 안내해 주었고, 마침 그가 밖으로 나왔다. 그는 손에 들고 있는 왁스 디스크(wax disc, 아날로그 방식의 녹음 매체)보다 더 시커먼 낯빛을 하고 있었다.

"와, 이게 누구신가." 로사리오가 내 앞을 지나치며 말했다. 당장 돈을 구할 수 있는 곳이 여기밖에 없다는 건 분명한 사실이었지만, 내게 일을 줄 생각이 없는 게 확실하다면 대출을 받으면 됐기에 실망할 필요는 없었다. 그도 이런 점을 알았기에 이어폰으로 귀를 막고 곧바로 디스크를 재생하고 타자기를 두드리기 시작했다. 나는 자리를 잡고 앉아 그가 항복할 때까지 그를 뚫어져라 바라봤다. "얼마가 필요한데?" 그가 마침내 주머니에 손을 찔러 넣으며 말했다. 하지만 그는 내가 부른 금액의 딱 절반만 주었고, 내 행실에 대한 잔소리까지 했다. 언제까지 이런 식으로 지낼 수 있다고 생각하는지, 업무 책임자가 이제 믿음을 잃고 지쳤다는 것을 정말로 모르고 있는지, 정규직 제안을 왜 마다했는지 물었다. 어쨌든 그는 내게 일을 주고 있으니 그럴 권리가 있었다. 로사리오는 불만투성이 아내 때문에 우울해하는 남부 출신의 좋은 사람으로, 이오니아해의 푸른 바다 위에 뻗어 있는 곶 지방 출신이었다. 저널리스트가 되고자 로마에 상경했지만 정작 그가 맡은 일은 이미 보도된 기사를 디스크에 기록한 후 필사하는 것뿐이었다. 이 단순하기 짝이 없는 멍청한 업무는 그의 마지막 청춘 시절을 보잘것없이 만들었지만 그는 포기하거나 위축되거나 침울해 하지 않았고, 비탄에 잠기거나 굴하지도 않았다.

이제 돛을 올릴 시간이었다. 밖에는 다시 비가 쏟아지고 있었다. 거센 빗줄기가 포로 로마노의 목 잘린 동상과 무너진 기둥 위로, 아스팔트가 깔린 광장의 건물 위로, 황량한 오후의 경기장 위로, 스테인드글라스로 장식된 교회 위로, 그리고 넘쳐흐르는 분수 위로 엄청나게 쏟아졌다. 나는 잠시 건물 입구에 서서 사방에서 튀는 빗방울과 지나가는 사람들, 나처럼 동굴 속에 안전하게 숨어 있으려는 조난자들의 욕설을 참고 있었다. 그러다 잠시 비가 멈춘 틈을 타서 벽을 따라 멀지 않은 곳에 있는 작은 영화관으로 달려갔다. 죽었다는 게 믿기지 않는 가여운 내 사랑 마릴린 먼로(Marilyn Monroe, 미국의 배우)의 영화를 상영하고 있었다. 나는 영화관 밖 건물들 위로 내리치는 천둥소리를 뒤로하고 짭조름한 견과류를 먹으며 그녀의 영화를 두 번이나 봤다. 영화관을 나왔을 때 나는 그녀를 더 사랑하게 되었고, 그런 내 사랑이 이제 세상에 없다는 사실만으로도 이미 슬픈데 비까지 피할 수 없는 현실이 너무 원망스러웠다.

저녁이 되자 뭔가 심상치 않은 분위기가 일었다. 사람들이 거리로 우르르 쏟아져 나왔고, 비를 잔뜩 머금은 하늘에서는 전차에서나 볼 법한 지글거리는 불빛이 이따금 번쩍였다. 도로는 평소답지 않은 심각한 정체로 완전히 마비된 상태였다. 각종 석간의 헤드라인은 모두 산사태나 홍수, 기차 연착에 관한 내용이었다. 도시 북쪽에서는 강이 둑을 넘어 들판으로 흘러들었고, 정류장에서 버스를 기다리는 사람들은 조용히 하늘을 살폈다. 내 고물 알파 로메오를 찾으러 가기에는 너무 늦은 것 같아 우울한 기분으로 곧장 렌조의 집으로 향할 수밖에 없었다. 일단 발걸음은 뗐지만 얼마 못 가 아직 영업 중인 어느 상점 입구에서 다시 비를 피해야 했는데, 교통체증이 풀리자 마법처럼 도로가 휑해지고 빗속 어딘가에서 저녁 뉴스가 들려왔다. 날씨가 바뀔 것이고 우리 곁으로 봄이 오고 있다고 했다. 이때 택시 한 대가 나타났다. 택시를 세우고 운전기사에게 어느 방향으로 가야 하는지 알려 준 뒤 자리에 앉아 젖은 바짓부리를 짰다. 그러고는 등받이에 몸을 기대고 미터기에 내가 낼 수 있는 요금이 표시될 때까지 창밖의 로마를 바라봤다.

젖은 풀잎들이 재잘거리는 축축한 정원에 둘러싸인 아파트 건물 앞에 도착했을 때 바람은 꽤 거세져 있었다. 비를 머금은 흙냄새 때문에 생각이 난 것 같은데, 그때가 되어서야 나는 비올라 부인에게 선물할 꽃이라도 들고 와야 했다는 것이 생각났다. 하지만 그러기에는 이미 너무 늦은 데다가 엄청난 허기를 참을 수도 없었다. 그렇게 나는 하루 종일 이어지던 불운을 마지막으로 시험하기 위해 탄 사람이 무겁다고 불평하며 위협하듯 윙윙 소리를 내는 엘리베이터에 올랐다. 3층에 내려 머리를 매만지고 초인종을 눌렀다. 비올라 부인이 나타났고, 나를 보고 무척 놀란 듯했다. 그녀는 내가 무슨 말을 꺼내기도 전에 짧게 딸꾹질을 한 번

하더니 더 이상 참을 수 없다는 듯 웃음을 터뜨렸다. 내 꼴이 막 홍수를 당한 난민 같았던 모양이다.

"들어와요, 레오 씨." 그녀가 내 팔을 잡으며 말했다. "맙소사, 다시 만나서 너무 기쁘네요. 어떻게 우리가 이사 온 곳을 알고 찾아온 거예요?"

비올라 부인은 딱 그렇게 말했는데, 거실로 들어서는 나를 보고 벌떡 일어서는 렌조의 얼굴을 보니 나를 초대한 약속을 까맣게 잊고 있었던 것이 분명했다.

"레오!" 그가 이날만 벌써 두 번째 큰 소리로 내 이름을 부르자, 열두어 명의 사람들이 아무 말 없이 우리 쪽으로 시선을 돌렸다. 그들은 각자 거실에 깔린 널찍한 러그 위에 놓인 안락의자 깊숙이 몸을 파묻고 있었고, 이미 식사를 끝낸 포만감 가득한 얼굴이었다. 그들과의 소개 자리가 이어졌고, 나는 이를 악물고 버티며 인사를 했다. "다 젖었군." 렌조가 미안한 목소리로 말했다. "불가까이로 가 있어. 뭐 좀 가져다줄까?"

"약간의 행운이요." 내가 대답했다. 하지만 렌조가 가지고 온 것은 술병이 가득한 카트였다. 술집이 아닌 곳에서 이렇게 많은 술병이 한데 모여 있는 것을 본 것은 너무 오랜만이었다. 나는 망설이다가 스카치를 선택했고, 렌조의 손이 병들을 뒤적이자 카트에서 쨍그랑 하고 병 부딪히는 소리가 경쾌하게 울렸다. 그가 해적 모험에 관해 쓴 책 때문에 내게 얼마나 신세를 졌는지 사람들에게 설명하는 잠깐의 시간 동안 나는 관심의 중심에 있었다. 나는 그저 다른 사람의 일에 도움을 잘 주는 성격일 뿐인데, 렌조는 마치 그 책을 내가 쓴 것과 마찬가지라며 치켜세웠다. 결국 나는 이 책의 주제에 대해 쏟아지는 질문에 답까지 하고 난 후에야 벽난로에서 가장 가까운 의자에 몸을 파묻고 내가 아주 잘하는 두 가지 기술, 조용히 입을 다물고 있는 듯 없는 듯 주변 상황에 녹아들기를 할 수 있었다. 그렇게 나는 다시 사람들의 관심에서 벗어날 수 있었고, 마침 견과류를 가득 채운 그릇을 발견했다. 그때 비올라 부인이 내게 다가왔다.

"여기 있었네요. 무슨 보물이라도 찾았나 봐요?" 내가 견과류 그릇을 다시 러그 위에 내려놓자 그녀가 내 의자 팔걸이에 걸터앉았다. 나는 잠시 비올라 부인을 가만히 바라봤다. 서로 만나지 않은 지난 2년 동안 그녀의 사랑스러운 얼굴은 아주 평온해졌는데, 다리는 여전히 내가 본 다리 중 가슴이 떨 정도로 가장 아름다운 다리 그대로였다. "겨울잠이라도 자고 있는 거예요?"

"사랑에 빠질 때면 그러기도 하죠."

"아, 어쩜 이렇게 귀여울 수가." 비올라 부인이 웃어 보이고는 변명하는 듯한 목소리로 말을 이었다. "몇 가지 좀 물어보고 나서 결정할 거예요. 그러니까 날 놀릴 생각 말고 이야기를 좀 해요. 누가 먼저 시작할까요?" 그러고는 카드를 섞는 흉내를 내며 물었다.

"먼저 하세요." 내가 말했다. 나에 관한 것들을 진지하게 생각할 시간을 벌어 보려고 양보한 것이었다. 사실 나는 이런 면에서는 거의 전문가라 할 만하다. 단지 약간의 행동이나 말의 여지를 둠으로써 누가 무슨 말을 하든 그것에 공감하며 진지하게 들어

주고 있다는 느낌을 줄 수 있다. 비올라 부인에게도 그러고 있었지만, 사실 듣는 내내 어떻게든 잠깐의 휴식을 틈타 아침부터 정신을 혼미하게 만든 빈속부터 채우고 싶었다. 땅콩 한 통을 다 비워야 그날 내가 놓친 게 무엇이었는지 알 수 있을 것 같았지만 그럴 수는 없었다. 그저 벽난로의 열기에 젖은 신발을 말리며 불과 술이 내게 주는 위안을, 건물을 불태울 위험도 없고 술에 취해 인생에서 가장 햇살 좋은 어느 아침에 얼어 죽는 일 따위는 절대 없을 거실에 꼭 어울리는 위안을 느끼는 것에 만족해야 했다.

"그렇게 개조된 욕실은 정말 참을 수 없겠더라고요." 비올라 부인이 내가 미처 듣지 못한 이야기를 마무리하려는 듯한 어조로 말했다.

"이 집 욕실은 아주 멋있을 것 같아요." 나는 전에 두 사람이 캄포 데이 피오리(Campo dei Fiori, 꽃이 만발한 초원이었던 것에서 유래한 '꽃의 들판'이라는 뜻의 광장으로, 재래시장으로 유명하며 '로마 젊은이들의 쉼터'라고도 불린다.)에서 살던 예쁘고 고풍스러운 집을 떠올리며 말했다.

"아, 궁전이 따로 없어요! 꼭 봐야 해요!" 비올라 부인은 내가 좋든 싫든 당장이라도 내 손을 잡고 억지로 끌고 갈 거라는 생각을 잠깐 했다. "참, 레오 씨는 아직 시내의 그 여관에서 지내고 있어요?" 이어진 그녀의 질문에는 대답할 필요가 없었다. 바로 그때 보드게임을 시작하자는 사람들의 성화에 그녀가 바로 가 봐야 했기 때문이다. 홀로 남은 나는 주위에 있는 사람들을 살피기 시작했다. 그들에게 비는 적당한 옷을 차려입기 위한 구실일 뿐이었다. 벨벳 바지와 모직 셔츠, 묵직한 신발을 보면 그들도 저

밖이, 비로 엉망이 된 바깥세상이 어떤 상태인지 아주 잘 알고 있었다. 하지만 두꺼운 벽을 방패로 삼고 시바스 리갈(Chivas Regal, 스카치 위스키) 한 잔을 들고 사람들과 모여 나누는 대화가 바깥세상과 무관하게 만들 수 있다는 것도 잘 알고 있었다.

내가 두 번째 잔을 들었을 때, 억지로 붙잡혀 있는 사람도 있고 붙잡아 놓으려는 사람도 있다는 생각이 들었다. 그리고 붙잡아 놓으려는 쪽이 더 먼저 지쳐 집에 돌아가고 싶어 하는 듯 보였다. 그런 생각을 하는 동안 내 시선은 점점 더 빈번하게 휴식을 취하는 새들처럼 커다란 하얀 벨벳 소파에 멍하니 앉은 한 남자와 제법 어려 보이는 여자에게로 향했다. 남자는 다리를 꼬고 소파 팔걸이에 앉아 있었는데, 키는 범상치 않은 듯했지만 팔걸이 밖으로 튀어나온 짧고 쓸모없는 날개 같은 두 손이 오래전 진화 과정 중에 하늘을 나는 법을 잊어버린 새가 아닐까 하는 생각을 하게 만들었다. 여자에 대해 말하자면, 상당히 예뻤다. 소파에 앉은 그녀의 모습은 배 위에서 폭풍이 지나가기를 기다리는 철새 같았다. 몽환적이고, 이질적이고, 막연히 긴장한 듯 보였다.

내가 견과류 그릇을 다시 손에 넣는 데 성공하자마자 렌조가 와서 내 팔짱을 끼고 사람들이 앉은 쪽으로 끌고 가는 바람에 다시 그릇을 포기해야 했다.

"그래서 지금 그자들이 자네한테 뭘 약속해 줄 수 있다는데?" 렌조가 방송계로 가기 전에 일했던 좌익 신문사들을 언급하며 내게 물었다.

"글쎄요, 잘 모르겠네요. 딱히 말로 하는 약속은 믿지 않아서요." 나를 집에 초대하고도 그 사실을 잊은 사실을 암시하려고 다분히 의도적으로 대답했지만 내 말을 이해하기에 그는 자신의 이야기에 너무 심취해 있었다.

"방송국에 자리가 하나 있어. 확실히 무슨 혁명을 일으킬 만한 일은 아니지만 바로 이런 게 자네를 장려하는 거야. 뭐, 나야 시대를 앞질렀을 뿐이고." 렌조는 자신의 말에 내가 수긍하기를 기다리는 눈치였고, 내가 고개를 끄덕이자 말을 이었다. "방송국에서 일하고 싶으면 내게 말만 하면 돼." 그러고는 잠시 후 덧붙였다. "거기 있는 족속들이 얼마나 바보 같은지 모를 거야. 천치만 아니면 천재로 보일 수 있는 곳이니까."

"맞는 말이죠!" 가까운 소파 깊숙이 몸을 웅크리고 있던 여자가 불쑥 끼어들었다. 그녀는 내가 왔을 때부터 줄곧 같은 음반을 듣고 있었다. 그녀가 내게 시선을 고정한 채 말을 이었다. "당신 친구 말이에요. 해적 같은 분위기는 전혀 없지만 어쨌든 콘래드(Joseph Conrad, 폴란드 출신 영국의 해양 소설가)의 밀항자 같은 느낌이 있어요. 알죠? 끔찍한 죄를 저지르고 이 항구, 저 항구 떠돌아다니면서 속죄하려는 그런 부류 말이에요. 맙소사, 왜 나는 그런 사람에게 끌리는지!"

"누구? 이 친구?" 렌조가 나를 가리키며 말했다.

"콘래드요." 여자가 대답했다. 듣고 있던 음악이 끝나자 그녀는 다시 처음부터 재생시켰다. 나는 두 사람의 미묘한 기싸움에서 결국 누가 이기게 될지 궁금했다. 하지만 그녀는 더 이상 음악 말고는 관심이 없는 듯했다. 그녀에게서는 어떤 고통이나 열정의 흔적을 찾아볼 수 없었다. 그녀의 행동에서 절대적인 독립성이 느껴졌다. 다른 사람들처럼 피 흘리는 진통 속에서 이 세상에 태어난 것이 아니라, 나비처럼 자기 스스로 태어난 존재로 보일 정도였다.

"에바, 그렇게 계속 앉아 있으면 없던 맹장염도 생기겠어." 어색한 침묵이 이어지고 있던 차에 비올라 부인이 우리 쪽으로 다가오며 말했다. 렌조가 그 틈을 타 나를 데려가려고 한 번 더 내게 팔짱을 꼈다. 사실 거실이 꽤 넓기는 하지만 광장도 아니고 그렇게까지 유난스럽게 행동할 만한 정도는 아니었다. 실제로 겨우 몇 발자국을 떼자마자 어려 보이는 여자와 함께 있던 남자와 거의 부딪힐 뻔했는데, 그는 불현듯 하늘을 날아보고 싶었는지 막 날갯짓을 해 보려다 가구에 부딪힌 듯한 모습으로 비틀대며 거실을 서성거리고 있었다. 여자는 이제 혼자 하얀 벨벳 소파에 앉아 있었다. 검고 길디긴 머리카락에서 손가락을 빼고, 자신을 구원해 줄 답이 그 속에 있다는 듯 잔뜩 긴장한 얼굴로 카드를 배열하며 솔리테르(solitaire, 혼자서 하는 카드 게임을 총칭하는 말)를 하고 있었다. 렌조가 술병 카트를 끌고 여자 쪽으로 향했다. 내 시선이 그녀에게 향하고 있는 것을 눈치채고 일부러 그런 것이었다.

"뭐 마실래, 아리아나?" 렌조가 여자에게 물었다.

"40도 넘는 걸로 아무 거나요." 여자가 자신의 운명을 쥐고 있는 카드에서 시선을 거두며 대답했다. 그녀의 미소는 저녁 내내 나를 기다렸다고 말하는 것 같았다. 그 미소를 본 사람이라면 누구라도 자신이 그녀를 정복할 수 있을지 전혀 의심을 품지 않을 만큼 사기를 북돋우게 만들 만한 것이었다. 하지만 그 한 가지만 분명하게 나타내는 단호한 미소일 뿐, 그녀에게 다른 사람 따위는 전혀 중요하지 않았다. “이 게임 할 줄 알아요?” 그녀는 마치 그날 저녁 일정이 내 선택에 달려 있다는 듯 내게 시선을 돌리며 물었다. 나는 카드를 건네 달라는 뜻으로 손바닥을 펼쳐 보였다.

“여기 있었네요!” 그때 비올라가 보드게임을 하다 말고 종이와 연필을 든 채 다가와 말했다. “이쪽으로 와요. 설마 예쁜 아가씨가 있다고 날 배신하려는 건 아니겠죠?” 그러고는 내 팔을 잡아끌었다.

결국 나는 원래 있던 자리로 돌아와야 했다. 하지만 견과류 그릇은 사라지고 없었다. 10분 후 조용한 거실에는 보드게임에 열중한 사람들이 내는 사각거리는 연필 소리와 짧은 웃음소리뿐이었고, 나는 내 배에서 나는 꼬르륵 소리가 들릴까 봐 불안했다. 그때 또 하나의 작은 소리가 거실을 울렸다. 아리아나라고 하는 여자가 소파에서 일어나더니 놀랍게도 안락의자에 앉은 사람들 사이로 걸어 들어가는 것이었다. 그래봤자 친한 사람들이 모인 거실을 가로지르는 것뿐이지만, 그 연약한 모습 때문인지 용감해 보이기까지 했다. 한 걸음 옮길 때마다 그녀의 무릎과 레인부츠 사이에서 한숨을 쉴 때 나는 듯한 작은 소리가 났다. 그녀가 비올라의 의자 팔걸이에 손을 얹고 몸을 숙여 귀에 대고 무엇인가를 속삭이려고 하자 에바라고 했던 여자가 끼어들었다.

“아리아나, 그만 좀 해!” 그러고 나서 비올라에게 말했다. “정말 바보 같지 않아요? 오늘 아침에 블라우스를 입다가 좀 긁힌 걸 가지고 하루 종일 베니스에 있는 의사한테 전화해 봐야 한다고 저 난리를 피우지 뭐예요." 그러자 여자는 에바를 보는 둥 마는 둥 하며 생채기 때문에 죽은 사람도 있다는 이야기를 들었다고 했다.

"정말이야, 아리아나?" 비올라 부인이 물었다. "믿을만한 주치의는 있는 거지?"

어쨌든 그런 일이 있은 후 여자는 전화를 하러 나갔고, 나는 어디든 가서 뭘 좀 먹고 올 구실을 찾으며 보드게임 종이에 뭘 써야 될지 몰라 망설이고 있었다. 비올라 부인이 그런 나를 한동안 유심히 관찰하다가 말했다. "저기 주방에서 얼음 좀 갖다 줄 수 있어요? 미안하지만 에르네스토가 퇴근하고 없어서요. 오늘 저녁은 쉬거든요." 이제 이 부부는 하인까지 두고 있는 모양이었다. 비올라 부인이 주방으로 가는 방법을 안내해 주면서, 바뀐 주방의 모습을 한눈에 알아 볼 수 있을 것이며 냉장고만 예전 것을 그대로 쓴다고 했다. 그 말을 듣자 나는 마침내 허기를 달랠 수 있겠구나 하는 희망의 빛이 느껴졌다. 2년 전만 해도 그 냉장고는 로마에서 가장 많이 팔릴 정도로 인기 있는 것이었다.

"오랜 친구는 그동안 잘 지냈겠죠?" 내가 냉장고의 안부를 물었다.

"참, 레오 씨는 전에도 봤죠? 심미주의자로서 하는 말인데, 냉장고처럼 차가워 보이는 물건 중에는 마음에 드는 건 하나도 없다니까요." 비올라 부인의 말을 뒤로하고 나는 발걸음을 떼었다. 어두운 복도에 들어서자 바닥에 쪼그려 앉아 전화를 하고 있는 여자가 보였다. 복도가 좁아 나는 그녀를 뛰어넘다시피 가야 했는데, 주방 스위치를 찾아 벽을 더듬으며 걷는 동안 등에서 그녀의 시선이 느껴졌다. 불을 켜자 눈부시게 새하얀 주방이 나타났다. 냉장고는 한쪽 구석에 있었고, 다른 가구들에 비해 조금 누렇게 바래고 벗겨진 자국도 있었지만 절제미가 돋보였다. 나는 식료품 저장실을 뒤져 빵을 찾은 후 곧장 당당히 냉장고 쪽으로 향했다. 손잡이를 당기자 가벼운 딸깍 소리를 내며 냉장고 문이 열렸다.

냉장고 안에는 찬 공기와 프랑스산 치즈가 가득했다. 한쪽 무릎으로 문이 닫히지 않도록 받친 채 카망베르 치즈 반 덩어리를 주저할 틈도 없이 입에 넣은 후, 냉동실에 달라붙은 얼음 케이스를 꺼내기 위해 칼로 그 밑을 들어 올렸다. 주방에는 날카롭고 처절한 소리가 울려 퍼졌고, 나는 그 얼어붙은 알루미늄 심장이 갈라질 때까지 그 동작을 반복했다. 어쩌면 내가 냉장고뿐만 아니라 주방 전체를 죽이고 있는 것은 아닐까 하는 두려운 착각이 들었다. 나는 계속 치즈를 우물거리면서 떼어낸 얼음 케이스에 따뜻한 수돗물을 흘려보내 얼음을 분리시켜 양동이에 들이부은 후 냉장고로 돌아갔다. 열린 냉장고 문에서 찬 공기가 격하게 흘러나오고 있었다. 이번에는 야채 칸을 뒤적여 벨벳 같은 질감의 진한 초록색 애호박을 찾아냈다. 얼음 케이스가 있던 자리에 애호박을 올려놓고 특별히 주의를 기울여 냉장고 문을 닫았다. 애도의 의미로 애호박을 건네는 심미주의자가 이전에도 분명히 있었을 테고, 어쨌든 애호박은 내가 들고 와야 했던 꽃과도 가장 비슷하게 생긴 것이었다.

여자는 아직도 어두운 복도 바닥에 앉아 전화기를 붙들고 있었다. 내가 그녀를 넘어 지나가려 할 때 그녀가 내 재킷을 잡아끄는 것을 느꼈다. 그 행동이 얼마나 고압적이었는지, 순간 나도 모르게 손에 얼음 양동이를 든 채 그녀 옆에 무릎을 꿇고 앉을 수밖에 없었다. 놀랍게도 그녀는 울고 있었다. 나는 그녀에게 무슨 말을 해야 할지 도무지 떠오르지 않아서 그냥 옆에 가만히 앉아 있었고, 전화기에서는 그녀에게 죽지 않을 테니 걱정하지 말라는 위안의 말을 되풀이하는 남자의 목소리가 흘러나왔다. 여자는 아무 말도 하지 않고 계속 울면서 남자의 목소리를 듣고 있다가 그 목소리가 사라지자 자리에서 일어나 손등으로 코를 한번 훔쳤다. 그리고 내게 제자리에 가져다 두라는 듯 수화기를 내밀며 비올라 부인의 욕실로 향했다. 나는 여자를 붙잡지 않았다. 나는 이런 부류의 사람을 알고 있었다. 도움을 요청하는 동시에 자신도 상대방에게 어느 정도의 호의를 베풀어 주고 있다고 느끼게 만드는 독특한 성격을 가진 사람들 말이다. 나는 전화기를 제자리에 가져다 놓고 얼음 양동이를 가지고 거실로 돌아왔다. 그리고 곧바로 몸이 떨리기 시작했는데, 나는 내가 어떤 상태인지 바로 파악할 수 있었다. 알코올의 가장 불쾌한 효과 중 하나가 바로 이렇게 나 스스로 체온을 느끼고 조절할 수 없게 만들어 위험에 빠트리는 것이다. 나는 벽난로에서 불을 쬐며 담배를 하나 피웠고, 얼마 지나지 않아 여자도 거실로 돌아왔다. 놀랍게도 그녀는 멀쩡한 얼굴을 하고 있었다. 아무도 방금 전까지 눈물을 철철 흘렸던 사람이라고 생각할 수 없을 정도로 변해 있었다. 잠시 스치는 그녀의 시선에서 웬지 그녀에게 나는 그저 잠깐 눈물을 훔치기 위해 필요했던 손수건에 지나지 않았다는 느낌을 받았다.

파티는 새벽 3시경이 되어서야 끝났다. 손님들은 누군가의 부름에 순종하듯 일제히 자리에서 일어나 떠났다. 모든 일이 얼마나 순식간에 일어났는지, 영화관에서 영사기사가 필름의 마지막 부분을 2배속으로 돌린 화면을 보고 있는 기분이었다. 어쩌면 술기운 때문이었을 수도 있는데, 글쎄, 모르겠다. 내가 기억하는 것이라고는 15분 만에 집이 조용해졌다는 것이다. 열린 창문 앞의 커튼이 펄럭거리고, 빈 술잔과 꽁초 가득한 재떨이 아래에서 턴테이블이 빙글빙글 돌며 잡음을 내고 있었다.

비올라 부인과 그 여자는 소파에서 수군거리고 있었고, 렌조는 빈 파이프를 빨며 생각에 잠겨 있었다. 나는 책꽂이에서 책 제목들을 훑어봤다. 그리고 벽에 걸린 그림들을 구경하다가, 그중 폐선로에 버려진 화물차를 보고 외딴 동네에 방치해 둔 내 고물 알파 로메오가 떠올랐다.

"당신은 가만있어요." 비올라 부인이 나와 함께 차를 찾아오겠다며 의자에서 일어나려는 렌조에게 말했다. "아리아나가 같이 가면 돼요. 저녁 내내 두 사람을 엮어 주려고 얼마나 애썼는데 당신이 다 망쳐 놓을 셈이에요?"

여자는 아무 말 없이 탁자 위의 카드를 챙기기 시작하더니 전실(前室)로 향했고, 그 틈을 타 비올라 부인이 내게 의미심장한 눈빛을 던졌다. 잠시 후 여자는 바스락거리는 소리가 많이 나는 빨간색 비닐 우비를 입고 나타났다.

"준비됐어요." 그녀가 카드 뭉치를 우비 주머니에 집어넣으며 말했다. 마치 밖에서 사형집행이라도 기다리고 있는 듯한 말투였다. 현관 앞에서 비올라 부인과 전화 통화를 하자는 일상적인 약속을 하고 정식으로 저녁 식사 초대도 오갔다. 예전 같으면 미리 전화를 하거나 식사 초대 같은 절차 없이도 제시간에만 모습을 나타내면 되었을 것이다.

"걸어서 내려가요. 아리아나가 엘리베이터를 싫어하거든요." 비올라 부인이 내게 귀띔해 주었다. 여자는 아무 말이 없었고, 우리는 각 층마다 서로를 기다려 주면서 조용히 계단을 내려왔다.

바깥은 약간의 떨림과 붉게 물들기 시작한 부드러운 공기로 가득했다. 그렇게 겨울과 봄이 서로 최후의 일격을 주고받고 있었다. 계절은 사람들 모르게 캄캄한 밤사이 바뀌었고, 우리는 그 웅장하고 고요한 변화를 구경했다. 무슨 일이 일어날 것만 같은 밤이었다. 내 옆으로 저만치 떨어져 있는 여자는 두 손으로 우비를 꼭 붙잡고 눈을 반쯤 감은 채, 자신의 정원에 우연히 찾아온 손님과 함께 있는 사람처럼 만족스러운 얼굴로 플라타너스 향기를 마음껏 들이마셨다. 나도 숨을 돌릴 겸 하늘을 올려다봤다.

검고, 아주 높고, 흘러가는 커다란 구름으로 뒤덮여 있었다.

3

우리가 차에 탔을 때 길모퉁이에 있는 시계들이 새벽 3시를 가리켰다. 도시는 밤바람에 말라가고 있었지만 아직 곳곳에 호수처럼 커다란 물웅덩이들이 남아 있었고, 여자의 영국산 소형차가 그 옆을 스치듯 지나쳤다. 그녀는 자신의 운전 경력을 뽐내며 조용히 차를 몰았고, 나는 여느 버스 운전사가 그렇듯 그녀도 내가 차 문을 닫으면 백미러로 나를 한 번 흘끗 보고 난 후 떠나가겠지 생각하고 있었다. 그때 그녀가 젖은 머리카락을 털며 말했다.

"그런데 아까 이름이 뭐라고 했죠?"

"레오 가짜라. 여전히 그 이름이죠."

"쓸쓸한 이름이네요." 여자가 말했다. 그리고 잠시 후 다시 입을 열었다. "패배한 전투를 떠올리게 해요."[제2차 세계대전 당시 파시스트 이탈리아가 속한 추축국에 대항하기 위해 결성된 연합국 소속 캐나다의 군인으로, 수많은 업적을 세운 전설적인 인물 레오 메이저(Leo Major)와 이름이 같아서 한 말이다.]

글쎄다. 이미 고된 하루를 보낸 터라 입씨름하고 싶지 않았기에 담배나 피울 생각으로 주머니를 뒤적였다. 그렇게 늦은 밤에 담배를 피우려고 하면 왜 꼭 라이터 가스에게 배신을 당하게 되는지 모르겠다. 내가 불을 켜려고 계속 시도했지만 번번이 실패하자 그녀가 차 뒷좌석을 뒤져보라고 했다. 부서진 모기향 조각 몇 개와《스완네 집 쪽으로(Swann's Way, 마르셀 프루스트의 연작소설《잃어버린 시간을 찾아서》의 첫 작품)》복사본, 그리고 프랑스산 향수병 하나가 보였다. "쾨르 조아이유(Coeur Joyeux, 행복한 마음)." 향수병 라벨을 읽어 봤다. "그러니까 마음이 있을 뿐만 아니라 실제로도 즐겁다는 뜻인가요?"

그녀가 살짝 웃으며 말했다. "제겐 해독제나 마찬가지죠. 그런데 그쪽은 같이 지내는 사람이 있어요? 아니면 혼자?"

"아니면 혼자."

"말을 항상 이런 식으로 하나 봐요?" 그녀가 물었다.

고물 알파 로메오를 주차해 둔 거리에 도착했고, 그때까지도 나는 그녀의 질문에 답하지 않았다. 그녀 역시 아무 말이 없었다. 차는 다행히 아무도 훔쳐 가지 않은 채 홀로 고독하게 있었다. "이거예요. 태워 줘서 고마워요."

"고맙긴요." 그녀가 마침내 다시 입을 열었다. "아까 복도에서 그런 꼴 보여서 미안해요. 제가 간밤에 좀 예민했어요."

"왜요?"

"아, 별건 아니에요." 그녀가 시동을 끄며 말했다. 거리에 유리같이 투명한 고요가 내려앉았다. 주위의 집들이 보도에 웅크리고 있는 듯했고 하늘은 아직 아무 음영 없는 암흑이었지만, 꿈에 흠뻑 젖은 밤이 저 깊은 심연에서 올라오며 3시를 넘어 서서히 새벽으로 향하는 것이 느껴졌다. 어느 야간 경비원이 말을 건네도 이상한 시간이 아니었다. "하나 줄까요?" 그러고는 아주 독한 프랑스산 담뱃갑을 내게 들이밀었다. "달리는 황소도 죽일 수 있을 거예요."

"됐어요. 이미 충분히 꼬인 날을 보냈거든요." 내가 말했다.

"꼬인 날에 대한 얘기는 더 이상 안 하는 게 좋겠네요. 졸려요?"

"별로요." 솔직히 말해서 나는 한계에 이르러 있었다.

"나도 하나도 안 졸려요." 여자는 그렇게 말한 뒤 잠시 조용하다가 주저하며 물었다. "자면서 숨 쉬는 걸 잊을까 봐 걱정해 본 적 있어요?" 그 말에 내가 웃기 시작하자 그녀는 부끄러운 듯 당황한 표정을 지었다.

"글쎄요, 걱정거리가 있을 때는 술집만큼 좋은 곳이 없죠. 손님은 거의 없는데 밤새 여는 곳이 있어요."

"있잖아요." 여자가 다른 것은 기대하지 않았다는 듯 다시 시동을 걸고 차를 출발시키며 말했다. "내게 필요한 것들이 이 밤 언젠가부터 아주 사소해졌어요!"

"나를 두고 하는 말인가요?"

"아니요." 여자가 미소를 지으며 말했다. "그쪽은 좋은 사람 같아요. 고향이 어디예요? 여기 로마 사람들은 다 전국 각지에서 왔잖아요. 알고 있었어요?" 그녀의 기분이 놀라울 정도로 바뀌어 이제 거의 마음을 터놓고 있었다. "정말 끔찍한 도시죠!" 내가 밀라노 얘기를 꺼내자 그녀가 흥분해서 대뜸 소리치더니, 내 기분을 상하게 할까 봐 그랬는지 그곳의 전차는 제법 멋있어서 밀라노에 갈 때마다 전차를 타고 시내를 한 바퀴 돈다고 덧붙여 말했다.

그녀는 베니스에서 왔고, 정확히는 산로코(Scuola Grande di San Rocco, 자선 사업에 헌신하는 평신도 형제단에 의해 탄생한 학교 스쿠올라 그란데 디 산로코) 출신이라고 했다. 그 말을 듣자 나는 틴토레토(Jacopo Robusti Tintoretto, 이탈리아 베네치아파의 화가)의 작품 〈그리스도의 십자가 처형(Crucifixion)〉과 유명세가 떨어져 가는 화가가 그토록 거대한 작품을 만들기 위해 견뎌야 했을 분투가 떠올랐다. 그녀에게 왜 고향을 떠났는지 물었다.

"왜 떠났냐고요? 신문도 안 읽어요?"

"당신이 떠난 이유가 신문에 실리기라도 했다는 거예요?"

"아, 지역 신문에만 났었죠! 심지어 애도 기사로 실렸는데 못 봤다니 아깝네요." 그녀가 웃으며 내 농담을 받아친 후 말을 이었다. "사실은 바다 때문이에요. 살고 있는 곳이 점점 바닷속으로 가라앉고 있다고 생각해 봐요. 정말 끔찍한 일이잖아요."

나는 그녀를 바라봤다. 그녀를 보는 게 좋았다. 눈은 너무 크고 입은 꾹 다물고 있었지만, 바로 그 눈과 입이 한데 모여 조화를 이루며 무엇이든지 해낼 듯한 용기를 내뿜고 있었다.

"저길 봐요. 노란색이에요!" 그때 그녀가 지나가는 자동차를 보며 소리쳤다. 여자는 카드 없이 할 수 있는, 움직이는 노란색 자동차를 본 후에야 시작할 수 있는 솔리테르 같은 게임을 알고 있었던 것이다. 자동차가 지나갈 때 우선 소원을 빌고, 이어서 널어놓은 빨래, 수염을 기른 청년, 꼬리가 짧은 개, 지팡이를 짚은 노인이 보일 때까지 계속 주먹을 쥐고 있어야 한다. 어지간해서는 끝이 나지 않는 게임이었다.

"그거 알아요? 이 게임은 절대로 끝나지 않을 거예요. 그냥 한 잔 마시러 갔다가 집에 가는 게 낫지 않을까요?"

"이제 알겠네요. 그쪽도 다른 남자들과 다를 바 없어요. 맙소사! 왜 사람들은 항상 인생을 되풀이할 수 있는 것처럼 사는 거죠?" 이 시점에서 나는 구차하게 변명을 하는 둥 여느 평범한 사람들처럼 보이고 싶지 않았기에 그저 입을 다물고 있을 수밖에 없었고, 플라미니아거리의 주유소에 도착할 때까지 아무 말도 하지 않았다. 무겁고 느린 화물차 몇 대가 땅을 뒤흔들며 북쪽 어둠 속으로 사라지고, 그녀가 주먹 쥔 손으로 경적을 울렸다. 몇 분 후, 노란 옷을 입은 남자가 주유소 한편의 간이매점에서 나와 한 손으로 얼굴을 훑으며 다가왔다.

"자는 걸 깨웠나 봐요?" 그녀가 천진한 목소리로 물었다.

"천만에요. 낚시하다 오느라 좀 늦었어요." 남자가 대답하자 아리아나는 지체하지 않고 그에게 환한 미소를 지어 보였고, 그 미소에 남자는 기분이 아주 좋아졌는지 부탁도 안 했는데 자동차 유리까지 열심히 닦았다.

"좋아요." 그녀가 다시 차를 출발시키며 내게 말했다. "하지만 먼저 뭐 좀 먹어야겠어요. 따뜻한 브리오슈(brioche, 밀가루, 계란, 버터를 넣어 만든 맛이 달고 크기가 작은 빵) 하나 어때요?"

"열두 개도 먹을 수 있어요." 내 대답은 진심이었다.

그녀는 밤거리를 자기 손바닥처럼 잘 알고 있었다. 15분 후 우리는 법원 건물 안뜰에 자리 잡은 제빵소의 문을 열고, 밀가루를 뒤집어쓴 사람들이 일하고 있는 하얀 지옥으로 들어갔다. 물컹하고 흐늘거리는 반죽 덩어리를 손에 들고 그것이 고분고분해질 때까지 벌이라도 주듯이 탁자에 내리치는 남자들이 있었고, 반죽을 잘라 오븐에 넣는 남자도 있었다. 여자도 몇 명 있었는데 머리에 흰 수건을 두르고 크림이 가득 든 커다란 통을 휘젓고 있었다.

"아, 어서 와요, 공주님." 한 여자가 말했다. "오늘은 어떤 걸로 챙겨드릴까?"

아리아나는 여자의 상냥한 눈빛 속에서 여러 종류의 브리오슈를 가리켰고, 종이 봉지 하나를 가득 채웠다. 따뜻하고 감촉이 좋은 빵 봉지를 두 손 가득히 들고 그것으로도 부족했는지 마들렌 하나를 더 슬쩍 집어 들었다. 빵집을 나오며 나는 그들에게 좋은 밤을 보내라는 형식적인 인사를 건넸고, 그녀가 팔꿈치로 내 옆구리를 쿡쿡 찔렀다.

"좋은 밤 되라고요?" 다시 안뜰로 나오자마자 그녀가 내게 핀잔을 주듯 말했다. "저들은 몇 시간째 일하고 있는 거란 말이에요!" 그러고는 한숨을 내쉬었다. "여기 와서 공짜 빵을 얻어갈 때마다 항상 죄책감이 느껴져요. 정말이에요. 하지만 이 시간에만 얻을 수 있는 따끈한 브리오슈를 위해서라면 뭐든 할 거예요. 안 그래요?"

그녀의 말처럼 브리오슈는 따뜻하고 향긋했으며, 몇 시간 후에 도시 저편의 화이트칼라 회사원들이 카푸치노에 적셔 먹을 카페에서 파는 싸구려 케이크와는 전혀 달랐다. "부자가 되면 틀림없이 장점이 많을 거예요." 내가 말을 꺼냈지만 아리아나는 벌써 저만치 떨어진 곳에서 마들렌을 씹는 속도에 맞춰 안뜰에 깔린 타일을 내려다보며 몸을 흔들고 있었다. "잃어버린 타일 조각이라도 찾고 있는 거예요?" 내가 다가가 물었다.

나의 프루스트적 과시가 그녀에게 깊은 인상을 남긴 듯했다. "의미는 없겠지만요." 그녀가 호기심 가득한 얼굴로 나를 바라보며 말했다. "요즘 마들렌은 예전 같지 않으니까요."

"예전 같은 게 이제는 하나도 없죠."

"시작은 좋네요. 계속해 봐요." 그녀가 말했다.

"글쎄요, 정말 그런 거 같아요. 이렇게나 쓸쓸한 시대에 살고 있는 우리가 뭘 할 수 있겠어요? 우리에게는 선택의 여지가 없죠."

"맞아요." 그녀가 살짝 미소 띤 얼굴로 말했다. "선택권이 없어요. 진보가 우리의 즐거움을 얼마나 많이 빼앗았는지 생각해 본 적 있어요?"

"왜 없겠어요. 예를 들자면 유리병에 든 우유를 못 마시게 된 것도 그중 하나죠."

"뭐, 나쁘지 않네요. 그리고요?"

내가 비닐이 싸이지 않아 서점에서 마음껏 책을 펼쳐볼 수 있었다고 말하자 그녀는 종이봉투를 입으로 불어 부풀렸다가 터뜨리는 즐거움에 대해 말했고, 다시 내가 프로슈토(prosciutto, 이탈리아의 북쪽 파르마 지방에서 생산된 햄)를 손으로 잘라먹던 것을 말하자 그녀는 크리스마스트리의 유리 장식을 깨고 그 위를 두꺼운 고무 밑창이 깔린 신발을 신고 걸어 다녔다고 말했다. 결정적으로 내가 오래된 가죽 의자에서만 맡을 수 있는 냄새를 말했을 때, 그녀가 화제를 바꿨다. "다시 태어난다면 언제 태어나고 싶어요?"

"제국이 멸망하기 전 비엔나에서요." 내가 대답했다.

"꽤 괜찮네요." 그녀가 차에 오르며 말했다. "나는 콩브레(Combray,《잃어버린 시간을 찾아서》의 프랑스를 배경으로 한 상상의 도시)요. 그쪽이 운전할래요? 캄피돌리오언덕에서 도시를 바라보고 싶어요."

5분 후 캄피돌리오에 도착한 우리는 포로 로마노 바로 위에 있는 난간에 기대어 섰다. 저 아래 광장들은 텅 비어 있었고, 얼음처럼 차가운 대리석으로 지은 바실리카(Basilica, 대성당)들은 언젠가 녹을 날이 오기를 꿈꾸고 있었다.

"바보 같아요." 그녀가 나지막이 말했다.

"뭐가요?"

"겪어 보지도 않은 것을 그리워하는 거요." 그녀가 고개를 돌려 벤치에서 잠이 든 부랑자들을 바라봤다. 솔리테르 게임에 필요한 수염을 기른 청년을 찾기는 어렵지 않았다. "사실 저 사람들이 부러워요. 아주 자연스러운 세상사의 일부잖아요. 그쪽은 어때요? 직업은 뭐고요?" 딱히 뭐라고 대답하기가 어려워 아무것도 하지 않는다고 말했다. "아무것도 안 한다니, 그게 뜻이에요? 다들 뭔가를 하잖아요. 사실 나도 직업이 있는 사람처럼 보이지 않겠지만 건축을 공부하고 있어요. 아직 시험을 치르진 않았고요. 그럼 온종일 뭐 하면서 보내요?"

"독서해요."

"뭘 읽는데요?"

"뭐든지 읽죠."

"뭐든지 읽는다고요? 전차 탑승권도 읽고 생수 라벨도 읽고 로마 시장의 제설 규정 같은 것도 읽는다고요?" 그녀가 말하고는 웃어 보였다.

"물론이죠. 그런데 러브스토리를 좋아하기는 해요." 내가 대답하자 그녀는 자못 진지한 얼굴로 자신은 러브스토리라 하면 배드 엔딩이어야 좋은데, 또 막상 안 좋게 끝나면 그들의 사랑에 실망해서 싫다고 했다. 내가 《잃어버린 시간을 찾아서》를 끝까지 읽었던가? "숨이 턱턱 막힐 때가 있거든요." 아무튼 나는 프루스트가 크게 소리 내어 읽어야 하는 책을 쓰는 저자 중 한 명이라 주장하며 그렇게 말했다. 그녀는 이런 내 생각이 재미있다면서 그와 비슷한 다른 책들은 어떤 것들이 있는지 물었다. 나는 《성경》이 가장 먼저 떠올랐고, 이어서 《모비 딕(Moby Dick)》《천일야화(Arabian Nights)》를 예로 들었다. 갑자기 생각한 것치고는 상당히 탁월한 선택이었던 것 같다.

"특별히 좋아하는 작품도 있겠죠?"

"그럼요. 헨리 제임스 조이스(Henry James Joyce, 《율리시스》를 쓴 아일랜드의 작가)나 밥 딜런 토마스(Bob Dylan Thomas, 미국의 싱어송라이터), 스콧 피츠제럴드(F. Scotch Fitzgerald, 미국의 소설가)의 작품들, 그리고 대체로 중고 책을 좋아하죠." 내가 대답했다.

"왜 중고 책을 좋아해요?" 그녀는 해박한 지식을 동원한 내 말장난을 헤아리지 못하고 물었다.

"일단 값이 싸고, 읽을 만한 가치가 있는지 미리 확실히 알 수도 있잖아요."

"어떻게요?" 그녀가 난간에 앉으며 물었다.

나는 무엇인가를 먹으면서까지 읽는 책은 분명 재미있을 테니 페이지 사이에 빵이나 음식 부스러기, 껍질 조각 같은 흔적을 찾아보거나, 기름얼룩이나 손자국이 있는지, 접어놓은 페이지가 얼마나 되는지 살펴본다고 했다. "그리고 접힌 페이지를 찾을 때 중요한 것이 바로 책등인데, 책등까지 확실히 접으며 읽었다는 건 그만큼 책이 좋다는 걸 의미하죠. 양장본일 경우에는 표지의 얼룩이나 벗겨진 흔적, 긁힌 자국을 찾아봐요. 모두 신뢰할 만한 확실한 증거니까요."

"먼저 그 책을 읽었던 사람이 단순히 칠칠하지 못한 사람이었다면요?"

"그래서 작가에 대해 알고 있어야 하죠." 어쨌든 텔레비전이 정착한 후로 독서가 어느 정도 지적인 수준이 되는 사람들 사이에서만 지속되고 있는 활동으로 추락한 것은 확실했다. "요즘 세상에 책 읽는 사람은 멸종되고 있는 종이나 마찬가지예요. 고래나 자고새 같은 일반적인 야생 동물처럼 말이죠. 보르헤스(Jorge Louis Borges, 아르헨티나의 소설가)는 그들을 검은 백조(Black Swan, 찾아보기 어려운 진귀한 존재 또는 예측하지 못한 사건을 뜻한다.)라면서, 이제 좋은 독자가 좋은 작가보다 더 드물다고 했고요. 그리고 독서는 글쓰기 다음으로 매우 겸손하고 문명적이고 지적인 활동이라고 했죠. 여기서 조심해야 할 건 이런 거예요. 책은 읽는 사람의 마음에 따라 다른 느낌을 준다는 거죠. 처음 읽을 때는 진부했던 책이 두 번째 읽을 때는, 그사이 안 좋은 일이 있었거나 여행을 다녀왔거나 사랑에 빠졌거나 하는 이유만으로 아주 깊은 인상을 남기기도 하니까요. 무슨 일을 겪고 나면 마음이 변하는 것처럼 말이에요."

이제 그녀는 자신이 어떤 속물근성을 지닌 사람과 마주하고 있는지 알게 되었을 것이다. 그녀는 그렇게 정원에 깔린 젖은 자갈에 시선을 고정한 채 조용히 내 말에 귀 기울였고, 잠시 후 고개를 들었다. "재밌는 사람이네요. 비올라네 집에 들어왔을 때만 해도 굉장히 비참해 보였는데."

"배가 고팠을 뿐이에요."

"배가 고프다니요?"

"네, 배고프다는 말 처음 들어요?"

"그럴 리가요." 차로 돌아가는 동안 그녀가 웃으며 말했다. "아페리티프(aperitif, 식전주)를 마실 때 나오는 애피타이저 말하는 거 아니에요?" 그녀는 보닛 위에 걸터앉아 주위를 둘러봤다. "이런 곳에서 살면 재미는 있겠어요. 그렇다고 로마 시장(市長)과 결혼하고 싶지는 않네요."

"어디 살아요?"

"글리치니거리요." 그녀가 두 눈을 반짝이며 말했다. "어딘지 알아요?"

"플라타니대로 쪽이잖아요."

"맞아요. 근처에 내가 너무 좋아하는 '릴라(Lillà, 라일락)'라는 이름의 거리도 있고, '오르키데(Orchidee, 난초)'라는 이름의 거리도 있죠." 그녀는 그 거리들이 실제로 꽃으로 포장되어 있는 것처럼 그 이름 하나하나를 또박또박 발음하며 말했다. "데려다줘요." 그러고는 운전대를 내게 넘기며 말했다.

"농담하는 거죠?" 내가 말했다. 그녀 같은 사람이 살만하지 않은 곳이 있다면 바로 그런 곳이기 때문에 확인을 하지 않을 수 없었다. 그녀는 대답 대신 유리에 부츠를 올려놓았다.

나는 이미 지칠 대로 지쳐 한계에 이르렀지만, 그녀가 무슨 생각을 하는지 알고 싶어서 글리치니거리의 그 악명 높은 동네로 출발했다. 그곳은 좀처럼 견디기 힘든 동네 중 하나다. 이제까지 본 것 중 가장 엉망진창인 전차들이 금방이라도 무너질 것 같은 교차로를 지나다니고, 날림으로 지은 집들은 다 무너져 가고, 악취가 진동하는 음식점과 가전제품 상점, 정비소가 번갈아 가며 늘어서 있고, 불량아 무리가 다 망가져 가는 오토바이에 올라 엔진에 시동을 걸기 위해 지옥 같은 소음을 뿜어 대며, 방역을 마친 영화관에서는 지독한 소독약 냄새가 거리로 퍼져 나오고, 길 어디에도 여름 내내 뜨거운 태양으로부터 주민들을 지켜 줄 정원 하나, 혹은 나무 한 그루, 화단 하나를 찾아볼 수 없는 곳이다. 길모퉁이에 놓인 이정표에 적힌 꽃 이름은 결국 어느 정신 나간 사람의 꿈속에 있는 것처럼 비현실적인 느낌이 들게 만들 뿐이다. 그녀 같은 사람이 왜 그런 곳에서 살고 있는 걸까? 나는 아무 말 없이 희미한 네온 불빛이 비치는 길게 뻗은 외곽 도로로 진입했다. 도로 양옆에는 어둠 속에 우뚝 솟은 공동묘지와 비슷한 건물들이 북새통을 이루고 있었다. 아리아나는 가뜩이나 큰 두 눈을 더 동그랗게 뜨고 그 풍경을 아무 말 없이 바라봤다.

색이 다 바랜 놀이동산과 직업전문학교를 둘러싼 담장을 지나자 가전제품 상점이 보이기 시작했다. 우리는 글리치니거리가 나타날 때까지 푸르스름한 회색빛 공기 속을 돌아다녔다. 널린 빨래들이 터널을 만들고 있는 골목도 지나갔다. 적어도 솔리테르 게임의 목적 하나는 달성한 셈이었다. 하지만 그 외에는 폐허와 음산함만이 있는 곳이었다.

"여기가 어디에요?" 그녀가 말했다. "전혀 엉뚱한 곳으로 왔어요. 이곳은 내가 말한 글리치니거리가 아니란 말이에요."

"다른 곳은 없어요."

"아니, 분명히 있어요!" 그녀가 말했다. 그러고는 급히 가방에서 향수병을 꺼내 손목과 관자놀이를 적셨다. 차 안에 가득 퍼진 라일락 향기를 맡자 거리의 모습을 견디기가 훨씬 나아졌다. 그때 검은 옷을 입은 야간 경비원이 우리를 발견하고 손으로 자전거를 끌며 우리 쪽으로 다가왔다.

"어서 돌아나가요, 빨리요!" 그녀가 신음하며 말했다. "난 야간 경비원들이 무섭단 말이에요."

아리아나는 손을 뻗어 내 손을 잡고 동네를 빠져나올 때까지 꽉 쥐고 있었다. 사실 그녀는 글리치니거리에서 살고 있지 않았을 뿐 아니라 와본 적도 없다고 했다. 그날 아침 신문에서 방 두 개를 임대한다는 광고를 봤고, 근처에 꽃 이름을 딴 거리들이 있는 것을 보고 막연히 살고 싶은 멋진 동네라고 생각하게 된 것이었다. 시내 지도를 보고 약간 외곽에 위치한 동네라는 것은 알았겠지만, 그렇게 무시무시한 곳일 것이라고는 생각이나 했을까? 그래서 그녀는 일부러 꽃 이름을 아주 강조해서 말했던 것이다. 아, 얼마나 실망했을까! 하지만 나는 아무 말도 하지 않았다. 내가 정말 궁금했던 것은 그녀가 방을 구하려고 하는 이유였다. 그녀가 도망치듯 집을 뛰쳐나온 것은 분명한데, 대체 누구를 피해 나온 것인지 알고 싶었다. 잠시 후 나는 그 사람이 바로 그녀의 언니라는 것을 알게 되었다. 그날 아침 두 사람은 말다툼을 했고, 아리아나는 혼자 사는 것이 정말 두려웠음에도 집을 떠나기로 결심했던 것이다. 그런데 어떻게 독립하겠다는 사람이 프루스트의 책 한 권과 성냥 몇 개, 향수 한 병만 챙겨서 나올 수 있는 걸까?

"카드도 한 벌 챙겼죠." 아리아나가 담담하게 말했다. "그럴 수 있잖아요?" 카드야 어디든 들고 다니니 당연히 챙겼는데, 사실은 다투고 나서 분이 풀리지 않는 바람에 그만 열쇠를 잊고 나왔고, 그래서 다른 짐들을 챙길 수 없었던 것이다. 열쇠 없이 문이 잠겼을 때의 심정은 나도 좀 안다. 나는 그날 아침 빗속에서 얼마나 불운한 하루를 시작하게 되었는지를 생각하다가, 갑자기 내가 무엇을 잊고 있었는지 떠올랐다. 그것은 바로 내 생일이었다. 나는 그날이 내 생일인 것도 모르고 무엇인가를 기억해 내려고 애쓰다가 생일을 통째로 날려 버린 것이다.

"뭐라고요? 자기 생일을 잊었다고요?"

"뭐, 생일도 예전 같지 않은 것들 중 하나니까요." 말은 그렇게 했지만 그날을 시작으로 나는 내가 하고자 다짐했던 모든 일들을 생각하게 되었다. 문득 하늘을 바라봤다. 사람들은 서른이 되면 으레 하늘을 바라보곤 하니까.

“제정신이에요?” 아리아나가 말했다. “자기 생일을 잊다니, 어떻게 그럴 수 있어요? 난 한 달 전부터 달력에 날짜를 지우며 기다리기 시작한단 말이에요!” 어느새 그녀는 글리치니거리고 뭐고 다 까맣게 잊은 듯했다. “어쨌든 파티는 해야죠. 한잔 할 수 있는 곳이 있나 찾아 봐요.” 그녀가 제안했고, 우리는 도시에 새벽이 밝아오는 동안 카페를 찾아다녔다.

회색빛 공기 속에서 사람들 무리가 첫 버스가 오기를 기다리고 있었다. 밤새 돌아다닌 사람의 뱃속에 따뜻한 무엇인가가 필요한 시간, 너무 생생한 꿈을 꾸고 이불 속에서 손을 모으게 되는 시간, 막 인쇄된 신문이 잉크 냄새를 풍기며 하루를 시작하는 시간이었다. 아직 새벽이었고, 밤이 남긴 것은 내 옆에 있는 낯선 여자의 시선 아래에 드리운 두 개의 그림자뿐이었다.

“우리가 하지 않은 모든 일과 해야만 했던 일, 하지 않을 일을 위하여.” 내가 뜨거운 카페라테가 든 잔을 들며 말했고, 아리아나가 웃으며 너무 계획적인 건배 같지만 나름대로 괜찮았다고 했다. 그러고는 탁자 위로 몸을 뻗어 내 볼에 입맞춤했다.

“그럼 이제…….” 그녀가 철제 의자에 앉으며 말했다. “재밌는 이야기 좀 해 봐요.”

우리는 어느 버스 종점 앞 카페에 있었다. 주위는 온통 이른 아침 카페에서만 맡을 수 있는 감미로운 커피 향으로 가득했고,

한 청년이 〈코리에레 델로 스포르트〉를 읽는 운전사들 몇 명의 발 사이로 바닥에 톱밥을 뿌리고 있었다. 나는 뼈마디가 쑤셨지만 커피를 마시고 나니 한결 나아진 듯했다. 그래서 한동안 내가 글리치니거리에서 아이들에게 이탈리아어 수업을 하던 때의 일을 이야기해 주었다. 당시 내가 가르친 아이들은《약혼자들(I promessi sposi, 알렉산드로 만초니의 장편소설)》에서 끝없이 미루어지는 성관계 외에 다른 문제를 다루고 있다는 점을 고민하기보다 내게 담배를 얻어 피울 궁리만 했다. 마지막 수업 때 가정법을 설명해야 했는데, 사흘 연속으로 술에 취해 비몽사몽인 상태여서 의자에 앉아 있는 것도 힘들었다. 아이들은 그걸 알아채고 내 어깨를 툭툭 치기 시작했는데, 나는 체면을 구기고 싶지 않아 괜찮은 척했다. 하지만 나는 결국 견디지 못하고 갑자기 바닥에 쓰러지고 말았다. 아이들 중 한 명의 아버지가 나를 여관에 데려다준 것 같은데, 나를 죽은 시체처럼 오토바이에 옆으로 뉘인 채 도로를 달렸다. 왜 그렇게 했는지 그 이유는 모르겠지만, 한 가지 확실한 것은 술에 취하지 않고 가르친 수업료조차 주지 않았다는 사실이다. 그래서 나는 아이들 중 한 명을 납치해 몸값을 요구할 계획을 한참 전부터 세우고 있었다. 그때 아리아나가 갑자기 웃음을 멈추더니 커피잔 가장자리 너머로 나를 바라봤다. 그녀는 눈을 반쯤 감은 채 그윽한 눈동자로 나를 꼼꼼히 살펴보고 있었다.

"왜 그래요?" 내가 물었다.

"아무것도 아니에요." 그녀가 대답했다. "그냥 그쪽 회색 눈동자가 마음에 들어서요. 내가 그쪽을 사랑하게 될 수도 있을지 생각해 보고 있었어요."

"일부러 그럴 필요는 없어요." 나는 담배를 물고 불을 붙였다. "어쨌든 내 아파트에 와서 있고 싶을 때까지 머물러도 괜찮아요."

"그 말 진심이에요?" 그녀가 내 제안에 감동했는지 곧바로 조금도 불편을 끼치지 않을 것이고, 5만 리라의 수입이 있으니 집세도 같이 내겠다고 말했다. 그리고 샤토브리앙(chateaubriand, 소고기 안심을 두껍게 굽는 프랑스식 스테이크)을 기가 막히게 만들 줄 안다는 말도 했다. 이 시점에서 나는 살짝 자랑하고 싶은 마음이 들어 그녀에게 스테이크로 역사에 남은 시인(Francois-Rene de Chateaubriand, 프랑스 낭만주의의 선구자 프랑수아르네 드 샤토브리앙)을 생각하니 너무 슬퍼서 아무것도 할 필요 없다고 말했다. 그러자 그녀는 내게 정치가에게도 같은 방식으로 생각하는지 물었고, 결국 우리는 비스마르크(Otto von Bismarck, 독일 제국을 건설한 프로이센의 외교관이자 정치인으로, 스테이크 위에 반숙 달걀을 올려 먹던 것으로 유명하다.)식으로 만들어 먹기로 결정을 내렸다. 그런 다음 그녀는 우리 둘의 일과를 계획하고 싶어 했다. 책을 읽고 음악을 듣고, 그리고 다시 공부를 시작하기로 했다. 그녀가 베니스로 돌아가 도시를 구하는 일을 하는 기술팀에 들어가려면 반드시 그 진절머리 나는 학위를 받아야 했기 때문이다. 그런데 그녀는 결코 공부에 집중하지 못했다. 사람이 어찌나 산만한지, 정말이지 너무 산만했다!

"지금 몇 시예요?" 아리아나는 묵직한 남자 시계를 손목에 차고 있으면서 내게 시간을 물었다. "이 시계요? 아, 집안의 가보예요." 그 시계는 시간이 맞지 않았는데, 그녀는 그렇게 시간을 보는 것도 항상 놀라움을 주기에 단 한 번도 시간을 맞춘 적이 없다고 했다. 그때가 6시였는데 시계는 7시 45분을 가리키고 있었고, 무슨 요일인지는 알 수가 없었다.

"잠깐만요." 그녀가 화장실에 가려고 일어섰다. 화장실 문이 잠겨 있어서 바리스타에게 열쇠를 달라고 해야 했는데, 잠시 후 그녀가 역겨워하는 얼굴로 화장실에서 돌아왔다. "누가 들어가서 몰래 청소라도 할까 봐 문을 잠가놓는 건가 봐요. 이제 뭐 할 거예요?"

"집에 갈까요?" 내가 자리에서 일어나려 했지만 아리아나가 고개를 저었다. 그녀는 밤새 담배를 피운 날에는 바다로 달려가 폐에 신선한 산소를 공급하는 게 가장 좋다고 했는데, 글쎄다. 나는 세상에 그녀를, 그녀의 유약함을 깨트릴 수 있는 것이 있을까 하는 의문이 들었다. 그녀가 운전대를 잡았고, 십 분 후 우리는 해변으로 향하는 도로에 진입했다. 양옆에는 이슬 덮인 초원과 점점 파란색으로 물드는 하늘에 검은 실루엣을 드러내고 있는 소나무들이 서 있었다. 아리아나는 약간 망상에 사로잡힌 것처럼 우리가 함께 지낼 날들에 대해 말했고, 나는 볕 때문에 눈을 감고 그녀의 목소리를 들으며 저 멀리 계곡이 보이는 낡고 텅 빈 아파트에서는 이 목소리가 어떻게 들릴지 상상했다. 아, 이 세상에는 아직 구원받을 수 있는 게 남아 있기는 한 모양이었다!

도로 저 끝에서 갑자기 바다가 나타났다. 우리가 해안을 따라 달리기 시작하자 해수욕장들 사이로 바다가 나타났다 사라지기를 반복했다. 왼쪽에는 비성수기의 한적한 펜션과 호텔들이 정원의 야자수를 흔드는 시원하고 상쾌한 바람 속에 빛바랜 간판을 내걸고 있었다. 한동안 아무 소리도 들리지 않았고, 아리아나도 아무 말이 없었다. 우리는 마을 밖 길가에 차를 세웠다. 하늘은 분홍빛으로 물들고 있었지만 바다는 여전히 회색에 적대적인 모습이었다.

"바다는 항상 무엇인가를 요구하는 것 같아요." 잠시 후 그녀가 입을 열었다. "하지만 물은 다 그렇죠. 비도 마찬가지니까요. 언제나 무엇인가를 요구하는 것 같죠."

해변으로 내려가니 차가운 바람이 옷 속을 파고들었다. 차 안에서 조금이나마 올랐던 체온이 다시 떨어졌고, 그녀는 곧바로 몸을 떨기 시작했다. "맙소사, 너무 추워요!" 그러고는 양손을 빨간색 우비 안에 집어넣고 축축한 모래 위를 달리기 시작했다. 아리아나는 순식간에 멀어졌고, 그사이 나는 딱딱하게 굳은 모래사장을 따라 마른 해초와 빈 조개껍데기가 카펫처럼 깔린 쓸쓸한 해변을 걸었다. 바닷물이 내 신발에 닿을 듯 말 듯 하더니 밀려오는 파도에 부딪히면서 신발을 적셨고, 내 두 눈은 바람에 흔들리는 빨간색 우비를 입고 꼭두각시처럼 바다를 바라보며 가만히 서 있는 그녀에게 향해 있었다. 바람에 흔들리는 우비 소리는 종이봉투가 구겨질 때 나는 소리 같았다. 나는 그녀가 남긴 발자국을 똑같이 밟으며 그녀를 따라갔다. 그리고 내가 그녀에게 다다랐을 때 바람은 짓궂은 장난이라도 치듯 잠잠하더니 그녀가 이른 아침에도 아름다운 그 얼굴을 뒤로 돌리자 기다렸다는 듯이 다시 불었다. 그때 그녀가 양팔을 내 목으로 올렸고, 우비에서 신음하듯 거친 소리가 났다. 차가운 소매가 목에 닿자 나는 순간 몸이 떨리기 시작했다.

"추워요?" 아리아나가 그 작고 단단하고 따뜻한 몸을 내게 밀착하며 물었다. 그러고는 부드럽게 웃으면서 내 셔츠 깃 속으로 입김을 불어 넣었고, 잠시 후 그녀의 입술이 가볍게 내 뺨을 스치는 것이 느껴졌다. "이렇게 추위를 많이 타서 어떡해요? 괜히 오자고 했나 봐요. 가여워라…… 가여워서 어쩌나……." 그녀가 작은 목소리로 조금은 나를 놀리듯 속삭였다. 그러다 그녀의 미소가 점점 희미해지더니 그녀의 입술이 내 입술로 올라왔고, 그녀의 혀가 부드럽지만 완고하게 내 입술을 비집고 들어와 헤엄쳤다. 그러고 나서 말로는 표현할 수 없을 정도의 느린 속도로 입을 떼고, 여전히 아주 천천히 내 옷깃에 입술을 문질렀다. "확실히 알았어요!" 그녀가 웃으며 말했다. "그쪽은 나와 사랑을 나누고 싶은 생각이 전혀 없어요! 그쪽의 그런 생각이 정말 마음에 안 들어요."

아리아나는 당황한 나를 홀로 두고 다시 걷기 시작했다. 해변에는 어느새 어부 몇 명이 와서 육지로 그물을 끌고 있었다. 아직 그물을 다 끌어올린 것은 아니었지만 해수면의 높이만 봐도 이미 잡은 물고기가 별로 없다는 것을 알 수 있었고, 하늘이 분홍색에서 파란색으로 변하는 동안 어부들은 자기들끼리 조용히 욕설을 내뱉었다.

"저기 좀 봐요!" 그때 아리아나가 크게 소리쳤다. "빨리요!" 나는 그녀의 시선을 따라 고개를 돌렸고, 새벽을 아침으로 바꾼 마법처럼 놀라운 장면을 보게 되었다. 한 노인이 해변을 거닐고 있었는데, 짤막한 꼬리에 사납고 더러운 개를 재촉하기 위해 지팡이를 들어 올릴 때마다 넘어질 듯 휘청거렸다. 그제야 그녀는 주먹을 폈다. 솔리테르 게임을 끝내기 위해 무려 네 시간 동안이나 쥐고 있던 주먹이었다.

"말도 안 돼." 내가 말했다. 그러고는 지금까지도 나를 괴롭히는 어색하고 서투른 태도로 그녀의 손을 잡으려 했지만, 그녀는 우비 주머니 속으로 손을 집어넣어 버렸다.

에우르(EUR, 로마의 주거 및 비즈니스 지구)의 고층 빌딩들은 이미 햇볕에 반짝이고 있었다. 아리아나는 눈을 찌푸린 채 차 앞 유리를 통해 내리쬐는 햇빛을 피하려고 머리를 흔들다가 선셰이드를 내렸다. "휴, 선글라스를 쓰고 왔으면 좋았을 텐데. 왜 나는 항상 잘못된 선택을 하는 걸까요? 그쪽 집에 간다는 생각에 참 들떴는데, 이제 에바한테 돌아가야겠어요."

그녀의 말은 나를 끝까지 놀라게 했다. 렌조의 집에서 본 그 에바라는 여자가 아리아나가 다투었다는 언니였던 것이다. 그런데 어떻게 저녁 시간을 같이 보낸 사람을 피해 도망을 간다는 걸까? 그녀는 같은 곳에 있기는 했지만 결코 둘이 함께 저녁 시간을 보낸 것은 아니라고 했다. 저녁 내 '단 한 마디도' 하지 않았기 때문이라고 했는데, 정말 그랬다면 내가 몰랐을까? 나는 아무 말도 하지 않았다. 너무 피곤했고 몸도 계속 떨렸다. 나는 이미 체력의 한계에 도달해 있었고, 내가 원하는 것은 멀리 계곡이 보이는 내

방 침대뿐이었다. 하루라는 개념이 침대에서 일어날 때부터 다시 침대로 돌아가는 순간까지를 구분하는 시간이라면, 이 시간을 끝내기 위해 잠자리에 들어야만 했다. 사실 그날은 내게 아주 고된 하루였기 때문이다.

"다시 차에 데려다줄까요?" 도시에 들어섰을 때 아리아나가 내게 물었다. 지붕 위에서 낮고 강한 햇볕이 반사되어 건물의 창문과 분수대, 자동차 표면에 꽂혔다. 이제 거리는 다 말라 있었고, 이따금 커다란 흙먼지 얼룩이 사라진 물웅덩이의 흔적을 보여 주고 있었다.

"아니요, 괜찮아요." 내가 대답했다. 얼마 후 우리는 몬테 마리오의 경사로에 도착했고, 시장에서 줄지어 나오는 사람들에게 길을 내주기 위해 잠시 차를 세웠다. 커다란 꽃다발들을 들고 있는 사람들을 보고 있자니 조금 한심해 보였다.

"그래도 전화는 하고 지내요." 집에 도착했을 때 그녀가 말했다. 나는 그녀를 바라봤다. 가슴이 아플 정도로 아름다웠다.

"그럼요." 내가 대답했다. 나는 차에서 내려 렌조의 집 복도에서처럼 다시 한번 내 등에 꽂히는 시선을 느끼며 정원을 지나갔다. 현관 앞에서 걸음을 멈추고 그녀의 차가 멀어져 가는 소리를 들었다. 차가 사라진 후에는 견딜 수 없는 고요가 찾아왔다.

"안녕하세요, 가짜라 씨." 경비원이 내게 인사를 건넸다. 나는 대충 대답하고 후들거리는 다리를 끌고 계단을 오르기 시작했다. 평소보다 계단이 훨씬 높아 보였고 실제로 몇 번 발이 계단에 걸려 넘어질 뻔했다. 전에 살던 여관에서 술에 잔뜩 취해 계단을 오르던 아침이 떠올랐다. 그 시절에도 그랬던 것처럼, 집에 들어와서 가장 먼저 한 일은 체온을 좀 올리는 것이었다. 퀴퀴한 냄새와 먼지가 가득한 아파트 덧창 사이로 스며드는 희미한 빛 속을 가로질러 주방으로 향했다. 오한이 생길 때마다 꺼내는, 독수리 문양과 깃발이 그려진 그 아름다운 밸런타인(Ballantine's, 스코틀랜드의 블렌디드 위스키) 병을 꺼냈다. 병에 끓는 물을 채우고 아스피린 두 알을 삼킨 후, 침대에 쓰러져 배로 병을 꼭 끌어안았다. 그런데도 추위가 가시지 않았다. 그래서 굉장히 바보 같은 짓을 했다. 나는 울기 시작했다.

4

나는 나흘이 지난 후에야 침대에서 나올 수 있었고, 심하게 재채기를 하며 버스를 타고 내 고물 알파 로메오를 찾으러 갔다. 왠지 그 차는 내게서 떨어져 나간 나의 일부인 것 같은 느낌이 들었다. 집에 돌아오는 길에 아스피린과 먹을 것을 더 사고, 세상이 내게 사과할 때까지 집에 틀어박혀 있기로 했다.

사실 세상은 최선을 다하긴 했다. 며칠간 날씨는 따뜻했고 하늘도 푸르고 잔잔했다. 하지만 어떤 면에서 바로 그 멋진 날씨가 내 고통을 더할 뿐이었다. 내게 가치 있는 건 아무것도 없다는 생각이 도무지 사라지지 않아 집 안을 서성였고, 발코니에 앉아 책을 읽거나 담배를 피우면서도 내가 왜 이러는지를 몰라 당황스러웠다. 우편물을 가지러 갈 때만 계단을 내려갔는데, 내 우편함 옆 칸에 늘 꽂힌 전단지들, 특히 세제 광고지 외에 무엇을 기대하고 있는 것인지 나 자신도 모른 채 우편물을 집어 들었다. 한 번은 그라지아노 카스텔베키오가 보낸 엽서가 왔다. 자기는 지금 그리스 크레타섬에 와 있는데 '여기는 돌밖에 없으니 절대로 오지 마'라고 적어 보냈다. 또 한 번은 부모님이 보낸 편지가 왔다. 결론적으로 안 받는 편이 나았다. 어머니는 1년 동안 나를 못 본 것을 불평하는 내용을 잔뜩 썼고 아버지는 바티칸에서 발행하는 우표들을 사서 보내라고 편지봉투에 돈을 넣어 보냈는데, 그 우표를 사려면 새벽에 일어나 성하(聖下, 교황을 높여 이르는 말) 우체국 앞에서 줄을 서야 했기 때문이다.

하지만 이제 내가 아버지를 위해 할 수 있는 일이 거의 없으니 그 부탁이라도 들어 주기로 했다. 다음 날 아침 나는 잠이 덜 깬 상태로 우체국 앞에 줄을 섰고, 우표 수집 마니아들 무리에 섞여 연신 하품을 하고 있었다. 10시 무렵 등기로 우표를 보낸 후, 아침의 아름다움에 이끌려 책을 읽으러 호수로 향했다. 그곳은 인적이 없었고, 한편에 거룻배가 버려져 있었다. 나는 무릎에 책을 올리고 갑판 의자에 앉았지만 좀처럼 집중을 할 수 없었다. 결국 나는 책을 덮고 커다란 잠자리처럼 물살 위를 미끄러지는 사공들을 바라보며 다리 위에서 부드럽게 굴러가는 자동차들의 소리를 듣고 있었다. 그러다 2시쯤 배가 고파져 산드로 씨 술집에 갔고, 거기서 안나마리아를 만났다.

"이게 누구야!" 그녀가 나를 보며 말했다. 그녀는 일하던 신문사에서 어느 지역 인사의 장례식 기사에 상여를 따르다 탈진한 사람들의 명단에 사망한 사람의 이름을 집어넣었다는 이유로 해고되었는데, 그 후로 우리는 서로 보지 못하고 지냈다.

"이렇게 먼 곳까지 어쩐 일이야?" 내가 물었다.

"지금은 이쪽에 살아. 주소가…… 거리 이름이 뭐더라……." 그녀는 가끔 자기 이름을 기억하는 것도 힘들 만큼 기억력이 좋지 않았지만, 우리가 함께 보낸 몇 번의 멋진 저녁 시간은 기억하고 있는 듯했다.

"오늘 저녁에 뭐 해?"

"나도 몰라. 다이어트를 한 다음부터 남자들이 날 가만히 두지를 않네."

"남자들만?" 나는 그녀가 전에 아주 유명한 여자 연극배우와 그렇고 그런 사이였던 일을 떠올리며 말했다.

그녀가 웃으며 내게 물었다. "자기는 어때? 여자 친구들과 잘 지내고 있어?"

가슴속 깊이 품고 있던 고통이 다시 꿈틀거리기 시작했다. 그래서 나는 결심을 하고 안나마리아에게 공중전화 토큰을 빌려 전화를 하러 갔다. 전화를 받은 남자의 목소리는 매우 정중했고, 내가 비올라 부인을 바꿔 달라고 하자 노련하게 시간을 끌었다. 잠시 후 그녀의 목소리가 들렸다. "레오예요." 내가 말하자 그녀는 특유의 웃음소리를 냈다. "매번 연락할 때마다 웃지 좀 마세요."

"내가 웃고 싶으면 웃는 거죠." 비올라 부인이 말했다. "그동안 어디에 있었는지 물어도 돼요? 그 망할 신문사에서 일주일 동안 레오 씨의 행방을 찾았어요. 이제 일 안 해요?"

"아파서요." 내가 대답했다. "제가 좀 아팠어요."

"레오 씨 사정은 모르겠지만, 오늘 이쪽으로 올 수 있어요? 같이 차도 한 잔 마시고, 오래된 스커트들을 줄일 건데 레오 씨가 봐 줬으면 해요."

사실 그것은 나도 바라던 일이었다. 나는 다섯 시에, 정확히 후작 부인들이 마차를 불러 외출을 하는 시간에 맞춰 비올라 부인의 집으로 갔다.

비올라 부인은 수백 벌은 되어 보이는 스커트를 카펫 위에 널려 놓고 유선 라디오 방송을 틀어 놓은 채 창문 옆에 앉아 있었다. 한쪽에 놓인 하얀 벨벳 소파가 버려진 뗏목처럼 보였고, 나는 차를 마시려고 그 소파에 앉았다.

"오늘 아리아나가 레오 씨에 대해 물었어요." 비올라 부인이 다른 스커트를 입어 보려고 입고 있던 스커트를 벗으며 말했다. 그녀의 다리는 여전히 아름다웠지만 일주일 전처럼 가슴이 쿵쾅거릴 만큼 뛰지는 않았다.

"잘 지내죠?" 내가 물었다.

"화가 많이 났더라고요. 레오 씨가 자기를 냉정하게 버린 후 코빼기도 보이지 않았다면서."

뭐, 그 정도로 말했다면 상당히 친절한 편이었다. "언니랑은 잘 지낸대요?"

"물론이죠. 늘 싸우고 화해하고 그러는 걸요."

"예측할 수 없는 스타일이에요."

"그래도 예쁘잖아요. 예쁜 사람들은 원래 예측할 수 없는 법이죠. 그들은 자기가 무엇을 하더라도 결국에는 용서받는다는 걸 알고 있으니까요." 비올라 부인이 바닥에서 다른 치마를 집어 들었다. "아, 맞다!" 그러고는 한숨을 내쉬고 말을 이었다. "그리고 예쁜 게 돈이 많은 것보다도 나아요. 예쁜 건 절대 질리지도 않고 정복할 수도 없고, 노력이나 투쟁으로는 가질 수 없는, 오직 하느님한테만 받을 수 있는 선물이니까요. 그것만으로도 인간으로서 진정한 귀족이 될 자격이 있다고 생각되지 않아요?"

"아주 심오하네요."

"단순히 관찰해서 얻은 결과예요. 최근에는 더욱 주의 깊게 관찰하고 있죠. 왜 그런지 알아요?" 부인이 말했다.

"글쎄요, 잘 모르겠어요. 혹시 아리아나에게 의사를 만나 보라고 얘기해 봤나요?"

"아리아나가 알아서 할 거예요." 비올라 부인이 웃으며 말했다. "아리아나는 병원에 입원해 있었을 때부터 하루라도 의사들 없이는 못 살 정도였으니까요. 오죽하면 그중 한 명과 결혼까지 할 뻔했던 거 알아요? 그러다 아리아나가 로마에 이사를 왔고, 결국 그걸로 끝나고 말았지만요."

"무슨 병원인데요?" 내가 물었다. 대체 어느 끔찍한 병원이 처음 찾을 때만 해도 약간 예민한 정도의 사람을 나올 때가 돼서는 완전히 강박증을 가진 사람으로 만들어 놓는지 궁금했다. 아리아나는 병원에 갇혀 있는 동안 잠을 자거나 외로움을 견디기 위해 솔리테르 게임에 몰두했고, 그런 사실을 알게 된 에바가 베니스행 첫 기차를 타고 가서 아리아나를 로마로 데리고 온 것이었다.

비올라 부인의 스커트 입어 보기는 끝이 없었고, 당연히 나는 저녁이 될 때까지 그녀의 집에 있었다. "좋아요." 그녀는 내게 저녁을 먹고 갈 것을 권했고, 나는 신중하게 그 초대에 응했다. 그러는 동안에도 나는 그날 아침에 정말 내가 그녀를 버린 것 같은 느낌을 떨쳐낼 수가 없었다. "두 자매가 왜 자주 싸우는지 아세요?" 잠시 후 내가 물었다. 물론 싸우는 이유야 수만 가지는 될 테고 대부분 쓸데없는 것들이겠지만. 그리고 아리아나가 정신적으로 약간 유약하다는 점도 참작해야 하겠지만. 그녀는 자신의 향수병과 카드 뭉치 없이는 아무 데도 갈 수 없었다. 비올라 부인의 말을 들으니 언젠가는 그녀가 깜빡하고 집에 카드를 두고 나갔다가 온 거리를 울면서 헤맸다고 한다. 비올라 부인은 나도 그 사실을 아는지 물었다. "아니요, 몰랐어요."

"저녁 준비 할까요, 사모님?" 오후가 지나고 창밖에 저녁 풍경이 펼쳐지고 있을 때였다. 비올라 부인이 흠칫 놀라 불을 켜자 목소리의 주인공이 보였다. 저음의 남자는 키가 작고 줄무늬 재킷을 입고 있었고, 오후 시간을 한가하게 보낸 얼굴치고는 침울해 보였다.

"빵집에서 일하는 아이와 안 좋은 일이 있나 봐요." 남자가 물러간 후 비올라 부인이 말했다. "다이어트에 좋다면서 보름째 포장된 갈레트(galette, 프랑스에서 유래한 바삭하고 납작한 케이크)만 먹게 하고 있어요." 그런데 나는 그녀의 말에 좀처럼 집중하지 못하고 있었다. "왜 그래요?"

"아무것도 아니에요." 말은 그렇게 했지만 내 마음속에는 온통 병원에 갇혀 외로움을 견디기 위해 솔리테르 게임에 몰두하는 아리아나와 가슴을 억누르는 듯한 압박감과 아픔이 가득했다. 내 추락한 삶에는 변화가 필요하다는 생각이 들었다.

그때 들릴 듯 말 듯 초인종 소리가 울렸고, 5분 후 렌조가 모습을 드러냈다. "내 오랜 친구, 레오!" 그가 내 어깨를 치며 말했다.

"온종일 체스를 둘 생각만 하며 보냈지." 그는 기분이 좋아 보였고, 이미 승리를 확신하고 있었다. 그리고 이유는 모르겠지만 나도 체스를 두고 싶어 한다고 생각하는 듯했다. 나는 마지못해 자리에서 일어나 그의 맞은편에 자리를 잡았다. 짧지만 치열한 싸움이었다. 두 번의 조심스러운 오프닝(체스에서 게임 초반에 서로 이점을 얻기 위하여 싸우는 것)을 치른 후, 나는 긴장감을 풀기 위해 마음을 비우고 폰으로 약간의 접전을 펼치는가 싶었지만 비숍을 잃었다. 하지만 곧바로 나는 나이트를 이용해 그의 피스들을 혼란시키고 킹을 궁지에 모는 데 성공했다. 킹은 공격에서 도망치느라 분주히 움직였고, 그사이 퀸이 게임을 뒤집기 위해 폰을 하나씩 잡으며 서서히 킹을 구하기 위한 작전을 펼치기 시작했다. 이어서 룩들의 오랜 칼싸움이 오갔고, 결국 내가 찔리고 말았다. 렌조는 웃음을 참지 못했다. 손바닥을 비비며 하인을 불러 샤블리(Chablis, 프랑스 부르고뉴의 고급 화이트 와인) 한 병을 가져다 달라고 말했다.

"대단해, 당신!" 비올라 부인이 저녁 식사 자리에서 렌조의 이마에 입을 맞추며 말했고, 렌조가 과장된 겸손함으로 칭찬을 받아넘기자 환하게 웃어 보였다. 나는 두 사람을 바라봤다. 차가운 샤블리가 위로가 되어 주기는 했지만, 계속되는 부부의 애정행각을 견디기에는 충분치 않았다. 저녁 내내 나는 텔레비전 앞에 홀로 앉아 외로운 시간을 보내고 있었고, 거실 끝에서 여전히 침울한 얼굴을 하고 있는 하인의 모습을 보니 더는 견딜 수 없었다. 나는 그 집을 나와 다시 산드로 씨 술집으로 향했다.

그렇다. 안나마리아가 그곳에 있었다. 하지만 그녀는 내가 도착하기 10분 전에 그곳을 떠나고 없었다.

월말이 다가오고 있었고, 독촉 전화를 받을 때 목소리를 변조하지 않고 월세를 내기 위해 정기적으로 신문사에 나가기 시작했다. 그러던 어느 날 오후, 사무실 전화 중 하나가 울렸고 로사리오가 가서 받았다. "자네 전화야." 그는 내 비서 노릇을 할 마음은 전혀 없다는 듯한 얼굴로 말했다. 비올라 부인의 저녁에 극장에 가자는 전화였다.

"잘 차려입어요. 다 같이 멋있게 하고 가는 거예요."

"갈 수 있을지 모르겠어요."

"아, 당연히 올 거면서!" 비올라 부인이 말했다. 그래서 나는 저녁 시간의 교통체증 속에서 차를 끌고 집에 돌아왔다. 현관문에 머리핀으로 고정해 둔 쪽지가 있었다. '난 혼자고 부자에 매력적이죠. 서부영화 보러 갈래요? 클라우디아.' 나는 쪽지를 두 번 읽고 주머니에 찔러 넣었다. 그리고 세탁소에 전화해 맡겨 놓은 셔츠를 보내 달라고 했다. 나는 최대한 침착한 마음으로 외출 준비를 시작했다. 일단 레코드판을 틀고 옷을 벗은 다음, 옷장에서 한참 잘나가던 시절에 산텔리아 백작의 재단사에게 주문한 검은색 양복을 찾아낸 후, 매트리스 아래에 바지를 펼쳐 놨다. 욕실에 들어가 수도꼭지를 다 틀어 놓고 물 흐르는 소리를 들으며 욕조에 몸을 담그고 생각에 잠겼다. 초인종이 울리고 셔츠를 가져왔다는 목소리가 들렸다. 나는 세레나가 멕시코로 갈 때 두고 간 빨간색 가운으로 몸을 감싸고 욕실에서 나왔다. 떨어졌던 단추를 다시 잘 달아 놓았는지 확인하고 값을 치른 후, 매트리스 아래 넣어 둔 바지를 꺼냈다. 주름이 완벽하게 펴졌다. 그다음으로 두 개의 솔을 가지고 하나로는 재킷을 손질했고, 다른 하나로는 구두를 털었다. 마지막으로 투우사처럼 세심하게 옷을 입고 극장으로 향했다.

렌조 부부는 약속 시간보다 늦게 도착했고, 우리는 청춘을 갈구하는 소녀가 된 것처럼 극장 안으로 걸음을 옮겼다. 영화는 원작의 내용을 깨트리려는 감독과 배우들의 필사적인 시도와 놀랍고도 아이러니한 연출로 제작된 〈세 자매(Three Sisters, 안톤 체호프의 희곡)〉의 엉망진창 버전이었다. 상영 중간 휴식 시간이 되자 인내심의 한계를 느낀 사람들이 극장을 빠져나와 카페로 향했다. 렌조 부부와 그 친구들도 당연히 모두 그곳에 있었고, 같은 이유로 갈증을 달래기 위해 몰려든 수백 명의 사람들 틈에서도 무리를 이루고 있었다. 에바는 거대한 크리스털 샹들리에 불빛 아래에서 몸을 흔들고 있었다. 그녀 옆에는 새를 닮은 남자가 술잔 두 개를 들고 있었는데, 에바가 가끔 그중 하나를 끌어와 무심하게 몇 모금씩 홀짝였다. 남자는 손목에 고무벨트를 매고 있었는데, 어느 조류학자가 그를 붙잡아 이동 경로를 연구하기 위해 묶어 놓은 표식 같았다.

아리아나는 그들과 함께 있지 않았다. 내가 그녀를 본 건 연극이 끝난 후 비올라 부인의 외투를 찾으러 보관함 앞의 인파 속으로 뛰어들었을 때였고, 그녀의 목소리가 들리지 않았다면 그녀가 있는지조차 몰랐을 것이다. 그녀는 키가 작고 안경을 쓴 뚱뚱한 남자와 동행이었고, 로비를 지나가면서 보드카를 마시고 싶다고 말하고 있었다. 나는 그녀에게 눈을 뗄 수가 없었고, 결국 보관함에서 가까운 곳에 맡아 두었던 좋은 자리에서 밀려나 나중에 온 사람들 뒤에 다시 줄을 서야 했다.

"다른 사람들은 훨씬 더 빨리 찾아오던데요?" 내가 외투 입는 걸 도와주는 사이 비올라 부인이 말했다. "서둘러야 해요. 에바네 집에 한잔하러 가기로 했어요."

"전 집에 가야겠어요." 내가 말했다.

"잠깐이라도 들렀다 가요." 비올라 부인이 말했고, 그래서 나는 그들과 함께 에바의 집으로 갔다. 렌조 부부의 아파트 건물과 매우 비슷한 흰색 건물이었지만 정원도 훨씬 더 넓고 울타리 뒤로 주민들을 위한 공영 수영장이 여름이 오기를 기다리고 있었다. 거실에는 고급 안락의자와 그림 몇 점이 걸려 있었는데, 데키리코(Giorgio De Chirico, 이탈리아의 화가이자 작가)의 작품은 진품인 듯했고 모란디(Giorgio Morandi, 이탈리아의 화가)의 작품은 모사품 같았다. 안락의자에 앉은 사람들도 여느 때와 다르지 않았다. 그중 부드러운 인상의 50대 남자는 풍자 작가들 사이에 알려진 아주 짧은 필명이 있었지만 다들 그를 부를 때면 전혀 다른 아주 긴 이름을 썼다. 여자들과 은밀한 소문이 끊이지 않는 파올로라는 젊은 좌익 저널리스트도 있었고, 프리울리 베네치아에 저택을 갖고 있다는 흰 수염을 기른 소설 작가도 있었다. 이외에도 별거 중에 위자료를 더 받아내고 싶을 때마다 자살 소동을 벌여야 하는 텔레비전 아나운서의 아내와 수염이 덥수룩하지만 애교가 많고 공산당과 관련이 깊은 시인, 라틴 아메리카에서 심장마비를 겪은 적이 있는 유쾌한 해외 특파원, 콤프턴 버넷(Ivy Compton Burnett, 이탈리아의 소설가) 이야기만 하는 여배우도 이 무리에 속해 있었다. 그 외에 기타를 든 러시아인 같은 청년과 동성애 사진작가와 사랑에 빠진 오트 쿠튀르(Haute couture, 프랑스어로 고급 봉제 의류 또는 의류점이라는 뜻) 모델, 이곳에 모인 어느 누구도 본 적 없는 알리탈리아 항공사의 파일럿과 사랑에 빠진 몰락한 귀부인도 있었다. 이들 무리는 핵심을 이루는 몇몇 멤버를 중심으로 돌아갔고, 새로운 멤버가 이 사교 모임에 합류하고자 할 때면 일정 기간의 속박을 통해 일종의 생리적 교류를 먼저 확실히 구축해야 했다. 그 후에 정규 멤버로서 그 영속성을 보장받게 되었다. 새 멤버 영입은 특히 겨울에 많이 이루어졌는데, 여름에는 다들 사방으로 흩어져 휴가를 보내기 때문이었다. 그들은 해변에서의 사랑이나 단순한 여가, 모험 등 어떤 이유로든 자신이 원하면 얼마든지 떠날 수 있었다. 하지만 햇빛의 반짝임이 줄어들고 구름을 몰고 온 거친 바람에 나무들이 흔들리기 시작할 때면, 그리고 10월의 심연한 보랏빛 석양으로 하루가 저물어 갈 때면 곧바로 도시 전체에 전화벨이 울리기 시작했다. 그렇게 여름 동안 참아 온 이야기를 쏟아내기 위해 서로를 다시 찾는 것이었다.

"그래서 당신이 지은 죄는 뉘우쳤나요?" 에바가 내게 물었다. 너무 친숙하게 말을 걸어 와 조금 놀랐다. "아리아나에 대해서 하고 싶은 말이 있는지 묻는 거예요." 아리아나는 아직 집에 돌아오지 않았고, 나는 극장 로비에서 그녀를 본 것을 말했다. "아, 그랬군요. 같이 있던 사람은 그 연극의 감독일 거예요. 아리아나는 필요하다 싶은 사람이 있으면 꼭 끌어들여야 직성이 풀리죠." 그래서 에바에게도 모든 것을 다 말한 모양이었다. 어쩌면 그날 아침, 우리는 같이 밤을 보낸 후 나란히 침대에 앉아 차를 마시며 마들렌을 야금거릴 수도 있었다. 그랬으면 얼마나 좋았을까!

"'리비오 스트레사'라는 이름 들어봤죠?" 걸터앉을 팔걸이를 찾아 지나가던 새를 닮은 남자의 팔을 잡으며 에바가 내게 물었다. 남자의 이름이 뭔가 낯설지 않다 했더니 한때 유명한 테니스 선수였다. 하지만 그를 알아보기까지는 제법 시간이 걸렸다. 그는 몇 년 전까지만 해도 피에트란젤리(Nicola Pietrangeli, 이탈리아의 테니스 선수)와 복식조를 이루어 챔피언십 경기를 치를 정도로 왕성하게 활동했는데, 언젠가부터 토너먼트 경기에서 자취를 감췄다. 어떻게 됐나 궁금했는데, 그도 바로 여기 있었다.

30분 후, 아리아나가 문을 활짝 열고 등장했다. "모스크바로! 모스크바로!" 그녀는 연극 대사를 흉내 내며 소리를 질렀고, 뒤따라온 감독의 얼굴을 보니 두 사람이 같이 있던 시간 동안 계속 그렇게 외치고 있었던 것 같았다. 머리를 뒤로 묶은 그녀의 얼굴은 아주 행복해 보였다. "말해 봐요, 카부트킨." 그녀가 안락의자에 극적으로 몸을 던지며 대사를 이었다. "우리 어머니를 사랑했나요?"

"말해 봐, 아리아나." 에바가 아리아나에게 다가가며 말했다. "바닥에 널브러진 저 사람은 누구야?"

"보면 몰라? 이반 로마노비치 선생님이잖아. 지금 취해서 그래. 엄청난 밤이었지! 그 소식 들었어? 체제가 바뀔 거래!"

"맙소사, 그냥 소문일 뿐이야!"

"결국 세상에 남겨지는 건 우리 둘밖에 없을 거야, 언니! 사랑하는 우리 착한 언니." 아리아나가 에바 쪽으로 팔을 뻗으며 말했다. "난 남작님을 너무 존경해. 아주 훌륭한 분이야. 그래서 그와 결혼하기로 했어. 우리 함께 모스크바로 떠나자! 모스크바보다 더 아름다운 곳은 없어! 모스크바로! 모스크바로!"

그러자 감독이 당황해하면서 아리아나가 영화 속 등장인물과 자신을 헷갈려 한다며 끼어들자 그곳에 있는 모두가 웃음을 터트렸다. 흰 수염이 난 작가는 웃다가 사레가 걸렸는지 기침을 했다. 아리아나와 에바는 반짝이는 눈으로 사람들을 보며 뿌듯한 표정을 지었고, 둘이 같은 의자에 앉아 둘만의 행복을 누렸다.

"있잖아, 아리아나." 에바가 나를 한 번 흘끗 쳐다보고 말했다. "여기 네 친구는 항상 이렇게 심각해?"

"배고파서 그럴 거야." 아리아나가 대답했다.

"지금은 피곤해서 그렇죠." 내가 말했다.

"아무튼 난 배고파요. 같이 주방에 가요." 아리아나가 내게 손을 내밀며 말했고, 나는 그녀를 따라갔다. 우리는 또다시 어두운 복도를 지나, 또다시 함께 주방에 있게 되었다. 그리고 나는 또다시 냉장고 앞에 서 있게 되었다. 각자의 인생에는 어디든 잠시 멈춰야 할 곳이 있기 마련이다. 아리아나가 남은 닭고기를 샌드위치에 끼워 넣으며 말했다. "날 그런 식으로 대할 수 있다고 생각하지 마요. 왜 전화 안 했어요? 내가 굳이 비올라에게 당신을 극장에 초대해 달라고 말하게 만들어야만 했어요? 이게 말이나 돼요? 아니, 잠깐만요." 그녀가 손을 들어 올려 휘저으며 말을 이었다. "대답하지 말아요. 내 방으로 가요. 주방에서 먹는 거 정말 싫어요. 식순이 같단 말이에요."

그녀는 어느 작은방으로 나를 데려갔다. 한쪽 벽에 길게 자리 잡은 선반에 책과 패션잡지, 음반이 가득했는데, 속옷도 몇 벌 쌓여 있었다. 그녀가 멋쩍은 듯 어깨를 한 번 으쓱하더니 커다란 서랍장에 집어넣었다. 그 외에는 가구가 거의 없었다. 먼지가 뽀얗게 앉은 눈금자와 삼각자, 건축 서적들이 잔뜩 쌓인 탁자와 침대가 전부였고, 벽에는 클레(Paul Klee, 스위스의 추상파 화가)의 복제품 한 점과 이젤 앞에 서 있는 파블로 피카소(Pablo Picasso, 스페인의 입체파 화가)가 인쇄된 큰 포스터가 걸려 있었다.

"예전에 하인이 쓰던 방인데, 언니가 이혼한 후로는 하인 없이 지내고 있어요." 그녀가 말했다. 좁은 욕실로 통하는 문 옆에는 손글씨가 적힌 종이가 제도용 핀으로 고정되어 있었다. '오전 8시 기상 및 화장실, 오전 9시 아침 식사, 오전 10시부터 오후 1시까지 학교, 점심 식사 후 오후 4시까지 낮잠(변동 불가), 16시 30분 편지 읽고 집에 편지 쓰기 및 간단한 자료 공부하기(변동 가능), 오후 6시 언니 가게, 오후 8시 자유 시간, 오전 12시 수면, 절대 엄수!'

"너무 진지하게 받아들일 필요 없어요." 에바가 방에 들어서며 말했다. "아리아나는 매일 일정을 짜다가 하루를 다 보내거든요.”

“미안한데, 언니가 무슨 상관이야?” 아리아나가 말했다.

“상관있지.” 에바가 말했다. “그리고 넌 거실로 나가 보는 게 좋겠어. 이 집에 사는 이상 너도 손님들 접대할 의무가 있으니까.”

“레오 씨와 할 말이 있어.”

“이해할 거야.” 에바가 잘라 말했다. 두 자매가 서로를 사납게 노려보는 동안 나는 이 방에서 도망치고 싶다는 강한 욕망에 사로잡혔다. 내가 못 견디는 것이 하나 있다면 바로 가족이 얽힌 상황이었다. 아리아나가 먼저 시선을 거두고 내게 고개를 돌렸는데, 어찌나 매섭게 노려봤는지 에바의 얼굴에는 여전히 빨간색 자국이 남아 있는 듯했다.

“내일 콘서트에 갈 건데 끝나면 데리러 올래요?” 아리아나가 내게 물었다. 내가 어떤 콘서트인지 묻자 그녀가 알려 주었다.

“원한다면 그렇게 할게요.” 내가 말했다.

“내가 원한다면이라니, 그게 무슨 뜻이에요?” 그녀의 목소리는 우박이 떨어지는 소리 같았다. 차가운 바람이 순식간에 방 안을 휘감았고, 그때 마침 나는 위기를 빠져나갈 구실을 찾았다. 거실에서 우리의 모습을 재미있게 바라보고 있던 비올라 부인의 눈빛과 마주친 것이었다. 그리고 부인 외에 우리의 부재를 눈치챈 사람은 아무도 없는 것 같았다. 다들 러시아 분위기의 노래를 부르는 러시아인같이 생긴 청년 주위에 몰려 있었다.

우리는 거실로 돌아왔고, 아리아나는 노래를 부르고 있는 무리와 가장 멀리 떨어진 의자에 가 앉았다. 분노가 그녀의 큰 눈에 더 커다란 그림자를 남겨 놓았다. 나는 그녀에게 다가갔다. "그 약속은 아직 유효한가요?" 내가 담배를 내밀며 물었다.

"그쪽이 원한다면." 아리아나가 담배를 받으며 말했다. 나는 그녀의 손이 가볍게 떨리고 있다는 것을 알아챘지만, 그녀가 담배에 불을 붙이기 위해 라이터의 불꽃 쪽으로 고개를 기울였을 때는 이미 평소의 당당한 표정으로 돌아와 있었다.

다음 날 오후, 마음을 진정시키고자 영화를 보러 갔지만 하필 죽음에 관한 내용이었고, 영화관을 채운 고독한 무리들의 야윈 얼굴과 은밀한 소리에 처음으로 큰 슬픔을 느꼈다. 그래서 나는 극장을 뛰쳐나와 주먹을 쥐고 무작정 골목길을 걷기 시작했다. 약속 시간까지는 한 시간이 넘게 남았고, 1분이 흐를 때마다 내 남은 인생에서 1분씩 줄어들고 있다는 사실이 명확하게 느껴졌다.

오후 6시 45분경에 콘서트가 열리는 교회 맞은편에 도착했다. 모차르트의 곡을 테마로 한 공연이었다. 7시가 되자 문이 열리고 수많은 인파가 교회 밖으로 쏟아져 나와 곧바로 골목길로 사라졌다. 나는 꼼짝도 하지 않고 제자리에 서서 기다리고 있었다. 문이 다시 열리고 소년 두 명이 나왔고, 그 뒤로 노부인 몇 명이 더 나왔다. 이후로 문은 계속 닫혀 있었다. 나는 급히 길 건너편으로 달려갔다. 교회 안에는 마지막 남은 오케스트라 단원들이 악기를 케이스에 넣고 있었고, 수도사 한 명이 제단 주변을 돌아다니며 촛불을 끄고 있었다. "끝났어요." 수도사가 나를 보더니 말했다. 나는 문을 닫고 나와 무엇을 할지 몰라 계단에 주저앉았다.

텅 빈 도시에 홀로 앉아 있자니 건물들이 낡아가는 소리까지 들리는 듯했다.

그렇게 한 시간 반 동안 앉아 있었고, 아무 일도 일어나지 않았다. 그리고 마침내 그녀가 도착했다. 리비오 스트레사와 함께 차를 타고 있었다.

"미안해요." 그녀가 창문을 열고 말했다. "둘이 오후 내내 침대에서 수다를 떨다 보니 시간이 이렇게 된 줄 몰랐어요." 그 사실을 알려주면 내 기분이 나아질 것이라고 생각했던 걸까? 나는 바지에 먼지를 털며 일어섰다. "화났어요?" 내가 자동차 문을 열고 옆자리에 올라타자 그녀가 말했다. "아니라고 하지 말아요. 누가 봐도 당신 지금 화가 아주 많이 난 걸 아니까."

뒷좌석에 타고 있던 리비오 스트레사가 내 어깨에 한 손을 올렸다. "반드시 알고 있어야 하는 사실 하나를 말해 줄게요. 이 두 자매에게 약속 시간은 화장을 시작하는 시간이라는 걸." 그러고는 내 어깨를 툭 건드렸는데, 나는 그 동작이 썩 마음에 들지 않았다.

"화장을 안 하면요?" 내가 묻자 그는 내 어깨에서 손을 치우고 다시 아리아나와 이야기하기 시작했다. 당연히 에바, 그리고 우리가 향하고 있는 그녀의 가게에 대한 이야기였다.

에바가 운영하는 가게는 트리니타 데이 몬티 성당 부근의 아파트 건물이었다. 오래된 잡동사니로 넘쳐나는 여느 골동품 가게들과 달리 가구 몇 개만 전시되어 있었다. 얼핏 봐도 그중 하나만 팔아도 한 달은 거뜬히 살 수 있을 것 같았다. 그녀의 가게를 보니 종이로 만든 나비와 두꺼운 카탈로그, 돋보기, 족집게, 핀셋 등 자잘한 물건들이 가득했던 아버지의 우표 가게와 집에서도 나던 아버지의 몸에 밴 달콤한 접착제 냄새가 떠올랐다.

"아, 맙소사. 약속 시간이 지금이었어?" 우리가 가게 안으로 들어서자 에바가 말했다. 안쪽 작은 안락의자에는 젊은 좌익 저널리스트와 풍자 작가, 오트 쿠튀르 모델이 앉아 식전주를 마시고 있었다. 그 모델은 키가 아주 컸는데, 그해에 모델계에서 요구되던 신장보다도 훨씬 더 컸다.

"우리 그냥 나가요." 아리아나가 작은 접시에 놓인 올리브 두 알을 집어 들더니 한 알을 내게 건네며 말했다. 에바는 같이 저녁 식사를 해야 한다고 고집을 피우며 붙잡는가 싶더니 막상 나올 때에는 인사도 하지 않았다. "정말 지겨워." 아리아나가 가게를 나서며 말했다. "왜 언니와는 서로 좋아할 수 없는 걸까요?"

우리는 포폴로광장 근처의 벽 전체에 술병이 가득 찬 술집에 갔다. 아리아나가 셰리(sherry, 브랜디를 혼합해 알코올 도수를 높인 스페인 와인)를 주문했지만 긴장이 됐는지 선불리 마시지 못했다. "이 비참한 신세야." 그녀가 말했다. "대체 내가 뭘 해야 할지 모르겠어요!"

"솔리테르 게임이나 해 보는 게 어때요?" 낙담해 있는 그녀에게 왜 그런 말을 그런 말투로 했는지는 나도 모르겠다. 주위의 술병들 때문에 더 그런 마음이 생겼는지 몰라도 그저 술을 들이켜고 싶은 마음만은 확실했다. 그녀는 아무런 반응이 없었다. 내게 한마디도 하지 않았다. 그 대담하고 당당한 표정이 약간 흔들리더니 잔을 내려놓고, 무엇인지 알 수 없지만 결심을 한 듯 고개를 한 번 끄덕인 뒤 밖으로 나갔다. 나는 잠자코 있었다. 그녀가 시킨 셰리를 가져다 천천히 다 마시며 마음을 진정시키려 애썼다. 잠시 후 나는 내 물건을 챙겨 밖으로 나왔고, 문 앞에 멈춰 서서 보도 위로 흘러가는 사람들의 물결을 바라봤다.

"이봐요." 그녀는 내 등 뒤, 출입문 아래 그늘 속에 서 있었다.

"있잖아요, 나 당신을 사랑하는 것 같아요." 내가 말했다.

"그런 말 하지 말아요. 부탁이에요!" 그녀가 말했다. 그런데 바로 그 순간이었다. 뭔가 툭 하고 떨어지는 소리가 나더니 많은 바퀴들이 동시에 구르는 소리와 함께 한 여자가 놀라서 소리를 질렀다. 오렌지가 가득 들어 있던 비닐봉지를 떨어뜨리면서 보도 위에 다 쏟아져 버린 것이었다. 그 여자는 나와 눈이 마주치자 내게 도움을 요청했고, 나는 기계적으로 낄낄거리는 행인들의 발 사이로 손을 더듬거리며 오렌지를 줍기 시작했다. 오렌지를 다 정리했을 때, 아리아나는 그림자 속에 더 깊이 파묻혀 있었다. 나는 그녀에게 등을 돌렸고, 우리는 그렇게 한참을 가만히 있었다. 그녀는 그림자 속에서, 나는 손가락에 아직 남아 있는 오렌지 향기를 느끼며 강둑을 지나는 사람들의 물결을 바라보고 있었다. "다시는 그런 말 하지 않는 거예요, 알았죠?" 그녀가 작은 목소리로 말했다. "약속해요."

"알았어요." 내가 대답했다.

"좋아요." 그림자에서 나온 그녀의 목소리는 처음에는 조심스럽다가 음을 더해갈수록 점점 더 빛을 발하는 오케스트라 연주

중 짧은 기타 솔로 같았다. “그럼 어디 가서 뭐 좀 먹을까요?”

“찰리스로 갈까요?” 로마에서 가장 인기 있는 레스토랑이었다.

“제정신이 아니군요.” 아리아나가 웃으며 말했다. 그러고는 미처 줍지 못해 보도에 떨어져 있던 오렌지 하나를 주워 껍질을 벗기기 시작했다. “그냥 무난한 곳으로 가요. 우리 둘이 가까이 붙어 있을 수 있는 곳이면 충분하니까요.”

“난 그러고 싶지 않아요.” 내가 말했다.

나는 주머니에 월세 낼 돈을 가지고 있었고, 다 써버리고 싶은 마음이었다. 그래서 우리는 교회에서 그렇게 멀지 않은 곳에 있는 우아하고 비싼, 빳빳한 셔츠를 입은 깐깐한 웨이터들이 있는 레스토랑에 갔다. 그곳에서 종려나무 순 요리와 페퍼 스테이크, 부르고뉴 와인을 주문했고, 정말로 가진 돈을 거의 다 썼다.

“부자가 된다는 건 멋진 일이에요.” 그녀가 말했다. “굉장한 안정감을 주니까요! 베니스에서는 생각도 못 하고 살았는데, 로마에 와서 깨닫게 됐죠. 하지만 마냥 좋기만 한 것도 아니에요. 베니스에서는 언니가 늘 내 곁에 함께 있어 줬지만 여기 로마에는 더 이상 내 곁에 아무도 없으니까요.”

나는 전에 에바가 어땠는지 전혀 몰랐다. 그저 히스테릭한 속물로만 생각했다. 하지만 아리아나는 어릴 때 그녀의 모습을 잊지 못하고 있었다. 맙소사, 나이가 든다는 건 얼마나 끔찍한 일인가! 아리아나는 나이 드는 것을 싫어했고, 결코 바란 적도 없었다. 남자들의 경우에는 조금 이야기가 다르다. 남자들은 보통 나이가 들면서 매력이 생기기 시작하는데, 내가 어떻게 깨닫게 된 것인지는 모르지만 당시 나는 그녀의 취향을 맞추기에 아직 어렸다. 하지만 여자들에게 나이가 든다는 것은 무시무시한 일이다! 하지만 에바가 없었다면 아리아나는 죽거나 완전히 미쳐 버렸을지도 모른다. 이 역시도 내가 어떻게 알고 있는 것인지 잘 기억이 나지 않는다. 그렇다고 리비오를 완전히 망쳐 놓은 에바를 어떻게 쉽게 용서할 수 있을까? 에바는 훈련 시즌에도 그를 새벽 4시까지 재우지 않고 함께 시간을 보낼 것을 강요했고, 그가 선수 활동을 그만두자 이혼했다. 리비오 스트레사가 에바의 남편이었던 것은 내가 또 어떻게 알고 있는 거지? 기억이 났다. 모두 그날 아리아나가 말해 준 것이었다. 나는 그가 극장 로비에서 에바의 잔을 대신 들어 주고 있던 것을 떠올렸고, 사실 그의 인생도 상당히 불행했을 것이라는 생각이 들었다. 그렇다고 그를 경멸하지 않을 수는 없었다. 리비오는 왜 진작 에바를 떠나지 않았을까? 이유는 간단하다. 사람들이란 서로를 떠나려고 노력하지만 정말 헤어지게 될까 봐 두려워하는 법이다.

"뭐, 어쨌든." 아리아나가 잔을 채워 주는 웨이터에게 환한 미소를 지으며 말했다. "이제 우울한 이야기는 그만할래요. 이제 그쪽이 술에 취해서 아이들에게 가정법을 가르쳐 줬던, 뭐 그런 재밌는 이야기나 해 줘요."

"아니요, 이제 그만 나가는 게 좋겠어요. 이러다 우리 나쁜 습관이 들겠어요. 산책이나 할까요?"

그녀도 좋다고 했고, 우리는 레스토랑에서 나와 목적지 없이 거리를 돌아다니다 가끔 불 켜진 쇼윈도 앞에서 멈춰 섰다. "와!"

그녀가 이 세상에서 자신만을 위해 만들어진 것 같은, 화려한 꽃무늬 실크 드레스를 보고 소리쳤다. "왜 그쪽은 부자가 아닌 거죠? 나 옷 사는 거 엄청 좋아하는데!" 내가 부자가 될 가능성이 있기는 했지만, 조금 전 레스토랑에서 계산한 후로는 다시 거리가 멀어졌다. 내가 그녀의 허리를 팔로 감싸자 순순히 나를 따랐고, 골목길로 방향을 틀었다. 거기서 나는 걸음을 멈추고 두 팔을 벌려 그녀를 품에 안았다. 얇은 블라우스 속 그녀의 가슴은 작고 단단했으며, 가슴을 울리는 무엇인가가 있었다. 그녀는 벽에 기댄 채 아주 진지하게 나를 바라봤다. "부탁할게요." 그녀가 말했다. "나를 신사답게 대해 줘요." 그리고 잠시 후, 우리는 천천히 입을 맞췄다. 가끔 서로를 바라보려 얼굴을 뗐다가 다시 천천히, 반복적으로 입을 맞췄다. 우리를 둘러싼 공기는 다리 아래 흐르는 강물 소리를 들을 수 있을 정도로 조용히 가라앉아 있었다.

"내 아파트로 가요." 내가 말했다. 우리는 다시 한번 그림자 속에 몸을 숨기고 있었고, 처음에는 무거웠던 그녀의 목소리가 점점 다시 밝아졌다.

"역시 제정신이 아니었네요." 그녀가 웃으며 말했다. "난 그쪽이랑 관계까지 갖고 싶지는 않아요. 그래도 못 알아들은 건 아니죠?" 그녀가 마지막으로 내 입술에 가볍게 입을 맞췄다. "이리 와요." 그러고는 내 팔을 잡고 말했다. "드라이브를 하면 우리 둘 다 기분이 나아질 거예요."

"화났어요?" 그녀가 차에 오르며 말했다. "아니라고 하지 말아요. 누가 봐도 지금 엄청 화가 난 것처럼 보이니까요." 그녀는 여전히 얼굴에 웃음을 띠고 있었고, 나를 짜증 나게 하려고 작정한 것이라면 성공이었다. 나는 아무 말 없이 뒷좌석에 놓인 프루스트의 책을 집어 들었다. 그동안 한 번도 건드리지 않은 듯했다. "보고 싶은 게 있어요." 그녀가 갑자기 강 쪽으로 방향을 바꾸고 신르네상스풍 빌라가 밀집한 움베르티노 지구 쪽으로 차를 몰았다. 그렇게 도착한 곳은 넓은 정원에 둘러싸인 2층 저택 앞이었다. "느껴져요?" 그녀가 차에서 내리며 말했다. "라일락이에요." 나는 저 저택을 잘 알고 있는 만큼 그 향 또한 잘 알고 있었다. 저 저택은 바로 산텔리아 사장님과 일했던 곳이니까.

"향 좋죠?" 아리아나가 내게 물었다. 몇 년 전 마지막으로 이 앞을 지날 때 현관 앞에 임대를 한다는 빨간색 표지판이 붙어 있는 걸 보았다. 지금은 창문을 다시 칠하고 정원도 그때보다 훨씬 더 잘 가꿔져 있었다. 내가 이곳을 드나들 때에는 없었던 평온하고 비밀스러운 분위기가 감돌았고, 전체적으로 예전과 다른 곳으로 바뀐 듯한 느낌을 받았다. 나는 그 변화가 마음에 들지 않았다. "뭐, 콩브레는 아니지만 대신할 만하기는 하잖아요. 안 그래요? 저 집 안에 있으면 매일 음악을 듣고, 라일락을 가꾸고, 느긋하게 잼을 만들고 싶다는 생각밖에 안 들 거예요." 아리아나가 말했다.

음악에 관해서라면 그곳은 그녀가 상상하는 것 이상으로 잘 어울리는 공간이고 많은 이야기가 담긴 곳이지만, 나는 굳이 산텔리아 사장님이 연주하던 그랜드 피아노에 대해서는 아무 말도 하지 않았다. 바로 그 순간 때마침 창문 너머로 불이 켜지더니 바흐 합창곡이 들려왔다. 아리아나는 약간 긴장한 듯 보였다. 잠시 후 셔츠 차림의 한 남자가 현관에서 나와 짧은 계단 위에 섰다. 그는 키가 훤칠하고 날씬했으며, 힘줄이 솟은 목덜미에 회색 머리카락이 반쯤 덮고 있었다. 얼굴은 피카소와 닮았는데 훨씬 더 큰 키에 더 젊고 다부졌다. 남자가 잠시 주위를 둘러보더니 가볍게 휘파람을 불었다. 그러자 곧바로 정원 안쪽에서 자갈이 부딪히는 소리와 개 짖는 소리가 들렸고, 커다란 그레이트 데인 두 마리가 달려와 계단 위로 뛰어 올라갔다. "옳지!" 남자는 그렇게 말했지만 달려드는 개들의 덩치를 견뎌야 했다. "착하지!" 남자가 좀 더 강한 어조로 말하자 웅크리고 앉기는 했지만 먹을 것을 줄 때까지 계속 낑낑댔다. "됐어, 이제 가." 남자가 말했다. 개들이 살짝 반항해 보려 하는 사이 바흐 합창곡이 열린 문을 통해 점점 더 크게 들려왔다. "이제 그만 가!" 남자가 한 번 더 말하자 개들이 멀어져 가면서 무척 우울한 표정으로 남자를 돌아봤다. 그러나 남자는 이미 등을 돌린 후였고, 그렇게 순식간에 남자도 개도 불빛도 음악도 다 사라져 버렸다. 나는 아리아나를 바라봤다.

"매일 저녁 여기에 와요." 그녀가 말했다.

"왜요?"

"모르겠어요. 아마 의식 같은 거겠죠. 의식이라는 게 항상 안정감을 주잖아요. 그래서 교회에 다니는 사람도 있고, 나 같은 경우에는 여기에 오는 거죠."

"아까 그 사람 누군지 알아요?"

"아, 화가예요."

"좋은 면에서 피카소와 무척 닮았던데요." 나는 이 말을 하는 순간 그녀의 침실 벽에 걸려 있던 거대한 피카소 포스터가 떠올랐다. 그녀가 그 포스터를 건 이유가 진짜 피카소 때문만이 아니라는 생각에 짜증이 났고, 점점 더 화가 치밀었다. "그만 차까지 데려다 줘요." 내가 말했다.

"네? 아직 좀 이르지 않아요?" 그녀가 놀란 기색으로 말했다.

"아니요." 내가 말했다. "피곤해요. 그리고 당신 수음은 혼자 해도 되잖아요."

그녀의 얼굴이 굳었다. "적어도 그렇게 저속하게 말하지 않을 수는 있잖아요."

"아니요, 얼마든지 할 수 있어요." 나는 이 대답을 끝으로 아무 말도 하지 않았고, 그렇게 우리는 다시 차에 올랐다. 내 고물 알파 로메오가 있는 곳에 도착했을 때 나는 그녀에게 작별 인사 한마디 없이 차를 옮겨 탔다. 그녀는 무슨 말을 하려다가 잠시 생각하더니 차 문을 거칠게 닫고 타이어 소리를 요란하게 울리며 출발했다. 나는 도로 끝으로 사라지는 그녀를 바라보고 있었다. 그때 나는 감정을 다잡기 힘든 지경이었고, 술집으로 돌진하고 싶은 마음이 굴뚝같았지만 참고 곧바로 집으로 갔다. 집에 들어와 일단 라디오부터 켰다. 탁상용 램프 가까이로 안락의자를 옮기고 푹신한 곳에 쿠션을 덧대어 놓았다. 그리고 손이 닿는 곳에 담배를 놓은 후, 독서를 할 때 들리는 그 설득력 있는 내면의 목소리에 빠져들어 보려 했다. 우리의 영혼이 다르면 그 목소리가 다르고 영혼이 같으면 그 목소리도 같겠지만, 어쨌든 우리가 이 세상에 오기 전에 가지고 있던, 우리가 세상에 나오며 울부짖기 이전의 불협화음 없이 완벽한 태초의 목소리를 듣고 싶었다.

현관 초인종이 울리자 집이 무너지는 줄 알았다. 순간적인 방전이 조용했던 건물에 지진의 충격처럼 강하게 울려 퍼진 것이었다. 놀란 마음에 정신없는 상태로 문을 열러 갔다. 그녀가 거기, 문 앞에서 내가 보가트(Bogart, 험프리 보가트, 미국 영화배우)라도 되는 것처럼 나를 바라보며 미소를 짓고 있었다.

"와, 엄청나네요!" 그녀가 초인종을 가리키며 말했다. "명패 없는 초인종이 하나밖에 없길래 눌러봤어요." 그녀는 현관 앞에 있는 거울에 슬쩍 눈길을 던진 뒤 집 안으로 들어왔다. "참!" 그녀가 머리카락을 찰랑이며 말을 이었다. "오늘 나 좀 예쁘지 않아요? 어때요?" 내가 대답하지 않자 그녀는 어깨를 한번 들썩이더니 계곡이 보이는 내 방으로 들어갔다. "여기가 그쪽이 사는 곳이군요." 그녀가 주위를 둘러보며 말했다. 집은 완전히 방치된 상태였다. 전원 콘센트가 벽 밖으로 튀어나와 있고, 창문 블라인드 줄은 바닥 아래까지 내려와 있고, 한쪽 구석에는 신문이 쌓여 있고, 고장 난 텔레비전이 더러운 셔츠 더미 아래 묻혀 있었다. 방문 손잡이에는 바지도 하나 걸려 있었다. 나는 얼른 바지를 집어 안락의자 뒤로 던졌지만 그녀에게 들키는 바람에 더 창피했다. "여기서 살고 있었군요." 그녀가 계속 주위를 둘러보며 다시 한번 더 말했다. "대피소 같은 느낌이에요. 누구 도와주는 사람 없어요? 가사도우미 같은 사람이요." 그러고는 내게 등을 돌리고 침대 위에 앉았다. "내게 할 말 없어요?"

"있어요." 내가 대답했다. "있기 불편하면 그냥 가도 돼요."

그녀는 잠깐 꼼짝하지 않고 있다가 맞지도 않는 자신의 시계를 쳐다봤다. "미안해요. 이렇게 시간이 늦었는지 몰랐어요." 나는 그녀의 말이 끝나고 나서야 그녀가 신발을 벗고 있다는 사실을 알게 되었다. 나는 그녀가 침대 밑에 둔 신발을 찾으려 일어서기 전에 그녀에게 다가가 두 팔로 그녀를 감싸 안았고, 그녀는 계속 등을 돌린 채 꼼짝하지 않았다. "나 그쪽이랑 자러 왔어요." 그녀의 목소리는 약간 쉬어 있었다.

우리는 그렇게 한동안 꼼짝도 하지 않고 무슨 일이 일어나기를, 둘 중 누가 다음 행동을 하기를 기다리고 있었다. 결국 내가 먼저 그녀를 감쌌던 팔을 풀었고, 그녀가 잠시 주저하다가 옷을 벗기 시작했다. 나를 쳐다보지도 않고, 마치 혼자 잠자리에 들려 하는 것처럼 거침이 없었다. 그녀가 팬티를 벗자 가슴이 뛰었고, 난생처음 수줍음이라는 감정이 느껴졌다. "그쪽은요?" 그녀가 몸을 뉘고 침대 시트를 끌어올리며 말했고, 나는 그 옆에 앉았다. "아직도 화났어요?" 그녀가 다정하게 물었다. 나는 고개를 저었다. 내 눈에는 아직도 그녀의 알몸에 빛나던 광채가 남아 있었고, 약간의 두려움이 느껴졌다. 불을 끄고 나도 옷을 벗기 시작했다. 그녀 옆에, 그녀의 작고 단단한 몸 옆에 누워 그녀를 건드리기 전부터 불행의 늪에 빠져버렸다. "날 만져 줘요." 그녀가 부드럽게 속삭였고, 그사이 라디오에서는 저 바깥세상의 신음 소리가 흘러나왔다. "거기만, 제발." 나는 그녀의 작고 단단한 배에 손을 올렸지만 더 이상 움직일 수 없었다. 나는 얼어붙은 듯 꼼짝할 수 없었고, .이런 내가 불행하게 느껴졌다. 내 안에는 아무것도 없었다. 내 인생에서 그 무엇보다 가장 원했을 그 약간의 온기, 그녀의 배에 닿은 내 손에서부터 온몸으로 퍼져나가 결국 그녀에게 돌려줄 수 있게 만드는 그 따스한 온기가 조금도 느껴지지 않았다. 애원하는 듯한 그녀의 낮은 목소리도 문제였다. 그녀에게 다가가기는커녕 더 멀리, 닿을 수 없게 만들었다. 나는 차갑고 무기력하고 슬픔으로 가득 찬 상태로 앉아 있을 뿐이었다. 라디오는 방전의 영향으로 음악과 잡음이 번갈아가며 나왔다 말았다 했고, 내가 몸을 일으켜 끄려 했지만 이미 상황은 늦은 후였다. 아리아나가 침대 시트를 감싼 채 몸을 일으켰다. 벽에 등을 기대고 침대에 웅크리고 앉아 말없이 나를 바라봤다. 나도 그녀 앞에 앉았고, 그렇게 한참 동안 서로를 바라보다가 다시 몸을 뉘었다. 하지만 아무것도 달라지지 않았고 결국 그녀는 잠이 들었다.

새벽이 되자 공기가 차가워졌고 계곡의 나무들은 새소리로 가득 찼다. 아리아나도 잠에서 깨어 함께 새소리를 들었다. 그러는 동안 방이 서서히 밝아졌고, 그녀가 일어나 옷을 입었다. "그냥 누워 있어요." 그녀가 내 입술에 가볍게 입을 맞추며 말했다. 하지만 나는 다시 한번 그녀를 보기 위해 정원이 내려다보이는 창문으로 갔다. 그녀가 철문 쪽으로, 새벽빛을 향해 걸어가고 있었다. 차키가 말을 듣지 않는지 잠시 실랑이를 벌이다가 차에 올라 출발했다. 나는 계곡이 보이는 방으로 다시 돌아왔다. 흐트러진 침대를 보니 배가 뭉치는 느낌이 들어서 바로 이불을 털어 말끔하게 정리했다. 하지만 침대 시트에서는 여전히 그녀의 향기가 남아 있었고, 나는 차를 끓이러 주방으로 향했다.

물이 끓기를 기다리면서 라디오를 켰다. 예전 노래들과 세계 곳곳의 뉴스가 나오고 있었다. 모든 것을 고려해 봤을 때, 세상은 잘 돌아가고 있는 것 같았다.

5

내가 침묵에서 깨어났을 때, 집은 빛으로 가득했고 거의 정오가 된 시간인데도 열린 창문으로 소음이 올라오지 않고 있었다. 간밤에 벌어진 일 때문에 그 분위기가 여전히 계속되고 있는 모양이었다. 나는 침대에서 뛰쳐나와 발코니로 갔다. 계곡은 밝고 청명한 하늘의 무게에 눌려 조용했고, 공기는 무슨 징조를 기다리는 듯 움직임이 없었다. 나는 그것이 더위라는 것을 깨닫기까지 시간이 걸렸다. 나는 갑자기 해야 할 무엇인가가 생각났다. 계절이 변해 원래 있던 곳을 떠나 다른 장소에 가고 싶어지는 것은 참 이상한 일이다. 공기가 달라져 기후가 다르게 느껴지기 때문일 수도 있고, 시간이 흘러도 우리는 멈춰 있다는 사실을 깨닫게 되기 때문일 수도 있다. 날씨가 변할 때마다 나는 돛을 올리고 어디론가 떠나고 싶은 욕구를 느꼈다. 하지만 그동안 나는 거의 아무것도 하지 않았다. 그러나 그날 아침, 나는 돛을 올리기로 결심했다. 작은 가방에 셔츠와 책 몇 권을 챙기고, 수중에 있는 돈으로 갈 수 있는 곳을 생각하며 아침을 먹기 시작했다. 갈만한 곳도 가진 돈도 많지 않았기에 내가 갈 수 있는 곳은 그리 많지 않았다.

북부를 생각해 봤다. 일단 밀라노는 제외했다. 내게 필요했던 것은 고향 방문 같은 게 아니었다. 이유는 모르겠지만 스트레사의 호수가 생각났다. 산 너머로 유럽 대륙이 보이기 시작할 이 계절이면 진달래가 만발하고 흰옷을 입은 노인들이 커다란 나무 그늘에서 신문을 읽으며 오렌지주스를 마셨다.

오후로 접어들 무렵 그라지아노에게서 전화가 걸려 왔다. "그래, 나쁘지 않지. 어쨌든 크레타에는 가지 마. 거긴 돌밖에 없어." 그는 전날인지 전전날인지에 돌아왔는데, 본인도 정확히 기억나지 않지만 나를 찾아 거리를 헤맨 것은 확실히 기억이 난다고 했다. "아무튼 절대 성급하게 결정하지 말고, 만나서 얘기하자. 여기서 기다리고 있을게." 그라지아노가 말했다. "여긴 참 아름답군."

그가 말한 그 아름다운 곳은 나보나광장이었다. 광장에 도착했을 때 나는 그곳의 하늘이 이 도시의 어떤 곳보다 훨씬 아름답다는, 당연하고 어리석은 생각이 들었다. 그라지아노를 찾는 것은 어렵지 않았다. 여전히 그 전설적인 흰옷을 입고 카페 도미지아노(Caffè Domiziano) 의자에 두 발을 뻗고 앉아 선글라스로 창백한 얼굴을 가리고 태양을 바라보고 있었다. 그는 한동안 수염을 깎지 않은 듯했고, 한 손에는 맥주를, 다른 한 손에는 스카치 잔을 들고 있었다.

"그런 식으로 마시지 좀 마." 내가 그의 등 뒤로 다가가 말했다. "알코올이 천천히 사람 죽인다는 거 몰라?"

"상관없어. 그렇다고 서두를 필요 없으니까." 그가 말했다. 우리끼리 자주 하는 구닥다리 말장난이었다. 우리는 볼 키스를 나

줬고, 내가 웬 수염이냐고 묻자 그는 집게손가락을 들어 내게 목소리를 낮추라는 신호를 보냈다. "나 지금 숨어 지내는 중이야. 그래서 수염도 기르고 선글라스도 쓰고 있잖아. 약을 하고 정신 나간 재즈 연주자 같지 않아?" 그러고는 약 같은 건 대학생 애들이나 하는 짓이니 그보다는 훌륭한 탠덤(tandem, 2인용 자전거 또는 나란히 선 두 필의 말을 뜻하지만 이 부분에서는 술잔 두 개를 나란히 들고 있는 모습을 형용한다.)을 하는 게 낫다고 말했다. 그는 누구라도 인정할 만한 진정한 술꾼이었다. 한 번은 그가 맥주를 입에 대더니 정작 입이 아닌 셔츠 칼라에 들이붓는 가관을 본 적이 있는데, 내 인생을 통틀어, 심지어 가장 운이 좋았던 순간에도 그렇게 고전적인 공동 운동 장애의 예를 본 기억이 없다.

"여기는 자신이 어떤 사람인지 드러나는 곳이지. 자네처럼 더블로 마시는 사람은 아무도 없어." 내가 말했다.

"그렇지 않아." 그가 양손에 든 두 잔을 치켜들며 말했다. "여기도 완전히 바뀌었거든. 이제 왼손에 스카치, 오른손에 맥주를 들고 마시지 않아. 왼손에 맥주, 오른손에 스카치를 들고 마시지. 내가 아무리 지옥 같은 곳에 가 있었더라도 세상 물정에 훤하다고. 자넨 어때? 요즘 어떻게 지내?"

"왜 숨어 지내는 거야?"

"아내 때문이지. 그걸 몰라서 물어? 명심해. 여기서 나 본 적 없는 거야, 알았지?" 그가 말했다. "그런데 나한테 고작 그런 거나 물을 때가 아니잖아. 내가 먼저 자네에게 어떻게 지내는지 물었잖아."

“내가 어떻게 지내기를 바라는데?” 나는 광장을 향해 아무렇게나 시선을 던지며 대답했다. “글쎄, 보이는 그대로야.” 그때 광장에는 노인들, 그리고 자전거를 타는 아이들과 분수 주변에 앉아 그들을 바라보는 엄마들이 대부분이었다. 카페 안이나 교회 그늘에서 신문을 뒤적이며 커피를 마시는 손님들도 조금 있었다. 여기에 없는 것은 진달래와 호수뿐이었다. 몇 년 전만 해도 우리가 하는 일이라고는 친구들을 만나고 이 테이블에서 저 테이블로 옮겨가며 수다를 떨고 자리를 뺏길까 봐 아예 카페 의자를 들고 다니는 정도였는데, 이제 우리가 아는 얼굴은 하나도 없었다. 그 시절은 다 가고, 웨이터들만 그대로였다. 웨이터들은 무슨 일이 생겨도 항상 똑같다. 아무 일 없이 지내는 은퇴한 코미디언 같은 얼굴의 엔리코 씨가 보여서 오렌지주스를 한 잔 주문했다.

“나를 위한 게 아닌 건 분명하군.” 그라지아노가 낄낄거리며 말했다. “내게 헛소리할 생각하지 마. 내 눈은 속일 수 없으니까. 종일 화장실에 틀어박혀 끙끙거리고 있다가 해 질 녘이 돼서야 나를 데리러 온 게 맞지?”

“아니, 자네도 알잖아. 왜 없는 사실을 지어내려는 거야?”

“물론 나도 알지. 난 내가 말을 지어내는 이유를 확실히 알고 있거든. 단지 자네가 쓸쓸히 집에 돌아가도 비타민 말고 자네를 반겨줄 게 아무것도 없다는 사실이 안타까울 뿐이야. 왜 술을 끊었는지 말해 봐.”

“성공할까 봐 두려웠거든.”

“무슨 성공?”

"죽는 거." 내가 대답했다.

그는 잠시 침묵했다가 시가에 불을 붙이기 시작했다. 불이 붙기까지 꽤 시간이 걸렸고, 불이 붙자 내게 환한 미소를 지어 보였다. "이 시가 말이야, 아주 훌륭한 친구야. 지옥에서 들고 온 거지." 그러고는 다시 햇볕을 향하고 있는 의자에 두 발을 뻗었다. 하지만 검은 선글라스 뒤 두 눈은 앞 테이블에 앉은 두 청년을 유심히 살펴보고 있었다. 그들은 긴 머리를 상당히 깔끔하게 정리하고 샌들에 벨트를 매고 민속적인 셔츠를 입고 있었다. 두 청년은 플루트를 연주하고 있었는데, 그라지아노가 갑자기 그들 쪽으로 시가 연기를 내뿜었다. "피리 반란군들." 그라지아노가 말했다.

두 청년은 연주를 멈추고 서로를 바라보더니, 둘 중 체격이 더 좋은 청년이 그라지아노에게 플루트를 내밀며 친절한 목소리로 말했다. "똥구멍에 넣어 드려요?"

"그래도 소리는 별로 안 바뀔 것 같은데." 그라지아노가 선글라스 뒤에서 웃으며 말했고, 나는 자리에서 일어나 탁자에 주스 값을 올려놓았다. 나는 그의 습성을 잘 안다. 무슨 일이든 한 번 시작하면 끝을 보고야 마는 성격이었다.

"그 녀석들 하는 거 봤지?" 아케이드(arcade, 아치형 건축 구조를 통한 개방형 통로 공간) 밑으로 자리를 옮기며 그가 말했다. "내가 정신 차리게 해준 거야, 안 그래?"

"물론이지. 어쨌든 눈길을 끄는 데는 성공했으니까." 내가 말했다.

“눈길을 끌긴 확실히 끌었지. 그 피리 반란군들은 정말 마음에 안 들었거든. 그 녀석들 잘생긴 거 봤지? 치아는 또 어떻고. 철사도 씹어 뜯을 정도로 튼튼해 보이더군.” 그라지아노는 치아가 작은 데다 표면 충치도 있었다. 20만 리라짜리 고급 옷을 걸쳐도 가난해 보이는 얼굴은 여전한 사람이었는데, 한 사람의 출신이 가난한지 아닌지를 보여주는 것 중 하나가 바로 치아이기 때문이다. 그리고 시력도 마찬가지다. 그는 또 어린 시절 전쟁을 겪으면서 엄청난 굶주림과 싸워야 했는데, 나중에 위가 너무 아파서 두 번이나 수술을 한 끝에 알게 된 사실은 그 통증의 원인이 그때 겪은 굶주림이었다는 것이다.

우리는 재킷을 벗고 햇볕 속을 걷기 시작했다. “그래서, 크레타에는 돌밖에 없다고?” 내가 물었다.

“문제는 새총도 없다는 거지.”

“돌은 큰가?” 나는 이번에도 그의 일이 잘 풀리지 않았다는 것을 눈치채고 말을 돌렸다.

“큰 돌도 있고 작은 돌도 있고 별의별 돌이 다 있더군. 젠장, 얼마나 지루하던지!” 캄포 데이 피오리에 들어설 때 그가 말했다. 광장에서 열리는 시장은 활기차고 호객을 하는 소리로 가득했고, 우리는 노점상들 사이를 돌아다니기 시작했다. 조르다노 브루노(Giordano Bruno, 후기 르네상스의 이탈리아 자연철학자)의 동상만 우울하고 조용했지만, 그만한 이유가 있었다. 민속적인 것을 찾는 모든 미국인이 트라스테베레에 모여들기 때문이었는데, 우리가 시스토다리에 도착했을 때 그라지아노 또한 아내가 있는 곳에 가까이 가기 싫다며 그 다리를 건너려고 하지 않았다.

나는 그의 아내 샌디에 대해 거의 알지 못했다. 그녀는 그보다 12살 연상이고, 살시챠(salsiccia, 이탈리아의 소시지) 왕의 딸이며, 결혼 지참금으로 최고급 승용차인 벤틀리 한 대와 블루 푸들 한 마리, 15살짜리 쌍둥이 자매, 그리고 정체를 알 수 없는 희미한 연기 냄새를 가져왔다. 결혼 초만 해도 그라지아노는 아내를 약간 깔보듯이 대했지만, 잠자리를 제대로 하지 못하게 된 때부터 그럴 수 없었다. 그게 안 되기 시작한 것은 텍사스에 있는 샌디의 본가에 여행을 갔을 때, 아내가 생각 이상으로, 믿을 수 없을 정도의 어마어마한 부자라는 사실을 뒤늦게 알게 되면서부터였다. 그 후로 그는 아내를 건드릴 수 없게 되었다. 충격에 의한 성교불능. 그는 자신의 상태를 이렇게 표현했다. 그라지아노는 어떻게 해서든 주의를 다른 데로 돌려야 했고, 그것이 바로 이 부부가 여행을 많이 다니게 된 이유였다. 하지만 여행을 하면 할수록 점점 더 마음처럼 되지 않았다. 그리고 크레타 여행은 완전히 지옥이었다. 너무 지루했다. 그렇게 한 달 동안 소설 작업을 마무리하느라 고생한 후, '니아르코스'라는 이름의 그리스 아가씨를 만났고, 아내의 돈 4백만 리라를 몰래 챙겨서 둘이 같이 섬을 빠져나왔다. 하지만 그들은 그리스 코르푸섬의 카지노에서 15분 만에 그 돈을 다 날리고 말았다. 원래 계획은 그 돈을 두 배로 불려 몰래 챙겨온 돈을 샌디에게 돌려준 후, 에게해에 있는 아무 섬이나 가서 잠적하는 것이었다. 하지만 카지노에서 빈털터리가 되자 니아르코스는 다음 날 아침에 사라져 버렸고, 숙박료를 내지 못해 호텔에 붙잡혀 있게 된 그는 어쩔 수 없이 아내에게 전화해 직접 와서 빼내달라고 해야 했다. 샌디는 쌍둥이 자매를 데리고 코르푸로 갔고, 그라지아노는 최대한 상황을 무마해 보려고 발기 부전에 대한 고무적인 이야기를 꺼냈지만, 결국 아내의 가방에 한 쪽 눈을 정통으로 얻어맞았다.

"그런데 말이야, 레오." 그라지아노가 선글라스를 벗고 아직도 멍 자국이 남은 눈을 보여주며 말했다. "정말 끝내줬지! 니아르코스 말이야, 자넨 상상도 못 할 정도로 화끈한 여자였는데. 나와브(Nawab, 과거 무굴제국의 귀족)와 연루된 건 아닌 거 같고, 뭐, 카지노 딜러와 한통속일지도 모르지." 그가 잠시 입을 다물고 니아르코스를 떠올리며 생각에 잠겼다가 다시 입을 열었다. "어쨌든, 세상에 나올 때부터 자네를 등쳐먹으려고 작정한 사람들이 있는데 자네라면 인생에서 뭘 기대할 수 있겠나?"

"아주 심오하군. 그래서 그다음에는?"

"불행이 닥쳤지. 아, 거역할 수 없는 완벽한 불행 말이야. 우선 내가 샌디를 달래는 방법은 그것뿐이라고 생각이 들더군. 일단 한 번 성공했으니 집중만 하면 다시 세울 수 있다고 생각했지. 그녀를 잡고 침대에 던졌어. 아주 남자답게 말이야. 아, 생각처럼만 됐으면 좋았을 텐데! 샌디는, 심지어 예수님도 나를 용서할 준비가 되어 있었으니까. 그런데 아무런 반응도 오지 않았지. 난 그저 세상을 다 잃은 백만장자처럼 니아르코스를 떠올리고 있을 뿐이었어."

"음, 그런 일은 항상 일어나는 법이지." 내가 말했다.

"말도 마." 그가 어두운 목소리로 말했다. 그리고 잠시 후 내 말의 뜻을 이해한 듯했다. "설마 그 투우사 마놀레테 영감에게도 그런 일이 일어난 거야?"

"간밤에."

"불쌍한 친구." 그라지아노가 내 어깨에 한 손을 올리며 말했다. "자네가 돛을 올리려 했던 게 그 때문이었나 보군. 그런 거야?" 나는 대답할 기분이 아니었다. 우리는 난간에 앉아 강을 바라봤다. 더러운 강물은 잔잔하고 무심해 보였다. "나는 신들에 대해서는 잘 모르지만." 그라지아노가 갑자기 품위 있는 목소리로 말했다. "저 강은……."

"나는 신들에 대해 거의 모른다. 하지만 강은 강한 갈색의 신 같다. 엘리엇의 시잖아, 이 친구야. 인용을 하려면 제대로 해."

"뭐 하자는 거야? 그런다고 자네가 나를 곤란하게 만들 수 있을 것 같아? 잘 들어. 사람의 인내심이 어느 한계까지 가면 까다롭고 사납고 다루기 어려워지는 법이야." 그가 손가락을 치켜세우며 말했다. "그래서 그 바다와 강에 대한 다음 구절은 어떻게 되는데?"

"강은 우리 안에, 바다는 우리를 둘러싼 모든 곳에 있다."

"똑똑한 녀석일세! 요즘은 뭐 읽어?" 그라지아노의 질문에 나는 《일리아드(Illiade, 호메로스의 현존하는 고대 그리스 문학의 가장 오래된 서사시)》라고 답했고, 그가 하늘을 향해 고개를 들었다. "아, 예수님! 제 말을 좀 들어주십시오. 제가 지옥에서 고통을 겪고 있는 동안 이 친구가 뭘 하고 있었는지 아십니까? 《일리아드》를 읽고 있었답니다."

"그 책은 자네가 돌아오면 같이 대화하려고 읽은 거야. 호메로스의 바다에 가 있었던 거 아니야?"

"말했잖아. 거긴 돌밖에 없다고." 그가 말했다.

"바다는? 바다는 어땠는데?"

"바다?" 그가 잠시 생각하더니 대답했다. "바다는 우리를 둘러싼 모든 곳에 있었지."

우리는 짙은 플라타너스 나무 그늘 아래에서 강가를 따라 걸었다. 가끔 강의 굴곡에 따라 변하는 양쪽 강둑의 풍경을 감상하려 걸음을 멈추기도 했다. 언제나 한결같은 도시의 둥근 지붕과 다리, 황혼이 올 때를 대비해 보관하는 듯 빛을 잔뜩 머금은 집들을 구경하면서 산탄젤로성이 보일 때까지 걸었다. 이 성은 다른 성들보다 견고하고 어두웠으며, 꼭대기에 부식되어 가고 있는 천사상이 있었다.

"우리 뭔가 해야겠어." 그라지아노가 말했다. "뭐 하고 싶은 거 있어?"

"말했잖아."

"그런 건 아무짝에도 쓸모없어, 이 친구야. 자네도 이제 결정을 내려야 할 때야. 이런 식으로 계속할 수는 없잖아."

"자네는? 자네도 나와 함께하고 싶은 거야?" 내가 물었다.

"물론이지. 자네 영혼을 구하려고 이러는 거니까. 자네를 계속 이렇게 내버려 둘 수는 없지." 그가 천사상을 가리키며 말했다. "서른 살짜리 천사가 불타는 검을 들고 자네 앞에 나타나 인생에서 마지막으로 하고 싶은 일이 뭐냐고 물으면 뭐라고 대답할 거야?"

나는 내 수호천사를 부르겠다고 했다. "짜증은 좀 나겠지만, 그게 수호천사가 하는 일이니까." 하지만 그는 혼자 생각에 빠져 아무 대꾸도 하지 않았다.

우리는 포폴로광장까지 계속 걸었다. 광장의 모든 술집에서 샌디가 남긴 메시지를 찾을 수 있었다. 그라지아노는 바리스타들이 눈이 뒤집힐 만큼의 팁을 받고 그녀와 공모한 것이 확실하다며 그 메시지들을 모른 척했고, 그렇게 술집을 나올 때마다 재킷 주머니에서 상당한 액수의 돈뭉치를 꺼내 계산을 했다. "그 소설은 죽었어." 술집에서 나오던 그가 갑자기 말했다.

"사람들은 늘 그런 식으로 말하잖아."

"내 생각이야." 그가 말했다. 그를 지탱해 주는 유일한 것이 그 책이어서 안타까웠다. "너무 어렵고 아무 쓸모도 없어. 우린 확실한 뭔가를 해야 해. 안 그러면 천사한테 할 말이 없잖아?" 그는 손가락 하나를 치켜세웠다. "이제 자네도 세상이 실제로 어떻게 돌아가는지 알아야 해. 자네의 가장 친한 친구로서 실제 세상이 어떤지 좀 알려 줘?"

"가능한 한 친절하게 부탁하지."

"내가 만든 이론이 하나 있어. 실전보다 훨씬 나은 이론이자 대단한 발명이지. 주위를 둘러봐." 사무실에서 나오는 사람들로 가득한 코르소거리를 걸으며 그라지아노가 말했다. "세상에 자네의 일부라고 느껴지는 게 하나라도 있나? 아니, 없을 거야. 왜 그런지 알아? 그건 우리가 멸종된 종에 속하기 때문이지. 우린 그저 우연히 살아남은 사람들인 거야. 그뿐이지." 그가 시가에 불을 붙이기 위해 걸음을 멈추고 말했다. 내가 몰랐다면 그것은 오랜 역사를 지닌 아름다운 유럽이 아주 명료하고 신중하며 단호하게 자살 시도를 하고 있을 때 태어났기 때문이다. 우리의 아버지들이 누구였던가? 이제는 존재하지 않는 고향의 전선에서 서로를 학살하던 사람들, 바로 그들이었다. 우리는 바로 그 시기에 태어났고, 우리 어머니들의 허리를 끌어안은 그들의 손은 피를 뚝뚝 흘리고 있었다. 물론 상상만큼 나쁜 상황은 아니었겠지만, 그렇지 않더라도 우리 중 누군가는 노인이나 병자, 혹은 제정신이 아닌 자의 자식이기도 했고, 어떤 경우라도 파괴된 자든 파괴하는 자든 둘 중 하나였다. 그렇게 우리는 역사상 가장 지친 부모를 둔 세대가 되었다. "자네의 경우를 떠올려 봐." 나는 전쟁터에서 집에 돌아온 당일 주방에서 의자를 고치던 아버지의 침묵이 생각났지만 그 이야기를 입에 올리지는 않았다. 그라지아노는 당장 주위를 둘러보기만 해도 알 수 있다고 이어서 말했다. 전쟁터에서 집으로 돌아온 우리의 영웅적인 어버이들은 인류 역사상 가장 풍족하고 유쾌한 동시에 저속한 장례 연회에 발을 들임으로써 우리들 외에 수많은 자식들을 낳았고, 그들이 바로 지금의 우리를 대신하고 있는 그 피리 반란군들 같은 자들이었다. 추악한 기억의 산물이며 도살장의 생존자들인 우리가 할 수 있는 것은 남은 음식(avanzo, 이탈리아어로 남은 것, 잔재, 다른 사람의 생명이나 재산에서 원치 않고 버려진 잔해를 뜻하며, 불필요한 인간을 의미하기도 한다.)에

만족하는 것뿐이었다.

"우리가 이런 인생에 만족하면……." 나는 렌조의 집에서 먹었던 견과류 그릇을 떠올리며 말했다. 그리고 고물 알파 로메오와 계곡 위의 집을 생각했다. 정말 그랬다. 내가 가진 것이라고는 누군가가 남긴 음식뿐이었다. 하지만 아리아나는 제외다. 나는 그녀를 갖지 못했다. "그래, 좋아." 내가 말했다. "생존자인 우리에게 남은 것을 육즙이 넘치는 햄버거로 맞바꿀 수 있을까? 나 배고프거든."

"바꿀 수 있지." 그라지아노가 말했다. "하지만 자네에게 천사가 찾아오면, 그때는 어떻게 할 생각이지? 고작 다진 고기와 양파를 대접하고 말 거야?"

"양상추 잎 한 장도." 내가 말했다. "자네 생각을 말해 봐. 그밖에 또 뭐가 있을까?"

"영화." 그가 말했다. "우리 영화 한 편 만들어 보자. 어떻게 생각해? 천사가 남은 인생에서 뭘 하고 싶은지 묻는다면 집에 가서 아버지를 죽이는 사람의 이야기를 만들고 싶다고 말하는 거지." 그는 그렇게 말하고 잠시 생각에 잠겼다. "아니면 멋진 서부영화도 좋고. 지금 당장 만들어야 한다면 어느 쪽이 좋을까?"

"서부영화지. 내가 제목도 벌써 생각해 놨거든. 《모히칸 족의 최후(The Last of the Mohicans, 1826년에 출간된 제임스 페니모어 쿠퍼의 역사소설)》라고, 어때?"

"맙소사! 이래서 내가 자네에게 진지한 말을 못 한다니까. 한 번이라도 좋으니 좀 진지해질 수 없어?"

"돈은 누가 대?"

"지금 자네는 온통 부정적인 생각뿐이군." 그라지아노가 스페인광장 계단에 앉으며 말했다. "샌디가 있잖아. 그녀 아니면 누가 그 돈을 대 주겠어? 담보가 될 만한 것만 있다면 즉시 가능할 거야. 자네 혹시 딜도라도 가지고 있으면 내게 빌려 줄 수 있나?"

계단에는 진달래들이, 아니, 사방에 커다란 진달래 화분들이 놓여 있었고, 화가, 히피, 관광객, 목걸이 장사치들도 있었다. 청명한 로마의 저녁이 지붕 위에 자리 잡고 있었고, 꽃향기를 품은 바람이 우리의 셔츠 안으로 스며들었다. 그라지아노는 조금 지친 듯 아무 말도 하지 않고 연못 주변을 오가는 차들을 바라봤다. 바람이 그의 수염을 뒤흔들고 치아 사이에 느슨하게 물고 있는 시가 끝을 더 붉게 만들었다. 이 도시가 우리를 어루만지고 있었고, 조금씩 아리아나를 생각하는 일도 힘들지 않게 되었다. 결국 돌이킬 수 없는 일은 하나도 일어나지 않았던 것이다. 이 도시에서 돌이킬 수 없는 일은 절대 일어나지 않으며, 슬플 수는 있어도 돌이킬 수 없는 일은 아니다. 그래도 내가 이 도시를 떠나야 한다면 그녀를 보고 싶었다. 그 시간이면 그녀는 에바의 가게에서 평소처럼 솔리테르를 하고 있을 것이었다.

"자리를 옮기자." 내가 말을 꺼냈다. "이 근처에 우리에게 술을 살 만한 사람이 있어."

"먹다 남은 거겠지." 그라지아노가 말했다. "우리에게 줄 수 있는 건 먹다 남은 거 말고는 아무것도 없을 테니까." 그러고는 몸을 일으켜 내 뒤를 따라 계단을 오르기 시작했고, 트리니타 데이 몬티 성당에 도착한 다음부터는 에바의 가게로 가는 내리막길로 들어섰다. 난간을 붙잡고 건물 계단을 올라가 유리문을 열자 종소리가 울렸다. 가게 안에는 무엇인가를 큰 소리로 읽는 유머 작가와 모델 한 명, 리비오 스트레사가 있었고, 여자들과 은밀한 소문이 자자한 저널리스트 파올로는 아리아나 옆에 앉아 있었다. 나는 세상 자연스럽다는 듯이 그들과 인사를 주고받았고, 그런 상황이 그다지 불쾌하지 않았다. 내가 그라지아노에게 그들을 소개하는 동안 그는 갑자기 세심한 에티켓을 갖춘 사람처럼 재킷을 고쳐 입으려 소매를 찾고 있었다.

"다들 처음 뵙겠습니다." 그라지아노가 인사하자 아리아나가 미소를 지어 보였다. 그는 순간 당황했고, 이내 재킷의 단추를 채우며 그녀에게 다가가려 했지만 러그에 발이 걸려 넘어질 뻔했다. 아리아나가 웃음을 터트렸다. 그때까지 나는 그가 얼마나 취했는지 전혀 몰랐다.

"좀 앉으세요. 그래야 안전할 거 같네요." 에바가 말했다. 하지만 나는 금방 가야 한다고, 약속이 있다고 대답했고, 그라지아노가 의아한 얼굴로 나를 바라보는가 싶더니 금세 내 마음을 간파한 듯한 표정을 지었다.

"그럼요." 그가 시가 꽁초를 빨아들이며 말했다. "약속이 왜 이렇게 많은지. 우리 같은 사람들은 늘 그렇죠."

"잠깐이라도 있다 가세요." 아리아나가 탁자에 카드를 내려놓으며 말했다. "부탁이에요!"

"약속이 있다고 하잖아." 에바가 말했다. 다른 사람들은 아무 말 없이 회유하는 듯한 미소로 우리를 바라봤다.

"하지만 지금 막 왔잖아!" 아리아나가 말했다. 그녀의 목소리에 담긴 무엇인가가 그라지아노의 아주 민감한 부분을 자극한 듯, 그는 그녀의 얼굴을 가만히 바라봤고 입가에 띠고 있던 미소도 사라지고 없었다.

"애인이 누구죠?" 그가 그녀에게서 눈을 떼지 않은 채 물었다. 그때 누군가 웃었고, 그가 짜증 난 듯한 목소리로 말했다. "뭐가 우습다는 거지? 물어보지도 못합니까?" 그러고는 갑자기 아무 말 없이 비틀거리며 무엇인가 잡을 것을 찾았다. 하지만 그의 손이 닿는 곳에 있는 것은 중국산 화병이 놓인 작은 탁자밖에 없었다. 쾅 소리가 났고, 잠시 동안 우리는 일제히 얼굴을 찌푸리고 있었다. 에바의 잿빛이 된 얼굴을 보니 나는 왠지 기분이 좋아졌고, 그의 팔을 잡고 부축해 의자로 데려갔다.

"절대 앉으면 안 돼." 그라지아노가 손가락을 치켜세우며 말했다. "다시 일으켜 세워 줄 사람이 아무도 안 올 수 있어." 그러고는 아리아나를 자세히 보려고 나를 옆으로 밀어냈다. "우리 무슨 이야기 하고 있었죠?"

"가정법이었던가?" 그녀가 대답했다.

"당신과 나, 그리고 레오까지 이렇게 셋이 어디 가서 저녁이나 먹죠." 그라지아노가 말했다. "이쪽이 레오. 가장 친한 친구죠."

"그런 거 같았어요." 아리아나가 말했다.

"그런데 약속이 있다고 하지 않았어요?" 놀란 마음은 진정됐지만 여전히 입술을 바짝 오므리고 있던 에바가 말했다.

"취소됐어요." 그라지아노가 대꾸했다. "모든 약속이 다 취소됐죠. 그쪽도 같이 가지 그래요? 다 같이 찰리스에 갑시다. 그곳의 남은 음식은 이 도시에서 최고죠."

"그만둬." 내가 말했다. "다음에 기회가 또 있겠지."

"자넨 항상 그런 식이야. 늘 세상 물정 다 아는 것처럼 굴어도 나는 속일 수 없지."

"그건 저도 보장할 수 있죠." 아리아나가 말했다.

"그래요, 좋아요." 그라지아노가 하늘을 향해 손가락을 치켜세우며 말했다. "하지만 그렇게 단정 짓지는 말아요. 그건 온당하지 않죠. 이제 그만 일어나야겠군요." 그가 다리를 추스르기 시작했다. 내가 부축하려 했지만 거절했고, 우리 모두 그가 성공하기를 기다렸다. 그리고 그는 정확히 세 번의 시도 끝에 일어서는데 성공했다.

"하고 싶은 게 있으면 어떻게든 혼자서 하는 편인가 봐요, 그렇죠?" 아리아나가 키득거리며 물었다.

"뭐든 언제나 혼자 하고 있죠." 그라지아노 말했다. 그러고는 그녀의 손에 입을 맞췄고, 이어서 에바와 모델의 손에도 입맞춤했다. 사실 이런 면에서 그의 행동은 아주 적절했지만, 이미 망가진 이미지를 되살리기에는 너무 늦었다. 지금 우리가 해야 할 일은 가능한 한 빨리 여기를 떠나는 것밖에 없었다. 아리아나가 우리를 문까지 배웅해 주러 나왔다.

"어떻게 지내요?" 그녀가 다정하게 물었다.

"어떻게 지내긴요." 내가 말했다. "잘 지내죠."

그녀는 우리가 계단을 내려가는 동안 우리를 바라봤는데, 그라지아노가 그녀를 보려고 계속 고개를 돌리는 바람에 계단을 내려오기까지 제법 애를 먹었다. 바깥에 나오자 시원한 저녁 바람에 그가 정신을 차리기 시작했다.

"애인이 누구야?" 그가 또 물었다.

"애인 없어."

"말도 안 돼. 자네가 애인 아니야?"

"아니야."

"잘 됐군. 그럼 나 지금 당장 집에 가서 샤워하고 올게. 그 여자 다시 만나야겠어." 그의 말과는 달리 우리는 바부이노거리에 있는 트라토리아로 향했다. 그가 안으로 들어서면서 큰 소리로 이 집에서 가장 맛있는 남은 음식을 달라고 말했다. 그리고 거대한 크림 마카로니 접시에 고개를 파묻었고, 말 한마디 없이 급하게, 마치 수혈이라도 받는 것처럼 정신없이 먹어 치웠다. "내가 계산할 거라고 기대하지 마." 그가 갑자기 접시에서 고개를 들더니 말했다. "그 여자, 자네 여자잖아."

자정 무렵에 우리는 나이트클럽에 있었는데, 그런 곳들이 다 그렇듯 어둡고 시끄럽고 유령들로 가득했다. 우리는 앰프에서 멀리 떨어진 곳으로 테이블을 옮겼지만 아무런 소용이 없었고, 무슨 말을 하려면 서로의 귀에 대고 소리를 질러야 했다. 나는 나가고 싶었지만 그라지아노는 홀 한가운데 다리가 늘씬한 아가

씨 몇 명이 춤을 추고 있는 화려한 조명의 높고 거대한 스테이지에서 눈을 떼지 못했다. 그는 그중 한 명이 마음에 들었는지 내게 따라오라고 하더니 그 광란 속으로 뛰어들었고, 한동안 셋이 춤을 췄다. 그녀는 혼자여도 별로 불쾌해하거나 언짢아하지 않았는데, 그런 곳에서는 다들 스케이트장에서처럼 각자 자유롭게 분위기를 즐기며 돌아다니기 때문이었다. 그때 갑자기 어둠 속에서 또 다른 아가씨가 나타나 혼자 스테이지를 돌아다니다 우리와 합류했고, 우리는 그렇게 넷이 되었다.

우리는 음악이 멈춘 쉬는 시간에도 아가씨들과 함께 있는 데 성공했고, 자리로 돌아온 그라지아노가 샴페인 한 병을 주문하자 그녀들은 무슨 오렌지주스 마시듯 들이켜기 시작했다. 그런 모습이 나쁘게 보이지 않았다. 솔직히 말해 오히려 아주 자신만만해 보였다.

"우리를 소개할게요." 그라지아노가 말했다. "가짜라와 카스텔베키오입니다. 최후의 모히칸 족이죠." 그러자 아가씨들 중 한 명이 그것이 우리가 소속된 밴드 이름이냐고 물었다. "맞아요." 그가 대답했다. "지금은 활동이 금지된 상태죠. 샴페인 한 병 더 시킬까요?" 하지만 두 아가씨는 춤추는 걸 더 좋아했고, 우리는 그녀들을 따라 다시 스테이지로 향했다. 잠시 후, 짝도 맞고 샴페인까지 마신 김에 용기를 내어 스킨십을 시도해 봤지만, 그녀들은 자기들 몸에 손대는 것이 싫다며 유연한 물고기처럼 몸을 부드럽게 흔들면서 우리의 팔을 뿌리쳤다. 그런 행동이 사람을 더 애타게 만들었고, 집요한 시도 끝에 우리는 12년 전 엘비스 프레

슬리(Elvis Presley, 미국의 가수)의 곡을 튼 DJ의 재치 있는 선곡 덕분에 그녀들을 잠시나마 품에 안아 볼 수 있었다.

"들었어, 레오?" 그라지아노가 끌어안은 아가씨의 어깨 위로 한쪽 눈을 가늘게 뜨며 말했다. "그 옛날의 엘비스야!" 하지만 그녀의 인내심은 그리 오래가지 않았고, 다시 몸을 흔들며 그의 품에서 벗어났다.

"아직도 일흔여덟 바퀴는 더 돌아야 끝나겠는데?" 그라지아노와 함께 있던 아가씨가 다른 아가씨에게 말했다. 우리보다는 여자들끼리 대화하는 것을 더 좋아하는 것 같았다.

"레코드는 진보를 늦추는 유일한 물건이에요." 내가 자리로 돌아오면서 말했다. 내 생각에는 좋은 대화 주제 같았는데, 아가씨들에게는 세월에 대한 집착으로 여겨졌는지 스테이지를 힐끔거리며 샴페인을 마실 뿐이었다.

"맙소사, 아가씨들!" 그라지아노가 말했다. "우리 이야기 좀 나눕시다. 벌써 이 샴페인까지 다 마시고 딴청만 피우고 있으니 내가 한물간 70대 늙은이처럼 느껴지잖아요." 아가씨들이 당황한 얼굴로 그를 쳐다봤다. 그때 긴 머리에 붉은색 벨벳 옷을 입은 청년이 갑자기 나타나지 않았다면 분명 두 아가씨에게 좋지 못한 말을 들었을 것이 분명했다. 청년은 우리 테이블로 와서 그라지아노 옆에 앉아 있던 아가씨에게 손을 내밀었다.

"같이 갈래?" 청년이 아가씨에게 말했다. 그러자 그녀가 바로 자리에서 일어났다. 그라지아노는 얼굴이 창백해지더니 내가 손 쓸 틈도 없이 청년에게 몸을 던졌다. 어둡고 시끄러운 곳이었기에 그 누구도 우리 테이블에서 몸싸움이 일어났는지 알아채지 못했다. 어쨌든 싸움은 금방 끝이 났고, 그라지아노는 선글라스를 잃어버리고 셔츠가 찢어진 채 다시 자리에 앉았다. "이 자식은 뭐 하는 놈이야?" 아가씨들에게 끌려가던 청년이 소리쳤고, 우리는 둘만 남겨졌다.

"보여주겠어." 그라지아노가 숨을 헐떡이며 말했다. "저 피리 반란군 놈들에게 본때를 보여주고 말 거야. 뭐야, 샴페인을 산 사람은 난데 재미는 저 녀석이 보겠다고? 샤워하고 나서 정신 좀 차린 후에 그 녀석을 찾아 면상을 박살 내 버리겠어." 하지만 그는 이미 상당히 지친 상태였고, 의자에 거의 누운 자세로 잔을 집어 들 기운도 없이 헐떡이고 있었다. 한참이 지나서야 몸을 추스른 그는 입술을 깨문 채 잠시 어둠을 응시했고, 자리에서 일어나 화장실 쪽으로 향했다. 하지만 홀 한가운데서 걸음을 멈추고 갑자기 스테이지로 올라갔다. 그 위에서 그는 아무것도 하지 않았다. 가만히 서서 몇 미터 아래의 바닥을 바라볼 뿐이었다. 그 순간 나는 그가 무슨 짓을 할 생각인지 깨달았지만, 이미 때는 늦었다. 그가 그런 짓을 하는 것을 보는 게 처음은 아니었지만, 적어도 이제는 그만두었다고 생각했다. 그는 스테이지 가장자리에서 휘청거리더니 얼굴을 아래로 향한 채 바닥으로 떨어져 버렸다.

나는 팔꿈치로 사람들을 밀치며 그라지아노에게 달려갔다. 그의 얼굴은 리놀륨 바닥에 붙어 있었는데, 꼼짝도 하지 않아서 겁이 났다. 나는 길거리에 쓰러져 움직임이 없는 낯선 사람의 생사를 확인해 보듯이 조심스럽게 그의 어깨를 건드렸다. 그리고 최대한 천천히 그의 몸을 돌렸다. 그의 수염은 피범벅이 되어 있었다.

"럭키 스트라이크." 그라지아노가 차분한 목소리로 말했다. 이 무렵 그는 이 브랜드의 담배만 피웠다. 나는 주위에 모여든 웨이터들에게 부탁했고, 잠시 후 럭키 스트라이크 한 갑이 도착했다. 내가 직접 불을 붙여 그라지아노의 입술에 물려주었다.

"내버려 두세요." 웨이터들이 그를 일으켜 세우려 해서 내가 말렸다. "다 피우고 나면 일어날 거예요." 그리고 잠시 후 담배를 다 피운 그가 내게 부축해서 일으켜 달라고 했다. 나는 그를 화장실에 데려다주고 문 앞에서 그가 속을 다 게울 때까지 기다렸다가 휴지 한 줌을 물에 적셔 그의 얼굴을 닦아 주었다. 이마 한가운데 시퍼런 멍이 들어 있었다.

"이런 망할." 그라지아노가 손가락 끝으로 멍을 만져 보며 말했다. "여기 만져 봐. 심장 박동처럼 뛰어." 나는 그의 셔츠를 문질러 닦아 보려 했지만 얼룩만 더 커질 뿐이었다. "내버려 둬. 이런 거 많아. 나 셔츠 아주 많다고." 그가 말했다. 밖으로 나가려면 다시 스테이지를 지나가야 했다. 하지만 그는 내가 부축해 주기를 원하지 않았고, 상체에 힘을 바짝 주고 아주 똑바로 걸었다. 자살 시도 후에는 반드시 위풍당당한 태도를 지녀야 하는 법이다.

그가 택시를 타지 않겠다고 해서 걷기 시작했지만, 얼마 걷지도 않았는데 금방 지쳐버려서 황량한 광장에 우뚝 솟은 어느 성당 계단에 앉아야 했다. 그가 시가에 불을 붙이고 대사원의 벽을 훑어봤다. 그러다 작은 문 하나를 발견하고는 어디로 통하는 문인지 궁금했는지 자리에서 일어났다. 그리고 어느덧 우리는 바위를 깎아서 만든 기둥으로 세워진 회랑에 와 있었다.

"맙소사, 또 돌이네." 그가 말했다. 우리 머리 위로 아주 높고 둥근 벽돌 천장은 하늘을 올려다볼 수 있게 뚫려 있었고, 행성의 궤도가 표시된 지도에서처럼 원과 타원, 삼각형으로 나뉜 별이 빼곡하게 박힌 하늘을 볼 수 있었다. 우리가 주위를 둘러보는 사이 고요 속에서 누군가가 유리를 두드리는 소리가 났고, 수도사 한 명이 아직 불이 켜진 창문에 나타났다.

"무슨 일로 이곳에 오셨는지요?" 수도사가 부드럽고 친절하게 물었다.

"하느님은 몇 층에 계신가요?" 내가 말했다. 그라지아노가 어둠 속에서 조용히 키득거렸고, 수도사는 어떻게 대답해야 할지 생각하는 듯 잠시 조용하다가 엄지손가락을 들어 위를 가리켰다.

"다락방에 계십니다. 하지만 지금은 주무시고 계시죠. 제가 대신 말씀을 전달해 드려도 될까요?"

"그럼요." 그라지아노가 대답했다. "저희가 하느님을 찾아 헤매다 결국 못 찾았다고, 이제 하느님이 저희를 찾으실 차례라고 전해 주세요."

"낮에 다시 와 보시지요." 수도사가 말했다. "지금은 그냥 가시는 게 좋겠습니다. 문 닫는 것 잊지 마시고요. 그럼 두 형제분 모두 평안한 밤 되시기를."

"저 수도사 말하는 거 들었어? 보통내기가 아니야." 우리가 밖으로 나왔을 때 그라지아노가 말했다. "어디로 가야 택시가 잡힐까? 난 이제 한계야." 우리는 택시를 잡아 뒷좌석에 쓰러지듯 앉았고, 그가 프레슬리의 노래를 흥얼거리기 시작했다. "정말 최고야!" 이따금 감탄사도 내뱉었다. "엘비스 같은 사람은 없었어, 그렇지, 레오? 우리 이제 뭐 할지 알아? 집에 가서 샌디를 깨우고 우리 영화에 자금을 대야 한다고 말할 거야."

"우리에게 총을 쏠 거야."

"절대 그렇지 않아. 사회 경험이 많은 여자잖아, 잊었어? 내가 집안의 가장이라는 것도 잘 알고. 뭐, 적어도 틀린 말은 아니잖아. 그리고 집에는 총도 없어."

샌디를 깨울 필요는 없었다. 이미 일어나서 탁구대로 현관 입구를 거의 다 막고 우리가 집 안으로 들어가지 못하게 버티고 있었기 때문이다. 그라지아노의 망가진 꼴은 샌디의 화만 더 돋우고 말았는데, 우리가 어디 있었던 것인지, 뭘 하고 있었던 것인지 물었다. 샌디의 얼굴은 무슨 크림 같은 것으로 덮여 있었고, 머리에는 손수건을 두르고 있었다. 남에게 보여주기에 썩 좋은 상태는 아니었지만 샌디 본인은 신경 쓰지 않았다. 내가 그녀의 공격을 간신히 버티고 있는 사이, 그라지아노는 교활한 미소를 지으며 유유히 안으로 들어가 안락의자에 앉아 조용히 샌디와 나를 바라봤다. "우리 진지한 이야기 좀 해볼까?" 그가 말을 꺼냈다.

"지금은 때가 아니야, 그라지아노." 내가 말했다.

"무슨 진지한 얘기를 하자는 거야?" 샌디가 끼어들어 그를 다그치기 시작했다. "이건 심각한 문제야! 청구서를 처리하는 사람이 누구야? 온종일 남의 청구서만 처리하고 있는 사람이 누구냐 묻잖아! 당신 친구들 다 똑같아. 전부 다 못 봐 주겠어. 이제 누가 청구서를 처리할 건지 말해 봐!"

아직 깨어 있던 쌍둥이 자매도 방에서 나와 탁구대에 앉아 껌을 씹으며 조용히 우리를 바라보고 있었다. 그라지아노가 자매가 온 것을 보고 말하기 시작했다. "너희 둘은 왜 아직 안 자고 있어?" 그의 말투는 다정한 아버지 같았다. 걱정하면서도 화도 난 것 같고, 위엄도 있는, 아주 다양한 감정이 뒤섞여 있었다. 어려운 대사를 연습하는 배우 같기도 했다. 그러다 갑자기 그가 벨트를 풀었다. 순간 나는 탁구대에 앉은 두 아이에게 손찌검을 하는 줄 알고 깜짝 놀랐지만 역시나 그럴 친구는 아니었다. 그는 자신의 머리에 벨트를 묶고 의자 아래로 머리를 수그렸는데, 머리카락이 빠지지 않게 하려는 그만의 방법이라고 했다.

"저 사람 좀 보라고요!" 화가 치민 샌디가 내게 소리쳤다. "저 머리카락은 어디다 쓰려고 저러는 걸까요?"

"글쎄요, 빗질하려고?" 내가 말하자 그라지아노가 키득거렸고, 나도 따라 웃을 수밖에 없었다. 필요한 경우 농담으로 시간을 끄는 것도 나쁘지 않은 방법이다. 하지만 샌디는 아랑곳하지 않았다.

"불한당들! 이 불한당들!" 그녀가 소리쳤다.

상황이 이쯤 되니 나는 그만 여기서 벗어나는 게 좋겠다는 생각이 들었다. 그녀에게 가볍게 고개를 숙여 인사를 한 뒤, 대문 앞까지 갔을 때 그라지아노에게 함께 가겠느냐고 물었다. 그는 여전히 의자 아래로 고개를 파묻고 있었다. "아니, 레오. 방금 돌아왔잖아. 그러면 샌디가 진짜로 화를 낼 거야." 그래서 나는 그를 거기다 그렇게, 조금 더 견딜 수 있는 자리에서 삶을 바라볼 수 있도록 내버려 두고 문을 나섰다.

사실 나는 벌써부터 한계를 느끼고 있었다. 시스토다리로 가는 골목길에 들어섰을 때 문득 정신이 들었고, 발로 찬 쓰레기통이 자갈이 섞인 도로 위를 나뒹굴며 요란한 소리를 냈다. 강은 검붉었고, 저 멀리 자니콜로(Gianicolo, 로마 시내가 내려다보이는 테라스 건축물)의 표지등이 일정한 간격으로 하늘을 수놓고 있었다. 캄포 데이 피오리에서는 벌써 노점상들이 다음 날 장사할 준비를 하고 있었다. 나는 상자 더미 속에서 사과 두 개를 집어와 나보나광장으로 가는 길에 먹어 치웠다. 황량한 광장 한가운데 있는 분수는 푸른 바닥 때문에 가만히 있는데도 빛이 났다. 그 시간의 광장은 아주 웅장하게 느껴졌는데, 스스로가 매우 화려해 생존력 따위는 필요 없다는 것을 아는 듯했다. 나는 포르티코(portico, 건물 입구에 기둥을 받쳐 만든 현관 지붕) 아래 앉아 광장을 바라보며 집에 돌아가고 싶은 마음이 생기기를 기다렸다. 하지만 좀처럼 그럴 마음이 생기지 않아 차라리 바다를 보러 갈까 생각했다. 텅 빈 도로는 내게 당장 고물 알파 로메오로 달려가라고 말하는 듯했고, 그렇게 도로를 달린 지 30분이 채 되지 않아 바다에 도착했다.

바다는 광활하고 거대하고 어두웠다. 부두 끝에 가서 앉았다. 주위는 온통 바다로 가득했고, 파도가 해안으로 온몸을 던져 부서지고 저 멀리 어둠 속에서 어선들의 불빛이 깜빡이고 있었다. 그 옛날 카바피스(Konstantinos Kavafis, '콘스탄티노스 P. 카바피'라는 이름으로 더 잘 알려진 알렉산드리아 출신 그리스의 시인)의 말이 옳았던 걸까? 그가 말하기를 당신이 속한 도시가 바로 자신의 모습이며, 당신을 위한 배도 도로도 없기에 다른 곳에서 희망을 품지 말라고, 이 세상 작은 구석에서 인생을 낭비한 것처럼 그 어느 곳이라고 해도 당신의 망가진 인생은 달라질 것이 없다고 했다. 그 옛날 카바피스는 알고 있었던 것이다. 나는 집에 두고 온 여행 가방을 떠올리며 담배 두 개비를 피웠다. 뭐, 나는 내가 와야 할 곳에 왔고, 이제 남은 것은 집에 돌아가는 일뿐이었다.

집에 도착했을 때 저 멀리 하늘 한쪽이 밝아지기 시작했고, 대문 앞에 영국산 소형차가 주차되어 있었다. 내가 아는 차였다. 그리고 그 안에서 잠든 여자도 아는 여자였다.

"아리아나. 여기서 뭐해요?" 내가 말하자 막 잠에서 깬 아리아나가 순간 자신이 어디에 있는지 모르겠다는 듯이 주위를 살폈다. 그러더니 애써 미소를 지어 보였다.

"아, 레오!" 그녀가 말했다. "돌아오지 않을까 봐 걱정했어요."

6

여름은 예상외로 빨리 찾아왔다. 5월 초, 이집트를 연상시키는 구름 한 점 없는 뜨거운 하늘이 도시 전체를 내려다봤고, 우리는 마법에 걸린 듯 한여름이 된 것 같은 착각에 빠졌다. 카페들은 유리문을 활짝 열었고 강변을 따라 늘어선 차양 아래에서는 주크박스들이 각자 겨울 동안 간직해 두었던 노래를 불러대기 시작했으며, 수백 대의 버스가 유적지 앞에 관광객 무리를 쏟아냈다. 길고 지루한 로마의 여름이 시작되었고, 나는 결심했다. 렌조 디아코노에게 방송국에 들어가게 해달라고 부탁하기로 한 것이었다. 그는 내가 좋은 결정을 했다며 기뻐해 주었고, 찰리스로 불러내 식사를 하며 이력서에 서명을 하게 한 후, 일단 채용이 되면 내가 얻을 수 있는 모든 좋은 조건들에 대해 설명해 주었다. 그는 내가 그 일을 처리하기에 적임자라고 확신했는데, 무슨 일인지 자세한 설명은 없었지만 특별한 상황이 있는 것은 확실해 보였다.

채용 여부를 기다리는 동안 나는 매일 아침 아리아나와 바다에 갔다. 그녀는 해변 리조트와 휴대용 라디오를 틀어 놓고 파라솔 아래에서 죽치고 있는 사람들을 싫어했고, 우리는 북쪽 해안을 돌아다니며 조용하고 깨끗한 장소를 찾아 헤맸다. 결국 그런 곳을 찾기는 했지만 대부분 아직 주인이 오지 않은 별장의 담을 넘어야 할 때가 많았고, 그곳에서 우리는 햇살 가득한 테라스의 콘크리트 위에서나 개인 소유 선창에 있는 바위 사이에 수건을 펼쳐 놓고 책을 읽으며 해수욕을 할 시간을 기다렸다.

"정말 그래." 아리아나가 말했다. "저런 별장들은 항상 내게 안정감을 줘. 조만간 나한테 한 채 사줄 수 있어? 나 저런 집이 너무 필요하거든." 그녀가 햇볕에 누워 한숨을 쉬었다. 처음 바다를 찾기 시작했을 무렵 그녀는 건축 서적을 가져왔지만, 보통은 솔리테르를 하거나 가만히 누워 게으름 피우기를 더 좋아했다. 그리고 내가 《스완네 집 쪽으로》를 큰소리로 읽기 시작한 때부터 그녀의 비치백에서 건축 서적은 완전히 사라지고 내 낭독을 더 편하게 듣기 위해 머리를 기댈 쿠션이 들어가게 되었다. 햇빛 아래에서 책을 읽는 것이 좋았고, 정오 무렵에는 바지만 걸치고 차를 몰아 근처 마을에 가서 샌드위치와 맥주를 사곤 했다. 내가 먹을 것을 사서 돌아오면 그녀는 창문 너머로 저택 안을 살펴보기도 하고, 혼자 수영하는 것을 무서워하는데도 너무 더울 때는 물속에 먼저 들어가 있기도 했다. 그녀는 물속 바닥에서 자신을 따라다니는 그림자가 보이는 것을 무서워했고, 그래서 보통 하늘을 보며 배영을 했다. 우리는 오후 3시쯤 되면 자리를 털고 일어났고, 문 앞에다 빈집에서 편안하게 지내다 간다는 감사의 쪽지를 남겼다.

시내로 돌아오면 나는 신문사에 가서 저녁 시간까지 있다가

트리니타 데이 몬티 성당에 가서 자동차 보닛 위에서 바카라(baccarat, 두 장의 카드를 더한 수의 끝자리가 9에 가까운 쪽이 이기는 게임)를 하는 택시 기사들과 꽃장수, 관광객들 틈에서 아리아나를 기다렸다. 그녀는 항상 늦게야 나타났고, 나는 주머니에 넣고 간 책을 읽으며 시간을 보냈다. 그러나 항상 한 페이지를 다 읽고 나면 그녀가 오는지 고개를 들었다. 그렇게 기다리다 보면 그녀가 자동차 매연이 싫어 코를 찡그리고 펼쳐 보지도 않는 건축 서적을 두 팔로 감싸 안은 채 인파 속을 늘쩡거리며 걸어왔다. 그녀는 주위를 두리번거리며 나를 찾았고, 나를 발견하면 일부러 걷는 속도를 더 늦추고 만족스러운 미소를 지으며 쇼윈도 앞에서 멈추거나, 가로등 주위를 두 바퀴 돌거나, 웃기는 차림을 한 관광객이 있으면 뒤를 돌면서까지 한동안 쳐다봤다. 그러고는 마침내 내 앞까지 와서 아무렇지도 않게 입맞춤을 했다.

"그러니까, 내가 자기를 사랑한다고 생각하지는 마." 그녀가 말했다.

가끔 우리는 에바의 가게에도 갔다. 그런 날은 다른 사람들과 저녁 시간을 보내야 한다는 것을 의미했다. 확실히 에바와의 관계가 썩 좋지 않았기 때문에 그런 시간이 흔치는 않았다. 관계가 안 좋아진 건 확실히 그라지아노와 그녀의 가게를 방문한 이후부터였다. 그녀가 용납하지 못하는 딱 한 부류가 있다면 주정뱅이였고, 나도 한때 알코올 문제가 있었다는 것을 알게 되었기 때문이다. 다 같이 한자리에 있을 때면 서로 말을 섞기를 피했고, 나는 렌조나 흰 수염 작가와 수다를 떨며 시간을 보냈다. 가끔 오트 쿠튀르 모델과도 몇 마디 나누었지만 그것은 순전히 내가 대화를 끝낼 때까지 안절부절못하는 아리아나를 보기 위해서였다. 모델과 대화를 하고 나면 아리아나는 나와 한 시간 동안 말을 하지 않았다. 하지만 그런 날을 제외하면 대부분 우리 둘이서 시간을 보냈고, 우리는 야외 트라토리아에서 저녁을 먹고 도시를 배회했다. 아리아나가 졸업 논문의 주제로 보로미니(Francesco Borromini, 이탈리아의 조각가이자 건축가)가 베르니니(Gian Lorenzo Bernini, 이탈리아의 조각가이자 건축가)보다 뛰어나다는 것을 증명하는 내용을 생각하고 있어서 거의 바로크 양식의 성당을 찾아 돌아다녔다. 그리고 어떤 식으로든 우리는 항상 차만 마시고 사는 여인처럼 도시의 가로등 불빛 속에서 핏기도 없이 창백하고 우아한 모습의 산필리포 소예배당 앞에서 멈춰 섰다. 나는 바로크 양식에 대한 연구가 베니스의 침몰을 막을 배관 문제와 어떤 관련이 있는지 이해하지 못했지만, 방황하는 아리아나를 따라다니며 동굴 같은 성당 입구에서 그녀의 가슴처럼 차가운 입술에 키스하고, 내 아파트로 가 새벽까지 함께 잤다. 그녀는 에바가 일어나기 전에 자기 집으로 돌아갔고, 낮 동안 해변에서 보내는 데 필요한 것들을 준비했다. 그러던 어느 아침, 우리가 자주 찾던 네 채의 별장 모두에 주인이 와 있는 것을 봤고, 이제 해변의 날들은 끝났다는 것을 알았다.

6월 초의 어느 저녁, 렌조에게서 이틀 후부터 일을 시작할 수 있다는 연락을 받았다. 다음 날 아침 옷장을 살펴보니 첫 출근에 입을 만한 옷이 하나도 없었다. 그래서 나는 남은 돈을 새 옷을 사는 데 투자하기로 했다. 투항하는 상황에서는, 이유는 모르겠지만 항상 패자가 승자보다 더 고상해 보이는데, 어쩌면 더 좋은 조건을 얻기 위한 것일 수도 있고 자신에게 남은 것이라고는 아무것도 없어도 적어도 겉모습만큼은 잘 가꾸어야 된다는 사실을 깨닫기 때문인 듯하다. 그래서 나는 시내 옷가게들을 둘러보러 갔다. 한 곳에서 그라지아노의 것과 비슷한 흰색 수트를 찾았다. 정확히 똑같은 리넨은 아니고, 어쩌면 리넨이 아닐 수도 있지만 어쨌든 모양새는 비슷했다. 나는 그 옷으로 바로 갈아입고 산드로 씨 술집에 가서 아리아나에게 전화를 했다.

"새로운 소식이 있어. 꼭 말해 줘야 해." 나는 그녀에게 말하고 약속 장소를 설명했다.

"지금 말해. 만날 때까지 어떻게 기다려." 그녀가 말했다.

"견뎌 봐. 그럴 만한 가치가 있을 거야."

아리아나는 전화를 끊은 지 20분도 채 되지 않아 햇볕이 내리쬐는 보도를 따라 도착했다. 그녀의 하이힐이 내 마음을 뚫고 들어왔다. 흰색과 파란색 줄무늬 원피스를 입은 그녀는 이제까지 한 번도 본 적 없는 상큼한 모습이었다.

"와, 잘 차려입었네!" 그녀가 나를 보며 큰 소리로 말했다. "뭐야, 이게 무슨 일인데?"

"뭐 마실래?" 나는 바로 대답하고 싶지 않았다. 그라나타(granata, 과일시럽을 얼음과 함께 갈아 만든 이탈리아식 슬러시)라면 환장하는 그녀는 이번에도 변함이 없었고, 나는 산드로 씨만의 특선 그라나타로 두 잔을 주문했다. 과일주스에 잘게 간 얼음과 럼을 섞은 칵테일인데, 과일의 당분에 따라 코코넛 껍질이나 대나무 통에 담아 제공되어 이국적인 느낌이 났다.

"비뚤어진 처녀와 뱀부[Bamboo, 그리스 신화 중 비너스에게 많은 사랑을 받은 소년의 이름으로, 대나무(bamboo)와 철자가 같다.]의 조합이군요." 내가 산드로 씨에게 말하자 아리아나가 키득거렸다.

"아주 의미심장한 조합이네." 그녀는 그런 조합은 지금껏 생각해 본 적이 없다고 말했고, 산드로 씨가 음료를 만들기 시작하는 모습을 보자 나도 그녀를 따라 바보처럼 웃음이 나왔다. 음료를 만드는 과정을 처음부터 끝까지 눈앞에서 보고 매료된 아리아나는 산드로 씨를 유심히 바라봤고, 그 노년의 바텐더는 그녀의 시선을 눈치채고 아까보다 더 가볍고 우아하게 손을 놀렸다. 잠시 후 산드로 씨의 마법을 거친 결과물이 우리 앞에 놓였고, 그는 진지한 얼굴로 우리의 평가를 기다렸다. 아리아나가 몸을 숙이고 빨대로 두세 차례 빨아들이더니 눈을 반쯤 감은 채 고개를 들고 미소를 지었다. 그제야 산드로 씨도 미소를 되찾고 목례를 했다. 칵테일을 통해 두 사람이 서로를 이해하게 된 것이었다.

"그런 사람이 진정한 바텐더지!" 찬 음료를 마셨더니 살짝 춥기도 하고 취기도 올라 거리로 나왔을 때 그녀가 소리쳤다. "나 그 사람한테 반했나 봐!"

"그렇겠지. 중년 남자들만 보면 반하니까." 내가 말했다.

"이제 빙빙 돌리지 말고 말해 봐. 그래서 할 말이라는 게 뭔데?"

하지만 나는 계속 그녀를 안달 나게 하면서 산실베스트로광장 쪽으로 걸었다. 그녀는 상당히 신경질적으로 빨간색 신호등일 때 길을 건너겠다고 고집을 부렸다. 우리는 재고나 절판된 책을 싸게 파는 할인 서점에 들어가 각자 관심 있는 서가를 돌기 시작했지만, 나는 가끔 고개를 들고 알록달록한 책들을 배경으로 서 있는 그녀의 초조한 옆모습과 계속 얼굴에 닿는 머리카락을 매만지는 모습을 바라봤다. 그때 그녀의 모습은, 가장 아름답지는 않아도 이 모든 이야기 중 내게 가장 중요한 기억으로 남았다. 미로에서 헤매다 나온 사람처럼 우리 두 사람 모두 비틀거리며 서점 출구에 이르렀을 때, 나는 그녀에게 그녀가 결코 읽어본 적 없을 것 같은 책《화산 밑에서(Under the volcano, 영국의 작가 말콤 로리의 소설)》를 선물했다.

"이제 그만하고 말해 줘!" 그녀가 소리쳤다. 인내심이 이제 한계에 다다른 듯했다. "칵테일에 책 선물까지, 이유라도 알고 축하해야 할 거 아니야?"

"나 정신 차렸어. 내일부터 방송국에서 일해." 내가 대답했다. 하지만 그녀는 가만히 서서 낡은 흰 셔츠를 입고 수염을 기른 채 우울한 표정으로 호숫가를 바라보고 있는 작가의 사진이 인쇄된 책 표지를 응시하고 있을 뿐이었다.

"난 좋은지 모르겠어." 마침내 그녀가 입을 열었다.

"왜?"

"모르겠어, 자기는 그냥 자기니까."

그녀는 논쟁의 여지가 없는 말로 대화를 끝내고 오후 내내 이 이야기에 대해 더 이상 언급하지 않았다. 우리는 뭐라도 하려고 프라티나거리 상점들의 쇼윈도를 구경하며 돌아다녔지만, 그녀는 보고 있어도 보지 않는 것 같았다. 굉장히 예민한 상태였고, 항상 가는 야외 트라토리아에 갔을 때도 입맛이 없어 보였다.

"왜 그 일을 하려는 건데?" 그녀가 불쑥 물었다.

"남은 음식에 지쳐서."

"그게 무슨 뜻이야?"

"무슨 말인지 알잖아." 내가 대답하자 그녀는 조용히 컵 바닥을 만지작거렸고, 컵의 물기를 도장 삼아 탁자를 덮고 있는 흰 종이에 동그란 자국을 남겼다.

"나를 위해서 하는 게 아닌 건 확실하지? 나 때문에 일하는 게 아니었으면 해."

"나를 위해서 하는 거야" 내가 말했다. "오직 나 자신만을 위해서."

"아, 그럼 괜찮아." 그녀가 말했다.

우리는 잠시 침묵 속에 앉아 있었고, 나는 비명을 지르고 싶은 마음을 꾹 참았다. 그래서였는지 계산서를 달라고 할 때 너무 큰 소리로 외치듯 말했고, 그녀가 컵에서 손을 떼고 내 손을 끌어가 꽉 쥐었다. "당신 집에 갈까?" 그녀가 내게 물었다. 두려웠던 것이다. 우리의 5월은 너무 아름다웠고, 그래서 그녀는 어떠한 변화든 우리에게 찾아오는 것이 싫었던 것이다. 그 순간 갑자기 나는 마침내 잘될 수 있을 것 같은 기분이 들었고, 지난밤과는 완전히 달라진 나를 상상하며 희망에 사로잡혔다. 하지만 그렇지 않았다. 우리는 내 침대에서 다시 한번 우리 스스로에 대해 알게 되었다. 새벽이 될 때까지 서로를 애무하고 서로의 몸을 느끼며 서로를 갈망하고, 그녀가 나를 사랑한다고 생각하지 말라는 말 외에 단 한 번도 나오지 않은 말을 하려 고민하다가 지쳐 서로를 붙잡고 힘없이 엉겨 붙어 있을 뿐이었다.

“와, 오늘 멋지게 입었네!” 방송국 건물 앞에서 렌조가 그의 메르세데스 벤츠에서 내리며 말했다. 시작부터 좋지가 않았다. 아침 햇살을 받은 내 옷이 방송국 건물의 유리를 깨트릴 듯 반짝였고, 주위에는 온통 입에 파이프를 물고 파란 셔츠를 입은 중역들로 가득했다. 맙소사, 혼자서 얼마나 튀려고 작정한 놈처럼 보였을까. 방송국 안은 햇빛이 전혀 들지 않았고, 인공조명 덕분에 내 옷이 눈에 덜 띄어 그나마 다행이었다. 대신 거의 춥다고 느껴질 정도로 서늘했고, 렌조를 따라 문이 늘어선 복도를 지나는 동안 옷 때문에 긴장한 탓에 흘린 땀이 식으며 등이 시렸다. 우리는 ‘인사과’라고 적힌 곳 앞에서 걸음을 멈췄고, 노크도 하지 않고 문을 열었다.

“안녕하세요, 디아코노 씨.” 한 여직원이 우리를 맞았다. “안녕하세요, 가짜라 씨.” 나를 기다리고 있던 것이 분명했다, 그녀는 우리가 안으로 들어서자마자 굉장히 능숙한 동작으로 카드 한 장을 타자기에 끼워 넣었다. “성이 어떻게 되시죠?” 방금 전에 자기 입으로 말해 놓고 내게 다시 물었다. “이름은요?” 이름을 대자 이어서 아버지의 이름까지 물어보니 아버지 생각이 났고, 어머니 이름을 물으니 어머니 생각이 났다. 그리고 내가 태어난 곳을 묻자 암울한 내 고향 마을이 떠올랐고, 생일을 물었을 때는 세 달 전 새벽에 어느 버스 종점 앞 카페에서 뜨거운 카페라테를 마셨던 날이 생각났다. "다 됐습니다." 그녀가 환한 미소를 지으며 말했다. 인사카드나 정리하고 있기에는 아까운 인재였다.

"자네 사무실로 가 볼까?" 렌조가 내 어깨를 두드리며 말했다. 그를 따라서 평생 내가 번 돈을 다 합친 것보다 많은, 단 한 번도 손에 쥐어 본 적이 없는 엄청난 돈을 단 한 달 만에 벌 수 있는 방으로 데려다줄 엘리베이터에 올라탔다.

길고 좁은 형태의 사무실에는 두 개의 책상이 있었는데, 그중 하나에 유쾌한 성격의 40대 여성 한 명이 앉아 있었다. 우리가 들어가자 그녀가 자리에서 일어났다. 나는 그녀의 이름도 모른 채 내게 뻗은 손을 잡고 악수를 했다. 그 사무실에서는 그렇게 오래 일할 예정도 아니었고 조만간 렌조와 함께 일할 터였기에 시간이 지나면 알게 될 것이라 생각했다. 렌조는 잠시 그녀에게 내 칭찬을 하느라 열을 올렸다. 그녀는 감탄하며 듣고 있다가 간간이 내게 호의적인 눈빛을 보냈고, 나는 겸손의 미소를 지어 보였다. 이 정도면 해야 할 인사는 끝났다고 생각했는데, 그가 내 어깨를 다시 한번 가볍게 두드리고 3층 위에 있는 자신의 사무실로 간 후에도 비슷한 상황이 계속되었다.

"대학은 졸업했나요?" 나와 단둘이 남겨지자마자 그녀가 물었다.

"네, 인내를 전공했죠." 내가 대답했다.

"그러면 여기서 잘 지낼 수 있을 거예요." 그녀가 웃으며 말을 이었다. "사실 노둔한 사람들이 많은 곳이죠. 당신이 멍청한 짓만 하지 않으면 사람들은 당신을 천재라고 생각할 거예요." 이 말이 그녀가 내게 말해 주고자 하는 핵심인 것 같았고, 이어서 우리가 맡은 업무에 대해 설명하는 동안 나는 아무 말도 하지 않았다. 당장 우리가 할 일은 진행 중인 프로그램에 관해 국내 언론사에 보낼 보도 자료의 초안을 작성하는 것이었다. 그녀가 보도 자료에 대해 설명하는 동안 나는 바깥세상을 생각했다. 무엇이 문제였을까.

"이 안은 춥네요." 내가 두 팔을 문지르며 불쑥 말했다.

"아, 네. 에어컨을 세게 돌려서 다들 처음에는 그렇게 느껴요. 사실 조절을 하고 싶어도 아무것도 할 수가 없는데, 일반적인 시스템이라고 하더라고요."

"장군님, 장수하시길."[불만이 있어도 조절할 수 없는 일반적인(general) 시스템을 비꼬기 위해 동음이의어 'the General(장군)'를 사용한 농담] 내가 말했다. 하지만 내 미묘한 말장난에 웃기는커녕 표정 하나 바뀌지 않는 것으로 봐서 그녀는 이미 오전에 할당된 유머 감각이 다 떨어진 모양이었다. 대신 보도 자료의 양식을 익혀야 한다며 내게 문서가 가득 든 한 박스를 떠안겼다. 나는 그 속에서 좋은 글을 발견할 때까지 계속 읽었고, 아리아나와 지샌 밤으로 인해 쌓인 피로와 추위를 이기지 못하고 결국 오한까지 느꼈다. 나는 혹시 사내 카페에서 밸런타인 병 하나를 구할 수 있을지 궁금해지기 시작했다. 그런데 뜨거운 물은 어디서 구하지? 이곳에 뜨거운 게 있기는 할까? 사용할 수만 있다면 몰래 책상 아래 무릎에 올려놓고 쓰면 될 텐데. 친구들이 모두 죽고 세상에 혼자 남겨진 노인처럼 말이다.

"할 수 있는 일을 알려 줄까요?" 내가 유리 벽 너머 거리에 쏟아지는 햇볕을 바라보고 있으니 사무실 동료가 말했다. "로렌지 씨에게 가면 그분이 미국에서 수입한 새 시리즈물에 대한 정보를 얻을 수 있을 거예요."

"좋은 생각인 것 같네요." 나는 적당한 열의를 보이며 말했다. "로렌지 씨를 만나려면 어디로 가면 될까요?"

"사무실은 212호실이에요. 시간이 안 되면 기다리고요."

"지금도 충분히 괜찮아요."

"로렌지 씨가 바빠 보이면 기다리라고 말한 거예요." 그녀가 말했다.

나는 얼굴을 붉히며 자리에서 일어났고, 그가 시간이 없다면 두말할 것 없이 카페로 향하리라 생각했다. 그를 만나거나 바로 향하거나 두 가지 방법밖에 없었다. 나는 사무실을 나오자마자 수많은 사무실이 한데 모여 있는 미로 같은 복도에서 길을 잃었다. 나는 이곳저곳을 기웃거리다 업무 중인 비서와 책상에 발을 올리고 텔레비전을 보며 파이프 담배를 피우는 임원들을 봤고, 팔짱을 끼고 부드러운 담배 연기를 뒤로 흘려보내며 복도를 지나가는 사람들도 마주쳤다. 문인 줄 알고 밀어 보면 창문이고, 창문인 줄 알고 열면 수납장이고, 엘리베이터 버튼은 아무리 눌러도 고장 났는지 움직이지 않았다. 어느 순간 나는 길 찾는 것을 포기하고 진짜가 확실한 창문 앞에 멈춰 서서 창밖의 안뜰을 내다봤다. 맞은편에는 불그스름하고 투명한 유리로 된, 체스 판처럼 규칙적으로 구분된 건물이 있었는데, 각각의 칸이 모두 사무실이었다. 그중 책상에 스탠드가 있는 곳은 무엇인가를 책임지는 관리자의 사무실이라는 것을 의미하는데, 위층으로 올라가면 올라갈수록 스탠드가 있는 방이 많았다. 이건 알다시피 높은 곳에 있으면 일을 처리하기 쉽기 때문이다. 나는 자포자기하는 심정으로 로렌지 씨의 방이 어딘지 물으려고 한 젊은 여직원을 불러 세웠다. 그녀는 왜 이런 귀찮을 일을 매번 겪어야 하는지 모르겠다는 표정을 짓더니, 나를 바보를 보듯 쳐다본 후 안내원이 있는 곳을 가리켰다. 안내원은 읽고 있던, 아, 내 그리웠던 시절의 그 〈코리에레 델로 스포르트〉를 내려놓고 나를 목적지까지 데려다주었다.

내가 사무실로 들어서자 로렌지 씨가 직접 나를 맞았다. "무슨 일이죠?" 그는 나와 거의 비슷한 나이인 것 같았다. 하지만 그의 눈빛에서는 같은 세대끼리 느낄 수 있는 유대감이라고는 전혀 보이지 않았다. 내가 용건을 말하는 동안 그는 내 흰옷을 수의 보듯 바라봤다. "시간이 없네요." 그가 말했다. 처음부터 대답은 정해져 있는 분위기였다. 나는 그에게 기다리겠다고 말했다. "여기서는 안 돼요." 그의 말에 나는 카페에서 기다리겠다고 했다. 내가 의외의 사교적인 장소를 언급하자 그는 적잖이 놀란 듯한 얼굴로 차고 있던 손목시계를 보며 대답했다. "그래요, 거기서 45분 후에 보죠."

이제 카페를 찾아야 했다. 나는 우선 본능이 이끄는 대로 엘리베이터에 올라 맨 위층의 버튼을 눌렀다. 엘리베이터 문이 열리자마자 컵과 술병이 친숙하게 부딪히는 소리가 들려왔다. 그 소리를 따라 나는 어느새 도시 전망이 훤히 보이는 유리로 벽을 세워 만든 거대한 홀에 서 있었다. 화이트 와인 한 잔을 주문하고 창가를 따라 늘어선 자리 중 한 곳에 앉았다. 한 시간 십오 분이 지났는데도 로렌지 씨는 나타나지 않았고, 시간이 지나면 지날수록 나타나지 않을 것이 분명해졌지만 그가 기다리라고 했으니 나는 계속 기다렸다.

그러는 동안 나는 카운터 주변에 있는 사람들을 관찰했다. 대부분 파이프를 입에 문 임원들이었다. 큰 소리가 나도록 파이프를 피우고 수다를 떨면서 재떨이에 재를 털거나, 화구에 엄지손가락을 넣어 재를 빼내기도 하고, 심지어 성냥을 집어넣어 집요하게 파내기도 했다. 모두가 다시 담배 보따리에서 담뱃잎을 움켜쥐고 누르고 비트는 작업을 위한 고역이었다. 그들이 그렇게 좋은 냄새를 풍기는 사이 나는 그들의 파란 재킷과 반짝이는 구두, 살짝 괴상한 넥타이, 파이프를 구경한 후, 도시를 내려다보기 위해 유리창 쪽으로 몸을 돌렸다. 계곡이 보이는 발코니가 딸린 내 아파트가 있는 몬테 마리오 산 위로 햇볕이 쏟아지고 있었다. 저 바깥세상은, 초록빛이 도는 유리창의 손가락 한두 마디 정도의 길이로는 가늠할 수 없을 만큼 먼 거리에 있는 저곳은 더운 것 같았다. 나는 이쯤에서 한 잔 더 주문하는 것이 옳겠다고 판단하고 카운터로 가던 중, 전에 산드로 씨 술집에서 렌조와 함께 만났던 프로듀서를 보았다. 그때와 똑같은 군용 우비를 걸치고 있었고, 그때처럼 취해 있는 것 같았다. 그가 나를 알아볼 수 있을지는 생각하지 않고 화이트 와인 두 잔을 더 주문해 받아 들고 그에게 다가갔다. 그는 실눈을 뜨고 나를 보며 기억을 더듬으려 애썼고, 잠시 후 입을 열었다. "자네 인생에 대한 생각은 여전한가?" 그는 사소한 일까지 전부 다 기억하는 알코올 중독자 특유의 기억력으로 내가 했던 말을 기억하고 있었다.

"아니요, 오늘은 아니에요." 내가 대답했다.

"그렇군." 그가 주위를 둘러보며 말했다. "날이 갈수록 힘들어지지." 그러고는 내가 들고 온 두 술잔을 바라봤다. "맙소사, 제대로 마실 줄 아는군." 그는 페르노(Pernod, 프랑스산 리큐르의 한 종류)를 스트레이트로 마시고 있었다. 그때가 오전 11시였다. 우리는 각자 잔을 들고 사람들 틈을 비집으며 창가로 자리를 옮겼다. 그러는 동안 그는 쉴 새 없이 사람들과 인사를 나눴고, 그는 자신을 '코라도'라는 이름으로 부르는 친숙한 사람들의 어깨를 토닥였다. "이런 데는 어쩐 일인가?" 그가 창가 의자에 올라앉으며 내게 묻고는 유리창이 안전한지 보려는 것처럼 더듬었다. 나는 이 건물에서 일하게 되었다고 대답했다. "전에 내가 유리창에 주먹을 날린 적이 있거든." 그가 생각에 잠겨 말했다. "그러다 손가락뼈 두 개가 부서졌지. 그래서, 무슨 일을 하는데?" 이번 질문에도 나는 친절하게 대답해 주었다. "손가락 두 개를 못 쓰게 되니 어찌나 불편하던지. 혹시 나랑 스튜디오에 가지 않겠나? 새로운 소식과 영광을 가득 안고 돌아오게 될 테고, 그렇게 간단히 현장에서 보상을 챙기는 거지."

"좋아요." 나는 이 건물을 빠져나갈 수 있다는 생각에 그의 제안에 흔쾌히 응했다. 우리는 의자에서 미끄러지듯 내려와 엘리베이터 쪽으로 향했다. 그는 한 손을 내 어깨에 올리고, 다른 한 손으로는 사람들과 악수를 하며 인사를 건넸다. 엘리베이터 안에는 아는 사람이 한 명도 없었고, 그는 내려가는 동안 편하게 눈을 감고 벽에 기대어 있을 수 있었다. 엘리베이터가 1층에 도착해 멈추면서 살짝 덜컹거리자 그가 감고 있던 눈을 떴다. 넓은 로비는 휑하게 비어 있었고 안내원들은 사람들의 출입기록을 뒤적이면서 수다를 떨고 있었다. 나는 그들이 나를 불러 세워 어디 가는지 물으며 출입증을 반납하라고 할까 봐 걱정했지만 그런 일은 일어나지 않았다. 우리는 유리문을 밀고 밖으로, 작열하는 태양 속으로 나왔다.

스튜디오는 몇 킬로미터 떨어진 곳에 있었고, 우리는 내 고물 알파 로메오를 타고 이동했다. 코라도가 가늘게 실눈을 뜨고 팔꿈치를 창밖으로 내민 채 교통상황을 주시했다. 바람이 그의 얼굴을 강타할 때마다 차 안은 알코올을 품은 회오리바람으로 가득 찼다. 옆에 있는 것만으로도 취할 것 같았다. "첫날 봤던 것만큼 나빠 보이진 않는군." 갑자기 그가 입을 열었다. "자넨 이겨낼 테니 두고 보라고." 놀라운 일이었다. 그는 내가 무슨 생각을 하고 있는지 짐작하고 있었다. 만약에 최악의 상황이 닥치면 나도 파이프를 사겠다고 말했다. "그것도 방법이지." 그가 말했다. "효과가 있을 거야. 다만 한번 잔에 떨어뜨리면 다시 빼내기 힘들다는 점은 알아두게."

하지만 그처럼 술독에 빠져 인생을 망친 사람은 거의 없었다. 스튜디오에 도착하자 모든 입구에 있던 안내원들이 동료를 대하듯 그를 편하게 맞았고, 안에서도 다르지 않았다. 그가 만나는 모든 사람이 마실 것을 권하고 아주 친한 친구처럼 인사를 했지만, 등을 돌리면 다들 웃었다. 이제까지 방송계에서 가장 뛰어난 프로듀서 중 한 명이자 국장 사무실에 노크 없이 들어갈 수 있는 유일한 사람이지만, 이제는 끝난 사람이라는 것을 알고 있기 때문에 특별히 맞이할 필요가 없었던 것이다. 오후 1시쯤이 되자 사람들은 그를 본체만체하지도 않았다.

복도는 사극 드라마 두 편을 촬영하고 있어서 기이한 복장을 한 사람들로 가득 차 있었다. 우리는 화장실로 들어가려다 나폴레옹 군대의 병사 복장을 한 엑스트라와 마주쳤다.

"브라보." 코라도가 화장실 문을 열며 그에게 말했다. "황제를 위해 그런 거요?"

엑스트라는 코라도의 말이 무슨 뜻인지 몰라 어리둥절해하더니 속없이 웃으며 인사했다. "안녕하시죠?" 그러고는 기이한 복장의 무리로 가 섞였고, 우리는 화장실 안으로 들어갔다.

"나폴레옹의 병사 이야기를 알고 있나?" 코라도가 내 옆 칸에서 굵직한 소리와 함께 졸린 듯한 목소리로 물었다.

"네." 내가 대답했다. 아우스테를리츠(Austerlitz, 체코슬로바키아 중부에 위치한 나폴레옹 1세가 러시아와 오스트리아 연합군을 격파한 마을)에서 한 창기병이 여기저기 피어오르는 연기와 대포 사격을 뚫고 누구보다 앞장서서 진격하다가 사지를 잃게 되었는데도 이로 깃발을 물고 불굴의 의지로 들판을 기어 계속 전진한 이야기였다. 그날 저녁, 병사가 입원한 병원에 나폴레옹이 찾아와 훈장을 건네주며 황제를 위해 그렇게 한 것인지 물었다.

'아닙니다.' 병사가 대답했다.

'깃발을 지키기 위해서였나?'

'아닙니다.'

'그럼 조국을 위해?'

'아닙니다.'

'그럼 왜 그렇게 했나?'

'내기를 했습니다.' 병사가 대답했다.

"재밌는 이야기지." 코라도가 말했다. "아주 유익한 이야기야." 그러고는 잠시 조용하더니 쿵 하는 둔탁한 소리와 신음 소리가 들렸다. 나는 허겁지겁 내 칸에서 뛰어나와 그가 있는 옆 칸으로 갔다. 그는 붓고 피까지 흐르는 손을 가슴에 대고 벽에 기대어 있었고, 타일 벽은 그가 날린 주먹으로 인해 움푹 구멍이 나 있었다. 그가 눈물과 당황스러움이 가득한 눈으로 나를 바라봤다. 내가 부축해 주려 가까이 다가갈 때 그가 토하기 일보 직전이라는 것을 알았고, 가까스로 제때 그의 몸을 변기 위로 숙이게 했다.

"아, 맙소사!" 그가 신음을 내뱉었다.

"아, 맙소사!" 또 한 번의 탄식이 나왔고, 나는 그것이 코라도가 아니라 내가 내뱉은 소리라는 것을 뒤늦게 깨달았다. 몸을 돌린 코라도는 거의 내 위로 쓰러질 뻔했다. 내가 부축하고 있기는 했지만 언제까지 그렇게 변기에 기대어 있을 수만은 없었다. "앉아 있어요. 가서 사람을 불러올게요." 내가 말하자 그가 머리를 세게 흔들었다.

"누구를 부를 건데? 부를 사람 아무도 없어." 그가 울기 시작했다. "이제 우리가 있을 세상은 없어! 이제 그런 세상 따위는 없다고!" 그러고는 갑자기 무서울 정도로 큰 울음을 터트렸고, 그 소리가 화장실에 울려 퍼지며 메아리쳤다. 나는 너무 놀라 가만히 그를 바라봤다. 맙소사, 사람이 어떻게 이렇게 무너질 수 있는 걸까? 나는 본능적으로 화장실 문을 향해 뒷걸음질을 쳤다.

"저는 돛을 올려야겠어요." 내가 말했다. 복도로 나가자 나폴레옹 병사가 굉장히 걱정스러운 얼굴을 하고 있었다. "가서 누구 좀 불러와 주세요." 나는 병사에게 말한 뒤 출구 쪽으로 향했다. 건물 밖으로 나온 나는 햇볕을 쬐려고 잠시 걸음을 멈췄다. 그리고 고물 알파 로메오를 타고 나보나광장으로 출발했다.

광장은 넘실거리는 햇빛으로 가득했다. 시간을 보니 점심때였고, 그라지아노를 만날 수 있기를 바라며 카페 도미지아노에 앉아 치즈 샌드위치를 주문했다. 가끔 고개를 들어 교회의 시계를 올려다봤다. 샌드위치는 먹을 만했지만 그 건물로 돌아갈 생각을 하니 금세 식욕이 사라졌다. 담배를 계속 피우면서 시곗바늘이 움직이는 것을 지켜봤다. 2시 30분이 되자 참담한 기분이 들었고, 15분이 더 지난 후 나는 마지막으로 두 눈을 감고 숫자 100까지만 세고 자리에서 일어나 방송국으로 돌아가려고 했다.

하지만 눈을 다시 떴을 때는 이미 너무 늦어 버렸고, 그때 나는 내가 향하게 될 곳은 그 유리 건물이 아니라 〈코리에레 델로 스포르트〉 신문사라는 것을 깨달았다. 내가 어디로 사라졌는지 궁금해할 그 유쾌한 성격의 여자 생각에 기분이 좋아졌다. 나는 맥주 한 잔을 추가로 주문하고 체면을 살릴 방법을 생각하며 샌드위치를 먹기 시작했다.

"세상에, 제대로 차려 입었군!" 내가 신문사로 들어서자 로사리오가 말했다. "완전히 딴 사람 같아."

"맞아요. 짐 경(Lord Jim, 조셉 콘라드의 소설을 영화화한 〈로드 짐〉의 주인공 항해사로 흰 셔츠와 바지를 입고 등장한다.) 같죠." 나는 그렇게 대꾸한 후, 전에 마다한 정규직 제안이 아직 유효한지 물었다. 로사리오는 그럴 것 같기는 하지만 인사 책임자인 부서장이 올 때까지 기다려 봐야 한다고 했다. 어쨌든 그는 찬성이었다. 그의 입장에서는 주위에 온통 여직원들밖에 없는 닭장에 갇힌 수탉 같은 기분이었던 차에 남자인 내가 같이 있어 주는 것도, 야간 근무를 분담할 수 있는 것도 좋았다. 잠시 후 도착한 부서장도 내 결정을 반겼다. 푸른 눈의 대형견 마스티프 같은 이 사람은 언제라도 몸을 날려 덤벼들 것처럼 의자 팔걸이에 두 손을 올려놓고 있었다. 나는 곧바로 일을 시작했고, 근무 시간이 끝나고 여직원들이 스파클링 와인 한 병을 따자고 할 때까지 타자기 앞에 앉아 맹렬한 기세로 기사를 하나씩 옮겨 적었다.

"저희가 레오 씨 발목을 잡은 건 아닌지 모르겠네요." 말은 그렇게 했지만 여직원들도 내 결정을 반가워했다.

문제는 거리로 나와 텅 빈 저녁 시간을 맞이했을 때부터였다. 최악의 상황이었다. 렌조가 나를 찾을 것이 분명할 테니 집으로 갈 수도 없고 여전히 적당한 변명거리도 생각나지 않아, 나는 그라지아노를 찾으러 포폴로광장의 술집들을 돌아다녔다. 하지만 어딘가에서 알코올에 녹아버렸는지 그는 통 보이지 않았다. 그때 클라우디아가 떠올랐다. 전에 그녀가 서부영화를 보러 가자며 현관문에 장난스러운 쪽지를 남기고 간 후로 어떻게 지내는지 전혀 소식을 듣지 못했다. 그녀가 보고 싶었지만 한편으로는 망설여졌다. 내가 갑자기 나타나면 그녀가 화를 낼 것 같아서가 아니라, 우리가 관계를 가진 후로 너무 많은 시간이 지났고, 무엇보다 이제 그녀는 내가 끼어들 자리가 없는 인생을 살고 있을 것 같았기 때문이다. 하지만 결국 나는 일을 저지르고 말았다. 꽃 한 다발을 사 들고 그녀가 사는 아파트 건물 앞에서 그녀가 오기를 무작정 기다렸다.

그녀의 집은 트라스테베레 골목의 작은 광장 안에 있었고, 그녀는 저녁 식사 시간 즈음에 식료품이 가득 찬 비닐봉지를 들고 귀가했다. 바지에 하늘색 스웨터를 입고 있었다. 여름이면 항상 신고 다니는 나무통굽 슬리퍼 때문에 걸을 때마다 엉덩이를 들썩였고, 곧게 뻗은 어깨가 둥근 가슴을 더 도드라져 보이게 했다. 나는 그녀가 나를 못 본 채 지나치도록 한 다음 계단을 따라 올라가 비닐봉지를 움켜쥐었다.

"가짜라!" 클라우디아가 큰 소리로 말했다. "어머나, 웬 꽃이야!" 그녀가 내 목을 양팔로 감쌌고, 경비원이 쳐다보고 있는데도 우리는 그렇게 한참 동안 안고 있었다. 잠시 후 그녀는 몸을 떼고 한 걸음 뒤로 물러나 내 얼굴을 자세히 들여다봤고, 아무 말 없이 비닐봉지와 꽃을 다시 집어 들고 계단을 올랐다. 서둘러 계단을 오르는 그녀의 모습을 보고 나는 그녀가 나를 다시 만난 것을 정말 기뻐한다는 것을 알 수 있었다.

클라우디아가 문을 열어주고 이웃집에 맡긴 딸 비온델라를 데리러 간 사이 나는 집 안에 혼자 들어가 있었다. 여전히 내가 알고 있던 담배와 요리, 익숙한 오드콜로뉴(eau de cologne, 향수의 한 종류) 냄새가 느껴져서 의외였다. 나는 창가로 갔다. 길고 달콤한 여름 저녁이 작은 광장을 채우고 있었고, 트라토리아의 웨이터들은 탁자 사이에 서서 첫 손님이 오기를 기다리고 있었다.

"멋진 옷이네! 어디서 훔쳤어?" 클라우디아가 집 안으로 들어오며 말했다. 내 옷에 대해 한마디만 더 하면 가위로 옷을 다 찢어버릴 생각이었다. 그녀는 어린 딸을 내게 넘겼고, 나는 아이를 데리고 소파에 가서 앉았다. 몇 달 못 본 사이 아직 어린아이 특유의 천진함을 잃지 않으면서도 예정된 성장 속도에 따라 훌쩍 자라 있었다. 아이가 나를 알아본 것인지 아닌지는 확실하지 않지만 내 옆에 잘 앉아 있었고, 클라우디아가 저녁 식사를 준비하는 동안 나와 놀았다. 잠시 후, 그녀는 아이를 키우며 터득한 지혜로 딸을 데려가 유아용 풀에 내려놓았다. 그녀는 아이를 조심스럽게 다뤘다. 몸을 숙일 때 두 금발 머리가 맞닿은 모습을 보니, 결혼 전에 그녀를 임신시키고 오토바이 사고로 죽은 그 남자가 정말 운이 없었다는 생각이 들었다.

"학교에서는 어때?" 내가 물었다.

"지뢰밭을 걷고 있지. 흔들의자 공장을 돌아다니는 꼬리 긴 고양이처럼."

"아직도 다른 선생님들하고 전쟁 중인 거야?"

"그럼, 여전하지." 그녀의 대답을 듣고 나는 새로운 것이 생겼는지 궁금해 책장을 살펴보기 시작했고, 딜런 토머스(Dylan Thomas, 영국 웨일스의 시인)가 쓴 《버논 왓킨스에게 보낸 편지(Letters to Vernon Watkins)》를 찾았을 때 그녀가 다시 입을 열었다. "읽다 보면 토머스가 그에게 모든 것을 다 빚졌다고 생각하게 될 거야. 그래도 사실이긴 해. 자기가 남들보다 먼저 죽는다는 생각은 잘못된 거니까. 아무튼, 거기 교정거리들 좀 치워 줄래? 밥 먹을 시간이야." 그녀의 말에 나는 탁자에 놓인 학생들의 논문을 치웠다. 그리고 어느새 우리는 예전에 그랬던 것처럼 함께 논문을 손보며 한동안 즐거운 저녁 시간을 보냈다.

"집에 무슨 와인 있어?" 내가 물었다.

"최상급 스프소(sfuso, 대량의 벌크와인)."

"관둬." 내가 문을 나서며 말했다. 나는 아파트 계단을 내려와 어느 트라토리아에서 차가운 소아베(Soave, 이탈리아 북동부 베네토 지역의 드라이 화이트 와인) 한 병을 간신히 구했다.

"이거 헤밍웨이가 베니스에 있을 때 가장 좋아하던 와인이야. 알고 있었어?" 클라우디아가 식탁에 앉으며 말했다. 이 말을 들으니 어떤 이유에서인지는 모르겠지만 감정이 복받쳤다. "무슨 일 있어?" 그녀가 내게 물었다. "왜 그런 얼굴을 하고 있는 거야?" 그러고는 내 팔에 손을 올려놓고 고개를 저었다. "아니, 말하지 마."

아이는 어느새 잠이 들었고, 우리는 아무 말 없이 창문으로 들어오는 소리를 들으며 남은 식사를 했다. 그때 전화벨이 울렸고 클라우디아가 깜짝 놀라 고개를 번쩍 들었다. 그녀는 나를 바라보며 몇 번이나 더 벨이 울리는 동안 가만히 그 소리를 듣고만 있다가, 전화를 받았다. "여보세요?" 그녀가 수화기를 들자마자 말했다. 내게 등을 돌리고 더 앞으로 걸어가 나와 거리를 둔 채 거의 '네' 아니면 '아니오'라고 대답했다. "알았어요." 그러다가 갑자기 그녀의 말이 길어졌다. "하지만 오늘 저녁은 안 돼요. 미안해요." 수화기 너머에서는 계속 고집을 피우는지 그녀가 살짝 웃었다. "미안해요." 그녀가 다시 말했다. "하지만 정말 안 돼요. 내일은 괜찮아요. 알아요, 미안해요." 나는 이 상황을 계속 버티고 있기 어려워 그녀에게 내가 먼저 돌아가겠다는 신호를 보내야 할 것 같았다. 솔직히 그러고 싶지 않았다. 하지만 솔직한 인간이 될 만한 처지도 아니었다. 식탁으로 돌아와 앉은 그녀의 얼굴은 붉게 달아올라 있었다.

"그 전화, 나를 사랑하는 사람이야……." 그녀의 말에 나는 재치 있게 대꾸하려 필사적으로 노력했지만 아무 말도 떠오르지 않았다. 그래서 아무 말 하지 않았다. "자고 갈 거야?" 그녀가 또 한 번 내 팔에 손을 얹으며 말했다.

"그래도 되면."

그녀가 고개를 끄덕이고 잠시 생각에 잠기더니, 팔꿈치를 겹쳐 단번에 몸에 꽉 끼는 티셔츠를 부드럽고 탐스러운 맨 가슴 위로 끌어 올렸다. 내 심장이 다시 뛰기 시작했다. 몇 달 동안 꼼짝도 안 한 것 같은 심장이었다. 그녀는 여전히 아무 말 없이 식탁에서 일어나 바지와 빨간색 팬티를 동시에 벗었고, 내가 그녀의 모습 중 가장 사랑하는 춤추는 듯한 걸음걸이로 곤히 잠든 그녀의 딸 비온델라를 살짝 쓰다듬으며 지나갔다. 그녀가 소파에 있는 손잡이를 누르자, 소파가 침대처럼 바뀌었다.

그녀의 두 팔이 내 목을 감싸고, 그녀의 손가락이 내 머리카락을 쓰다듬는 것이 느껴졌다. 나는 그녀의 가슴 사이에 이마를 묻고 약간의 호기심이 담긴 그녀의 손가락이 내 몸을 탐색하며 온전히 알아 갈 때까지 가만히 있었다. 그리고 잠시 후 그녀는 타는 듯한 얕은 신음과 함께 엉덩이를 움직이기 시작했다. 그것은 해변으로 밀려오는 파도처럼 느릿한, 그녀만의 오랜 유혹의 움직임이었고, 나는 그동안 잊고 지냈던 아랫배부터 서서히 번지는 나른한 기분을 다시 느꼈다.

"아, 레오!" 그녀가 부드럽게 속삭였다. "내 사랑, 내 사랑 레오!" 내가 그녀의 몸을 끌어안자 그녀는 잠시 움직임을 멈췄다가 다시 파도를 타듯 몸을 흔들었고, 그렇게 나를 애무하며 계속 내 이름을 불렀다. "어서, 레오. 어서, 아, 내 사랑……." 그렇게 절정의 순간에 닿았을 때, 그녀는 작게 몸을 떨더니 허리를 둥글게 말고 손톱으로 내 등을 찔렀다.

나는 어느 순간 잠이 들어 버렸지만, 밤사이 몇 번이나 깼다. 그중 한 번은 눈을 떠보니 클라우디아가 말없이 담배를 피우며 내 머리카락을 쓰다듬고 있었고, 열린 창문으로 광장에 있는 트라토리아에서 손님들이 떠드는 소리와 그릇 부딪히는 소리, 조율도 안 된 우울한 트럼펫 소리가 들렸다. 나는 가만히 누워서 다시 잠이 들 때까지 그 소리를 듣고 있었다. 그리고 아무도 없는 텅 빈 아파트에서 내가 다시 눈을 떴을 때는 늦은 아침이었다. 이미 준비된 커피와 함께 '있고 싶을 때까지 있어도 돼.'라고 적힌 쪽지가 있었다. 따뜻한 물을 채운 욕조에 누워 생각해 봤다. 더 있을지 말지 고민하다가 내가 그녀를 위해 할 수 있는 유일한 일은 여기를 떠나 다시는 돌아오지 않는 것임을 깨달았다. 그래서 나는, 지금까지 그랬던 것처럼, 마지막으로 그녀의 욕조에서 나와 몸을 닦고 커피를 다 마신 후, 굳게 닫힌 문을 뒤로하고 밖으로 나왔다.

7

렌조는 수백 마리의 제비가 가로지르는 붉은 석양을 배경으로 자신의 아파트 테라스에 앉아 있었다. 그는 아주 이해심이 깊었다. 그 자리가 내게 맞지 않는다는 것을 처음부터 알았어야 했다고 했다. 오히려 그런 자신이 부끄럽다면서, 잠시 후에는 내게 사과까지 하려 했다. "어쨌든 멋진 꿈이었잖아. 이제 더 이상은 생각하지 말자." 그가 말하자 비올라 부인의 약간 억지처럼 웃는 소리가 들렸다.

"레오 씨는 정말 구제 불능이라니까!" 비올라 부인은 한마디 던진 후, 반쯤 누운 자세로 자몽 주스를 마시며 맨발로 흔들의자를 미는 데 집중했다. 이어지는 침묵 속에서 나는 이번 일로 렌조가 감당할 수 없을 정도의 대가를 치러야 할 것 같다는 느낌이 들었다.

"손님께서는 저녁 식사를 하고 가실까요?" 하인이 다가와 물었다. 우리 주위에 평소와는 달리 계속 이어지는 살인적인 침묵에 눈치를 보는 듯했다. 나에 대한 호감을 감추지 않는 그는 항상 내게 두 번씩 음식을 권하곤 했다.

"아니요, 약속이 있어요." 정말 약속이 있는 것은 아니었다. 하지만 이런 상황에서는 눈치껏 적당히 품위 있게 퇴장해 주는 것이 만사에 이로운 법이다. 렌조도 비올라 부인도 더 있으라고 권하지 않았고, 나는 자리에서 일어나 재킷을 집어 들었다. 렌조는 으레 그랬듯 언제 체스를 두러 다시 올 것인지 물었고, 비올라 부인이 현관까지 나를 배웅해 주었다.

"아리아나에게 전화해 봐요." 문을 나서기 전에 부인이 말했다.

"무슨 일 있었어요?"

"아니요, 아무 일 없었어요. 아리아나가 과장이 심한 거 알잖아요."

나는 그녀에게 전화를 걸 용기를 얻기 위해 산드로 씨 술집에 갔다. 하루 종일 시도를 했지만 계속 마지막 숫자를 누르지 못하고 멈춰 버리고 말았다. 지난밤 남자로서의 기능은 회복했지만 산드로 씨의 도움에도 불구하고 끝내 전화를 거는 데 성공하지 못한 나는 햄버거를 하나 먹고 극장에 갔다. 그리고 집으로 돌아와 책을 읽기 시작했는데, 새벽 2시쯤 라디오의 지직 거림 속에서도 계단을 오르는 그녀의 발걸음 소리가 들렸다. 초인종 소리에 집이 무너지기 전에 서둘러 문을 열러 갔다. 몸에 향수 한 병을 다 쏟아부은 듯 독한 향기의 그녀를 보자마자 상당히 히스테릭한 상태라는 것을 바로 알 수 있었다.

"나 지금 예민해." 그녀가 집 안으로 들어와 나를 쳐다보며 말했다. "방송국 사람들이 당신한테 야근을 시킨 줄 알았어. 그래서 어젯밤에 여기서 새벽 5시까지 당신을 기다렸어."

그녀는 어떻게 된 일인지 분명히 짐작하고 있으면서 왜 그 시간까지 날 기다렸던 걸까. "그만해." 내가 말했다. "어떻게 된 건지 잘 알잖아."

"내가?" 그녀가 말했다. "난 아무것도 몰라." 그녀는 현관의 거울 앞을 지나면서 몹시 짜증스러운 반응을 보였다. 어쩔 수 없이 거울을 봐야 했지만, 그 속의 견딜 수 없을 정도로 히스테릭한 자신의 모습이 마음에 들지 않은 것이었다. 그녀가 안락의자로 가서 내가 펼쳐 놓은 책 위에 앉았다. "말 좀 해볼래?" 그녀가 주위를 둘러보며 말했지만, 여전히 아무런 위안거리를 찾지 못한 것 같았다. "정신을 차리면 어떤 느낌이야?"

사람들이 내가 한 말을 기억하고 다닌다는 사실을 견디기가 점점 힘들어졌다. 아리아나는 계속 나를 바라보고 있었고, 나는 그녀의 허벅지 밑에 깔린 책의 존재가 거의 물리적으로 느껴졌다. 그런 내 생각을 읽었는지 그녀는 몸을 살짝 움직여 책을 집은 후 바닥에 던져 버렸다. 나는 걷잡을 수 없는 분노에 휩싸였다.

"책 주워." 내가 말했다.

"싫어, 안 주울 거야."

"책 주워." 내가 다시 말했다.

그녀가 반항적인 눈빛으로 나를 바라봤다. 그리고 몸을 숙여 책을 줍는가 싶더니, 자기 분을 이기지 못하고 곧바로 두 손으로 잡아 찢어서 다시 바닥에 내동댕이쳤다. 그녀가 다시 나를 바라봤고, 그 순간 나는 그녀의 마음속 무엇인가가 부서져 버렸다는 사실을 알았다.

"미안해." 그녀가 눈물이 가득 찬 눈으로 말했다. "내가 다시 사줄게, 알았지? 내가 새로 사줄게!" 나는 그녀에게 등을 돌리고 벽을 바라보며 참으려 애썼다. "걱정돼 죽는 줄 알았어!" 그녀가 소리쳤다. "자기한테 무슨 일이 난 줄 알았다고!" 그녀는 손톱이 손바닥에 박힐 정도로 주먹을 꽉 쥐고 있었다.

"아무 일도 없었어." 내가 말했다. "그저 내가 견디지 못했을 뿐이야. 그게 전부야." 그러고는 바닥에 널린 책장들을 줍기 시작했다.

"그래도! 적어도 노력해 볼 수는 없었어?"

"누구를 위해서? 무엇을 위해서? 나더러 나는 그냥 나라고 말했잖아." 내가 말했다.

"그렇지 않아." 그녀의 눈에서 눈물이 얼굴로 흘러내렸다. "자기는 낙오자가 아니잖아!"

"누가 그래?"

"아무도 아니야." 그녀가 재빨리 대답했다. "그런 말 한 사람은 아무도 없어."

"대신 저널리스트로 일하게 됐어." 〈코리에레 델로 스포르트〉 신문사에서 내가 맡은 업무를 이렇게 정의하기에는 다소 무리가 있었지만, 어떤 식으로든 나를 치켜세워야 할 것 같았다.

"정말? 그 신문사에 취직했다는 거야?" 아리아나가 의심스러운 얼굴로 나를 보며 물었다. 나는 그렇다고 대답하자 그녀가 한 손으로 이마를 쓸었다. "아, 그럼 잘됐네." 그녀가 차분해진 얼굴로 말했다. 그러고는 다시 의자에 앉으며 물었다. "나 여기서 자고 가도 돼? 어디로 가야 할지 모르겠어."

그러니까 에바와 또 싸운 모양이었다. "에바와 싸웠어?" 내가 물었다. 이 자매의 싸움은 보일러 뚜껑을 여는 것과 같았다. 아리아나는 정말 더 이상 참을 수 없다고 했다. 이제 지긋지긋하고 했다. 에바의 여왕벌 놀이는 자신을 지치게 만들 뿐이라고 했다. 하지만 희극 하나를 조금 성공시켰다는 이유만으로 그 코 큰 유머 작가와 시시덕거리는 그녀의 행동을 어떻게 설명할 수 있을까? 내가 모른다고 생각하는 걸까? 어떻게 사람이 그렇게 어리석은 속물일 수 있을까? 리비오가 말 그대로 파멸했을 때는 또 어땠는가! 그녀는 리비오가 보는 앞에서도 보란 듯이 그 유머 작가와 부둥켜안았다! 그러고서도 다른 사람들에 대해 멋대로 판단할 수 있다니! 그녀 자신 주변의 모든 사람을! 아, 나는 지금 뭐 하고 있는 걸까? "있잖아." 내가 옷을 벗다가 멈추고 말했다. "난 자야겠어." 나는 한계에 와 있었다. "그러니까 좋을 대로 해. 갈 곳이 없으면 그 안락의자에서 자도 돼. 하지만 이제 그런 말도 안 되는 소리는 그만 좀 해. 토할 것 같아. 그리고 앞으로는 나 때문에 걱정했다는 말 하러 오지 마."

"난 정말 자기를 걱정했어."

"알았어, 알았다고. 그래서 나와 뭘 하고 싶은데? 브리오슈가 먹고 싶은 거야? 아니면 바다를 보러 가고 싶어? 어쨌든 난 잘 거야. 남의 피뢰침 노릇 해 주기 지쳤어."

내가 이런 말들을 쏟아내는 사이 그녀의 눈동자에는 다시 눈물이 가득 찼다. 그러나 나는 아무 말도 하지 않고 침대로 가서 그녀를 보지 않으려고 벽 쪽으로 얼굴을 돌리고 누웠다. 그녀도 나를 보는 것이 힘들었는지 불을 꺼버렸고, 방안은 순식간에 달빛으로 채워졌다.

얼마나 멋진 밤이었던가. 열린 창문으로 시원한 산들바람과 아련한 귀뚜라미 소리가 들어왔다. 하지만 그녀는 의자에서 꼼짝하지 않았고, 나 또한 그녀를 부르지 않았다. 그렇게 우리는 꿈으로 가득한 얕은 잠에 들 때까지 거의 밤을 지새웠다. 아침이 밝아올 무렵 잠에서 깬 나는 그녀가 있던 쪽을 바라봤다. 의자는 비어 있었고, 방에서는 희미한 라일락 향기가 풍겼다.

아침 일찍 일어나 다른 사람들과 같은 시간에 집을 나서는 것이 좋았다. 올바로 사는 사람이 된 기분이었다. 고물 알파 로메오를 타고 숲속을 지나는 느낌을 줄 정도로 울창한 나무들이 줄지어 있는 가파른 내리막길을 따라 시내로 가서 주차장에 차를 두고 다시 걷기 시작했다. 청명한 햇볕 아래의 도시는 찌르는 듯한 아픔과 열병이 이는 밤과는 또 다른 생기가 있었고, 차가 밀리는 도로도 오후의 비극적인 우울함 따위는 느껴지지 않았다. 방학을 맞은 아이들 무리가 기념비 아래 그늘이나 상점 입구에서 놀고 있었고, 상점 종업원들은 오후의 더위를 기다리며 큰 소리로 이야기하고 있었다. 카푸치노 잔에서 넘쳐흐르는 우유 덕분인지 카페들은 저마다 인정이 넘쳐 보였고, 다 식은 브리오슈만이 나를 잠시 우울하게 만들었다. 나는 집에서 즐기는 아침은 포기하고 신문사 밑에 있는 카페에서 아침을 먹었는데, 그곳에서 로사리오는 근무시간 전에 같이 핀볼 게임을 하려고 기다리고 있었다. 어지간한 바보짓을 하지 않는 이상 출근시간을 딱 맞추지 않아도 봐 주었고, 특히 출근하고 한 시간 후에나 본격적인 업무가 시작되었기 때문에 신문을 읽거나 담배를 몇 대 피우거나 여직원들과 잡담을 할 시간도 충분했다.

그날 오후, 우리 특파원조차도 엄청나게 경악한, 논쟁 속에 끝난 친선 축구 경기에 대한 기사를 옮겨 적고 있을 때였다. 나는 또 한 번 라일락 향기를 느꼈다. 자판에 시선을 고정하고 헤드폰으로 귀를 막고 있어서 현실과 자유롭게 연결할 수 있는 부위는 코밖에 없었다. 하지만 틀림이 없었다. 그것은 분명 그녀의 향수 '쾨르 조아이유'였다. 나는 급하게 몸을 돌렸고, 아리아나가 내 뒤에 서 있었다. 근처를 지나다가 나를 보러 잠깐 들렀다고 했는데, 그다지 반가운 마음이 들지 않았다.

"간밤에 우린 너무 바보 같았어." 그녀가 말했다. 내가 기사를 옮겨 적고 있는 걸 그녀가 봤을까? 나는 로사리오에게 그녀를 소개도 시키고 내 책상에서 멀찍이 떨어뜨려 놓기 위해 자리에서 일어났다. 넓은 사무실에는 우리 셋 말고는 아무도 없었다. "하던 일 계속해." 그녀가 부서장 자리에 앉으며 말했다. "여기는 에어컨도 없나?"

로사리오는 무척 흥분해 있었다. 그도 그럴 것이 아리아나가 그 흰색과 파란색 줄무늬 원피스를 입고 그를 기절시킬 정도의 환한 미소를 짓고 있었기 때문이다. 나도 가슴이 두근거렸지만 그와는 다른 이유가 있었다. 내가 그저 별 볼 일 없는 타이피스트일 뿐이라는 사실이 드러날까 봐 두려웠다. 나는 다시 책상에 앉아 가능한 한 빨리 기사를 옮겨 적으려 했다. 가끔 고개를 들면 두 사람이 수다를 떨면서 호기심 어린 눈으로 방음용 코르크 벽과 음란한 낙서가 적힌 부스, 얇은 갈색의 녹취용 디스크와 그것을 지울 때 쓰는 자석, 페달과 헤드폰이 장착된 타자기를 구경하고 있는 모습이 보였다. 어느 전화기에선가 벨이 울리자 로사리오가 전화를 받으러 갔고, 어느새 아리아나는 다시 내 등 뒤로 와 있었다. 그녀가 내 타자기에서 찍혀 나오는 바보 같은 글자를 읽으면 읽을수록 나는 그녀의 존재가 점점 더 무거워지는 것을 느꼈다.

"확실히 프루스트가 쓴 건 아니네." 그녀가 말했다.

"내가 쓴 것도 아니야." 내 입에서 자멸하는 말이 나오고 말았다.

"그러니까 자기 말은……." 내가 다른 사람의 글을 옮겨 적기만 하고 있다고 설명하자 그녀가 천천히 입을 열었다. "자기 기사는 전혀 안 쓰고 있다는 거야? 나가서 기삿거리를 찾아 글을 써 오라고 시키지 않고? 특집이나 심도 있는 사설 같은 것도 안 쓰고, 나야 잘 모르지만 학술 잡지 같은 곳에 광고 기사도 안 쓴다는 거지?"

그녀는 신문사에 대해 아는 것이 전혀 없었지만, 그렇다고 지금 내가 하는 일이 편집자의 역할 중 하나라는 것을 믿게 만들기도 쉽지 않았다. 통화를 마친 로사리오가 돌아오고 있다는 점에서 구원의 가능성이 보였다. 하지만 낡이 든 구명조끼를 붙잡는 것과 같았다. 로사리오는 이 논쟁의 주제를 알아채고 아리아나에게 부서의 기능에 대해 자세히 설명해 주겠다고 했기 때문이다. 나는 다시 타자기 자판을 두드리기 시작했지만 시선은 여전히 그녀를 향해 있었다. 그녀는 입가의 미소를 유지하려 애쓰고 있었지만, 내 쪽으로 고개를 돌릴 때마다 나를 보지 못하고 바닥으로 시선을 떨궜다. 나는 일을 무사히 마치고 두 사람에게 다가갔다.

"대학생들이나 할 일이네요." 아리아나가 말하자 로사리오는 실제로 일이 많을 때는 일요일에 대학생들이 도와주러 온다고 말했다.

"매점에 뭐 좀 주문할까 봐요." 내가 로사리오에게 말했다. 하지만 아리아나는 볼일이 있어서 가야 한다고 했다. 그녀는 선글라스를 끼고 핸드백을 찾기 시작했고, 바로 눈앞에 두고도 그것을 발견하기까지 몇 번이나 그냥 지나쳤다. 그때 전화벨이 울렸고, 전화를 받으러 갔다가 돌아오니 그녀는 가고 없었다.

"이상한 아가씨야." 로사리오가 말했다. "무슨 일 있는 거 같지 않아?"

"별로요. 왜요?"

"금방이라도 울 것 같던데, 못 봤어?"

"잘못 본 거예요. 신경 쓰지 마세요." 나는 말은 그렇게 했지만 다른 생각을 할 수 없어서 사무실을 나왔다. 그리고 그녀를 완전히 잃었다는 생각에 잠겨 길을 걸었다. 취하고 싶었다. 감당할 수 없을 정도로 취하고 싶었다. 그렇게라도 하지 않으면 그녀를 실망시키고 떠나보낸 후에 닥칠 모든 것을 견뎌낼 수 없을 것 같았다. 그라지아노를 찾아야 했다. 시내의 모든 술집을 돌아다녀서라도 그를 찾으려고 했다. 우선 포폴로광장부터 뒤지기 시작했고, 그를 봤다는 사람들을 만났다. 그들 말을 들으니 그라지아노가 간밤에 광란의 시간을 보낸 모양이었다. 한 사람은 그가 재킷 주머니에 술 두 병을 넣고 여러 술집을 돌아다니고 있었다고 했고, 또 어떤 사람은 그가 스카프를 허벅지에 묶고 있었다고 했고, 세 번째 만난 사람은 그가 나보나광장 쪽으로 가는 것을 봤는데, 그의 상태로 봐서 거기까지 갈 수 있었는지는 모르겠다고 했다.

그라지아노를 잘 아는 나는 그들의 정보를 무시하고 고물 알파 로메오를 타고 나보나광장으로 갔다. 언제 차를 찾으러 올 수 있을지 몰랐기에 아예 주차장에 차를 세우고 다시 걸어서 그를 찾았다. 선선한 저녁 시간이었고 얼음 없이 술 마시기 좋은 기온에 위 상태도 좋았다. 기억에 남을 만남이 될 것 같았다. 하지만 강둑에서부터 이미 그라지아노를 찾기 쉽지 않을 것을 알았다. 주변에 주차된 승합차들이 가득했고, 그것은 광장에 관광객이 넘쳐난다는 것을 의미했다. 나는 관광객들이 그를 혐오해 다른 곳으로 쫓아버리지 않았기를 바랐다. 어쩌면 트라스테베레의 산타마리아광장에 갔을지도 모르지만 그의 아내와 너무 가까운 곳이라 그쪽으로 가지는 않았을 것이다. 나보나광장에 들어서자 역시나 사람들로 가득했다. 관광객과 풍경 화가들, 관광 단체 틈에서 누군가와 부딪히지 않고는 걸을 수도 없었다. 카페 도미지아노에서 일하는 엔리코가 한 시간 전에 그가 빈자리를 찾다가 술을 한 잔 달라고 해서 가는 것을 봤다고 했다. 멀리 가지는 않았을 것 같았다. 애벌레 모양의 괴물 같은 풍선이 쉭쉭 소리를 내고 뒤틀리며 가로등 불빛 가득한 하늘로 솟아오르는 동안 나는 장난감 노점상과 화가들의 이젤 사이를 돌아다녔다.

그라지아노는 교회 맞은편 한적한 중앙 분수의 가장자리에 앉아 있었다. 허벅지에 묶었다던 스카프는 이제 이마에 둘려 있었고, 푸른 분수 물에 두 발을 담그고 있었다. 그는 스카치와 맥주를 컵에 따르고 분수 물을 조금 섞어 마시고 있었다. 분명 도움이 필요한 상태였다.

"레오, 내 친구." 그라지아노가 분수 사진을 찍고 있는 관광객 두 명을 바라보며 말했다. "무리 중 하나라는 느낌이 든다는 건 정말 슬픈 일이야." 그가 관광객들을 향해 잔을 들어 올렸다.

"《모히칸 족의 최후》에 나오는 대사야?" 내가 물었다.

"그래, 마지막이자 가장 낙오한 모히칸들이 하는 말이지. 우리 영화는 언제 만들까?"

"내일." 내가 대답했다. "내일 시작하자. 이번에는 진짜야. 하지만 지금은 일단 집에 데려다줄게."

"집에 가라고? 안 갈 거야." 그가 손가락을 치켜세우며 말했다. 원하면 내 아파트로 가도 된다고 하자 그가 진정으로 감동한 얼굴로 나를 바라봤다. "자네가 없으면 난 어쩌지?" 내가 부축해 일으켜 세우려 했지만 그가 내 손을 뿌리쳤다. "괜한 짓 하지 마." 그가 말했다. "그러지 말고 자네도 앉아. 할 말이 있어. 이제 자네도 알아야 할 때가 됐어. 자네 봄에 나비 본 적 있지? 음, 그게 아이들의 경우에는 다른 건데, 아니, 내가 하려던 말은 이게 아니고, 한참 전부터 자네한테 이 말을 해야 한다고 생각했어. 무슨 말이냐고? 아, 그래. 자네한테 선언할 게 있어. 레오, 자네는 대단한 친구야. 아니라고 하지 말고 내 말 들어 봐. 자네는 아주 대단해. 술을 끊으려면 대단한 사람이어야 하는데 자네는 술을 끊었잖아. 어떻게 한 거지?"

"기도를 해 봐." 내가 말했다.

"난 기도 안 해. 기껏해야 부탁 정도지."

"알았으니까 이제 그만 가자."

"싫다고 했잖아. 그리고 먼저 자네한테 선언할 게 있다니까. 그다음에 자네 아파트나 자네가 가고 싶은 곳 어디든 가자. 아까도 말했지만 자네는 대단해. 고양이처럼 말이야. 자네는 한쪽에 슬쩍 물러나 있으면서 폐허가 된 이 천박하고 더러운 세상을 모른 채 살고 있지. 자넨 부자 마누라도 필요 없을 테고. 농담으로 하는 말이 아니라 난 자네가 정말 존경스러워. 자네가 호모였으면 난 자네를 사랑했을 거야. 우리 멋진 커플이 되지 않았을까?" 내가 그의 신발을 신겨주는 동안 그는 계속 말했다. "내가 신경 쓰이는 건 그거야. 발기 부전, 그 돌이킬 수 없는 진자(振子) 말이야. 내가 호모가 되어가고 있는 걸까? 가끔 그런 생각이 드는데, 내가 정말 호모가 될까 봐 무서워. 이참에 자네도 호모가 되지 않겠나? 친구를 위해 그럴 수 있잖아. 뭐 잃을 거라도 있어? 호모가 되면 적어도 뭐라도 되기는 된 거잖아. 그럼 지금 우린 뭐냐고? 우린 아무것도 아니야. 심지어 호모도 아니고."

"다시 차분히 생각해 보자. 내일 말이야." 나는 말하면서도 차를 그렇게 멀리 두고 온 나 자신을 저주했다. 주차장까지 그를 데려갈 수 없을 것 같아서 광장 끝 보도에 그를 앉히고, 그가 듣는지 마는지 알 수는 없었지만 꼼짝도 하지 말고 앉아 있으라고 몇 번이나 말했다. 그리고 고물 알파 로메오를 가지러 주차장으로 달려갔다. 관광객들을 태우고 온 모든 승합차가 한꺼번에 출발해 교차로를 막고 있어서 차를 가지고 돌아오는 시간이 꽤 걸렸다. 드디어 그라지아노가 있는 곳에 도착했을 때 그는 내가 앉힌 그 자리에서 그대로 잠이 들어 있었다. 내가 들어서 차에 태우지 않아도 될 정도로만 깨워서 팔을 잡고 부축해 차에 태운 후 집으로 향했다. 엘리베이터까지 가는 첫 번째 계단을 올라가는 것부터가 문제였다.

"자네 없이 내가 뭘 할 수 있을까?" 그가 감동한 얼굴로 말했다. "엄마보다 나아, 진짜야." 나는 이제까지 한 번도 사용한 적 없는 더블 침대에 그를 눕혔고, 그는 계속 중얼댔다. "맙소사, 여기까지가 내 한계야." 그러다 어느 순간 갑자기 내게 재킷을 벗길 시간도 주지 않고 그대로 잠이 들어 버렸다. 그의 주머니에는 아직도 시바스 리갈 한 병이 들어 있었고, 나는 그것을 들고 계곡이 보이는 방으로 갔다. 잔도 하나 가져와서 가득 채우고 라디오를 켰다. 그리고 안락의자에 파묻혀 혼자 술을 마시기 시작했다.

다음 날 아침, 머리가 내 방만큼 거대해진 것 같았고, 커피를 내리러 주방으로 가는 문을 지나기도 힘들었다. 수십 명이 마셔도 될 만큼의 커피를 내려서 그라지아노를 깨우러 갔다.

"그래도 재미는 있었잖아?" 그라지아노가 두 손으로 블랙커피

잔을 집으며 말했다. 그는 커피를 한 모금 마시고 부르르 몸을 떨며 설탕통을 달라고 하더니 몇 수저 떠먹었다. "밤새 우리가 만들 영화 꿈을 꿨어. 언제 시작해?" 그가 물었다.

"오늘 말고, 내일. 오늘은 머리에 모래가 가득 찬 것 같아."

"술 마셨지? 솔직히 말해 봐, 술 마신 거 맞잖아. 이 애늙은이가 다시 술을 마셨다니, 축하해야 할 일이군. 좀 남겨 뒀겠지?" 그가 손을 비비며 말했다. 조금 남기기는 했지만 술병만 봐도 토할 것 같아서 커피 내릴 때 싱크대에 쏟아 버렸다.

"영화 이야기나 하자." 내가 말했다. 문제는 샌디였다. 하지만 그라지아노는 적절한 방법을 활용하면 그녀를 설득시킬 수 있다고 했다. 그녀에게 그의 돌이킬 수 없는 진자가 다시 작동할 가능성을 보여주기만 하면 된다는 것이었다. 그는 영화를 만들기에 앞서, 우리가 매일 저녁 극장에 가서 기술적인 측면과 프레임, 카메라 각도, 리버스 숏(reverse shot, 앞 장면과 정반대인 180도 앵글에서 촬영한 장면), 촬영 계획과 대안, 촬영장에서 생길 수 있는 모든 상황을 연구해야 한다고 했다. 그리고 우리는 바로 그날 저녁부터 시작하기로 했다. 하지만 지금은 그가 집으로 돌아가 샌디를 달래는 것이 우선이었다.

"전화기는 어디 있어?" 그는 집에 전화를 걸더니 아무 말도 하지 않고 샌디가 '여보세요'라고 말하는 목소리에서 그녀가 얼마나 화가 난 상태인지 살폈다. 안심할 정도인 것을 확인한 후 샤워를 하고 수염도 단정히 정리하고 시가에 불을 붙이고 문을 나섰다.

신문사에 출근할 시간이 될 때까지 나는 집에서 꼼짝도 하지 않았다. 온종일 전화가 울릴 때마다 흠칫했고, 한 번은 상대 쪽에서 아무 말 하지 않았지만 그게 아리아나였는지는 확신할 수 없었다. 저녁 무렵에는 더 이상 참기 어려울 지경에 이르렀고, 시간이 가면 갈수록 견디기가 힘들어져 그녀의 집으로 전화를 했지만 아무도 없었다. 그래서 에바의 가게로 전화를 걸었다. 하지만 그곳에도 그녀는 없었고, 에바는 그녀가 어디 있는지 전혀 모른다면서 미안하다고 말했다.

그런데 이틀 뒤 저녁에 극장 출구에서 그녀를 봤다. 나는 그라지아노와 함께였고, 그녀는 리비오 스트레사와 같이 있었다. 청바지와 테니스 셔츠를 입은 리비오 스트레사는 평소보다 더 길쭉하고 말라 보였다. 잠시 그들이 있는 쪽으로 갈까 생각했지만 몸이 움직이지 않았다. 그녀의 창백하고 경직된 얼굴 때문이었을지도 모르고, 꼿꼿하게 머리를 세우고 있는 그녀의 태도 때문이었을지도 모른다. 확실한 것은 단둘이 극장에 와서 손을 잡고 있는 모습을 보고 본능적으로 멈춰 서서 사람들 속으로 사라지는 두 사람의 모습을 가만히 지켜보고 있었다는 것뿐이다. 아리아나는 차에 타기 전 내 쪽으로 몸을 돌렸고, 그녀의 크고 불안정한 눈동자가 잠시 사람들 속을 살폈다.

"내가 여자에 대해서 좀 알지." 그라지아노가 내 옆에서 말했다. "남 주기에는 아까운 훌륭한 여자야. 어때, 집에 가서 샤워하고 그녀를 되찾으러 갈까?"

다음 날 나는 그녀에게 전화를 걸었다.

"자기구나." 그녀가 말했다.

"할 말이 있어." 내가 말했다.

"나도 자기한테 할 말 있어." 그녀가 말했다.

나는 여느 때처럼 트리니타 데이 몬티 성당 앞에서 그녀를 기다렸다. 하지만 그녀는 여느 때와 달리 늦게 도착하지도, 걸음을 멈추고 가로등 주위를 돌지도 않았다. 이번에는 곧장 내 쪽으로 걸어왔다. 그녀는 선글라스를 쓰고 있었다. 내 옆에 멈춰 서서 스페인광장으로 향하는 계단을 바라봤다. 저녁 바람이 불기를 기다리며 앉아 있는 사람들로 가득했고, 더위 때문에 시든 커다란 진달래꽃들이 바닥에 떨어져 있었다. 아리아나는 두 팔로 감싼 책을 꼭 안고 잠시 아무 말도 하지 않고 있었지만, 그녀의 손은 초조한 듯 쥐었다 펴기를 반복했다.

"당신이 무슨 말을 하기 전에 알아둘 게 있어. 나 다른 사람과 잤어." 그녀가 말했다.

며칠 후 신문사 근무 시간이 야간으로 배정되었고, 우리는 본격적으로 영화 작업을 시작했다. 그라지아노가 아침 9시에 깨끗이 면도한 얼굴로 아파트에 나타났다. "새로운 인생, 새로운 얼굴." 그가 말했다. "술은 다 치웠지?" 그는 시나리오 작업이 다 끝나는 오후 6시까지는 술을 마시지 않기로 나와 약속한 터였다. "맙소사……." 내가 오렌지주스 한 병을 그에게 건네자 그가 신음을 내뱉었다. "난 물 같은 건 그렇게 많이 못 마셔. 좀 더 센스 있는 남은 음식은 없어?"

"천사가 찾아오면 뭘 대접한다고 했더라?" 내가 말했다.

"글쎄." 그가 타자기 앞에 앉으며 말했다. "아, 기억났어." 그렇게 우리의 30년 지기 천사와의 싸움이 시작되었고, 거의 7월 말까지 오랜 시간이 걸렸다. 약 한 달 반 동안 우리는 매일 해가 질 때까지 창으로 들어오는 열기를 이기려고 옷도 벗어 던져 버리고, 샌드위치 같은 것으로 점심을 먹으며 쉴 때나 따가운 햇볕이 집안까지 들이쳐 한 시간 정도 낮잠을 잘 때를 제외하고 작업을 계속했다. 가끔 샤워하러 갔다가도 곧바로 다시 타자기 앞에 앉았다. 아버지를 죽인 서른 살 남자의 이야기가 상당히 괜찮게 진행되고 있었고, 가끔 그라지아노가 박수를 치며 일어나 손을 비비면서 "좋아, 아주 좋아!"라는 탄성과 함께 스카치 병이 있는 곳으로 향했다. "우리가 더 날카롭고 활기차게 다시 작업에 몰두하려면 약간의 흥분제가 필요하지 않을까?" 하지만 그가 이런 말을 하는 것은 내가 안 된다고 말하기를 바란 것이었고, 사실 내가 잠깐씩 방에서 나가 있는 틈을 타 그가 한 모금씩 홀짝거린다는 것을 잘 알고 있었다. 그리고 해 질 녘이 되면 우리는 발코니로 나가 계곡을 바라봤고, 그사이 그라지아노는 탠덤을 마셨다.

"어떻게 버티는 거야?" 그가 물었다. 사실 나는 한계에 와 있었다. 그도 그럴 것이 저녁에는 신문사에 출근해야 했고, 밤에 자는 시간이라고 해 봐야 네 시간을 넘긴 적이 없었다. 가끔은 완전히 녹초가 되어 근무 중에 타자기 위에 엎드려 잠이 들었다가 울리는 전화벨 소리에 깨기도 했다.

하지만 한 가지 장점도 있었다. 아리아나를 생각하지 않게 된다는 것이었다. 그녀를 생각하고 싶지 않았지만 전화가 울릴 때마다 전화 건 사람이 누군지 알기 전까지 이를 악물어야 했다. 트리니타 데이 몬티 성당에서 그녀에게 아무 말도 하지 않고 돌아와 버린 때부터 그녀의 소식을 듣지 못했다. 그리고 몇 주 후, 현관 벨이 울렸다. 그라지아노와 나는 누군지 궁금해하며 바지를 입었다. 그녀였다.

"오랜만이네." 그녀가 활짝 웃으며 말했다. "뭐 하고 있어, 들어오라고 안 해?" 내가 한쪽으로 비켜서자 그녀는 잠시 머뭇거리더니 어깨를 한 번 들썩이고 안으로 들어와 거울 속 자신의 모습을 흘깃거렸다. "손님이 있었네!" 그녀의 호들갑스러운 목소리에 몰래 술병을 들고 오던 그라지아노가 멈춰 섰다.

"우리 뭐 좀 마실까요?" 그가 태연하게 말했고, 나는 그의 손에서 술병을 뺏어왔다.

아리아나는 수염이 없어도 그를 알아봤다. "우리 다 같이 저녁식사라도 할까요?" 그녀는 여전히 너무 아름다웠다.

"지금 당장 가죠." 그가 홀린 얼굴로 그녀를 바라보며 말했다. "그런데 출연한 영화가 뭐였죠?"

그녀가 웃으며 침대 위에 쓰러졌다. "오늘 정말 피곤한 하루였어." 그녀가 말했다. "실컷 늦잠을 자고 일어나서 수영장에서 세 시간 있다가 다시 두 시간 넘게 잤는데, 아직도 피곤이 풀리지 않아."

그라지아노는 숨 쉬는 것도 잊은 채 넋을 잃고 그녀를 바라보고 있었다. "아주 생산적인 하루였네요." 그가 말했다.

"왜 그렇게 말해요?" 그녀가 말했다. "오늘 적혈구를 생산했는데, 그거면 충분하지 않아요?"

그라지아노가 잠시 입을 꾹 닫고 있다가 말했다. "우리 언제 결혼할까요?"

"9월까지는 안 돼요." 그녀가 웃으며 대답했다. "휴가 먼저 다녀와야 해서요. 둘이 뭐 하고 있었어요?"

"영화 대본을 쓰는 중이에요."

"무슨 영화요?"

"전형적인 아방가르드 영화죠. 서른 살이 된 남자가 집에 가서 자기 아버지를 죽이는 이야기예요."

"아버지 대신 언니를 죽이는 건 어때요?" 그녀가 말했다. 그녀는 교태를 부리고 있었다. 그녀는 항상 그렇게 교태를 부리는 것을 좋아했고, 가끔씩 나를 흘깃거리다 나와 눈이 마주쳤다. 나는 아무 말 없이 타자기로 가서 앉았다. 나는 한마디도 할 수가 없었다. 7시가 되어 갈 즈음, 그녀가 가기 전에 또 우리를 보러 와도 되는지 물었을 때도 마찬가지였다. 하지만 그녀는 그날부터 매일 오후만 되면 집에 찾아왔다. 6시 정도에 초인종을 누르고 집 안으로 들어서는 그녀는 언제나처럼 도도한 분위기를 풍겼고, 블라우스나 바지, 혹은 샌들, 그것도 아니면 머리 모양을 바꿔서라도 매일 조금씩 다른 모습을 하고 나타났다. 방을 돌아다니다가 거울이 보일 때마다 멈춰 서서 자신의 모습을 비춰봤고, 정기적으로 침대에 올라가 솔리테르 게임을 했다. 가끔 그녀가 차를 끓일 때면 우리는 아직 해가 뜨거운데도 발코니에서 차를 마셨다. 그라지아노와 뻔뻔한 농담을 주고받으며 시시덕거리며 그의 시가에 불을 붙여주기도 하고, 그의 탠덤 잔 속에 얼음이 얼마나 녹았는지 확인하고, 그에게 재미있는 이야기를 해달라고 조른 후 그 큰 눈을 더 동그랗게 뜨고 듣고 있다가 7시가 되면 거울도 안 쳐다보고 문을 나섰다.

"맙소사." 그러자 그라지아노가 말했다. "왜 아무 말 안 하는 거야?" 하지만 나는 창문으로 그녀의 차와 그 뒷좌석에 테니스 라켓이 든 가방이 있는 것을 봤고, 그녀가 우리를 떠나는 것은 리비오 스트레사를 만나러 가야 하기 때문이라는 사실을 알게 되었다.

마지막 작업을 하던 날, 너무 큰 공허함에 저녁 식사로 빈 마음을 채우려 했다. 나는 신문사에 야간 근무를 다른 사람으로 바꿔 달라고 부탁하고 약속 장소인 산드로 씨 술집으로 갔다. 아리아나와 그라지아노가 먼저 와서 나를 기다리고 있었다.

"기분이 어때?" 그녀가 내게 물었다.

"피곤하고 불행해." 내가 대답했다. 내가 대답을 했다는 것만으로도 그녀는 기뻐했다.

"그라지아노도 오늘은 그다지 명랑하지 않네. 두 사람 다 완전히 맛이 간 것 같아." 그녀가 나와 그라지아노의 말투를 흉내 내며 말했다. "그런데 난 이해가 안 돼. 대본은 잘 뽑혔잖아?"

"부탁할게." 그라지아노가 입을 열었다. "잘 뽑혔다는 둥 그런 불편한 말은 쓰지 말아 줘. 흥분제나 한잔할까?" 그가 내게 자기

잔을 내밀며 말했다.

"난 좋아. 나 오늘 취하고 싶어." 아리아나가 말했다.

"왜?" 그라지아노가 물었다.

"레오가 이제 나를 사랑하지 않아서." 그녀가 대답했다.

다 같이 그녀의 차에 탔다. 무더위로 온 도시는 한산했지만, 트라스테베레 주변의 트라토리아들은 손님과 기타 연주자들로 가득했다. 우리는 당시 유행하던 교회용 벤치에 앉아 식사하는 곳에 자리를 잡았다. 음식이 나오기까지 꽤 오래 기다려야 했고, 그 사이 우리는 여러 병의 술을 마시며 시간을 보냈다. 취기가 돌자 사기가 오르기 시작했다. 아리아나도 많이 마셨는데, 마시면 마실수록 그녀의 눈동자가 더 반짝였다. 그녀의 눈동자는 탁자에 놓인 촛불보다 더 환한 빛을 냈고, 그곳에 있는 남자 중 그녀를 쳐다보지 않은 자는 결코 단 한 명도 없었다.

"그런데 샌디가 싫다고 하면 어떡해?" 아리아나가 물었다.

"우선 어떻게 하는지 두고 봐야지." 그가 말했다. "휴가로 크루즈 여행을 갈 건데, 그때 말할 거야. 만약에 안 된다고 하면 나도 부부로서의 의무 이행을 거부해야지. 어떻게 생각해, 레오?" 그는 아직 샌디에게 영화에 관한 이야기를 꺼낼 적절한 때를 찾지 못하고 있었다.

"좋은 생각이야. 말을 꺼낼 기회만 잘 잡으면 그 어떤 여자도 거절 못 할 거야. 그리고 크루즈 여행 중이라면 좋은 기회도 많이 있을 테고." 내가 대답했다.

"배 안에서만 있어야 하잖아." 아리아나가 말했다.

“그렇지. 발트해에서 달빛이 비치는 밤에 물어볼 거야. ‘내 사랑, 내게 자금을 좀 조달해 줄 수 있을까? 당신 생각은 어때? 어떻게 할 거야?’라고 말이지.” 그라지아노가 말했다.

“글쎄, 아직 잘 모르겠어. 참, 나도 형부랑 해변에 별장을 가지고 있다는 친구들한테 가기로 했어.” 그녀가 말했다.

“온 세상이 다 떠나도, 레오만은 이곳에 남는다네.” 그라지아노가 작은 목소리로 흥얼댔다. “늙은 골목 고양이, 레오! 세상 물정 훤히 다 아는, 레오!”

저녁 식사를 마친 우리는 술집을 돌아다니기로 했다. 하지만 아리아나가 굳이 운전을 해서 다니겠다면서 그라지아노와 나에게 뒷좌석에 타라고 고집을 부렸고, 취한 그녀는 차를 빠르게 몰았다.

“두 유명 영화 제작자와 그들의 사랑스러운 여비서, 무로토르토대로에서 비극적으로 사망하다.” 그라지아노가 엘비스 프레슬리의 노래를 흥얼거리다 말고 말했다.

“좋은 생각이 났어. 그 디스코장에 가서 두 사람에게 어울릴 만한 여자 친구나 찾아볼까? 어때, 레오?” 나는 아무 대답도 하지 못하고 시트를 꽉 붙잡고 있을 수밖에 없었는데, 아리아나가 일방통행 도로에서 빠른 속도로 역주행을 하고 있었기 때문이다. 거의 기적처럼 몇 대의 차와 충돌할 뻔한 위기를 넘기고 거의 도로 끝까지 왔을 때 빨간색 진입 금지 표시판 앞에서 멈춰 섰다. 곧바로 카라비니에리(Carabinieri, 이탈리아의 헌병) 두 명이 다가와 모자에 한 손을 올리고 인사를 했지만, 그들의 친절은 거기까지였다.

"면허증 제시하세요." 그중 한 명이 아리아나에게 말했다.

"좀 봐 주세요." 그녀가 말했다. 하지만 그들은 아무 대답이 없었고, 그녀는 대시보드 밑을 뒤지기 시작했다. 한참 동안, 필요 이상으로 아주 오래 뒤적거렸지만 두 카라비니에리는 아무 말 없이 조용히 기다렸다. 면허증을 제시할 수밖에 없는 상황이 되자 할 수 없이 그녀는 면허증을 꺼내어 창문 밖으로 내밀었고, 카라비니에리 한 명이 그것을 받았다.

"글을 읽을 줄 아는 사람한테 면허증을 준 게 맞겠지?" 그라지아노가 조용한 목소리로 능청스럽게 말했다.

결국 우리는 경찰서까지 가는 상황에 처하고 말았다. 그들도 그라지아노의 말이 자신들을 조롱하는 말이라는 사실을 알고 있었고, 그라지아노에게 다시 한번 말해 보라고 했을 때도 그는 그 농담을 한 글자도 틀리지 않고 똑같이 말했다. 그들은 웃음기 없는 얼굴로 그를 경찰차에 태웠고, 나와 아리아나도 그들을 따라갔다. 신호등에서 그라지아노가 손을 흔들며 우리에게 인사했고, 한 번은 창문으로 고개를 내밀기도 했다.

"유머 감각이라고는 요만큼도 없다니까." 그라지아노가 말했다. "어떻게 생각해, 레오? 그 노부인과 전기공 이야기도 한 번 할까?"(어느 노부인의 고장 난 스위치를 고치러 간 두 전기공이 간단한 수리로 끝날 일을 거짓말로 돈을 더 뜯어내려 하다가 벌어지는 이야기) 경찰서 앞에 도착했을 때 나도 같이 들어가려고 했지만 그들은 끝내 허락하지 않았다.

"걱정하지 마, 레오." 그라지아노가 말했고, 두 카라비니에리 중 한 명이 그의 팔을 잡아끌었다. "만약 저들이 때리면 소리 지를 테니까. 어쨌든 쌍둥이 자매의 양육권은 자네가 맡도록 해."

우리는 차에 앉아서 그가 나오기를 기다리는 수밖에 없었고, 아리아나는 상당히 안절부절못했다. "그라지아노를 어떻게 할까? 그 입 좀 다물고 있을 수는 없었을까?" 그녀가 말했다. 하지만 나는 대답하지 않고 거리의 불빛만 계속 바라보고 있었다. 그녀의 향기가 느껴졌고, 잠시 후에는 내 얼굴에 무겁게 와 닿는 그녀의 시선도 느껴졌다. 나는 고개를 돌려 그녀를 보지 않으려고 안간힘을 썼다. 그녀가 계속 나를 바라봤고, 낮은 목소리로 조심스럽게 입을 열었다. "나 사랑해, 레오?"

"아니." 나는 여전히 거리를 바라보며 대답했다. 다른 곳과 별다를 것 없는 거리였다.

"아니, 맞잖아." 그녀가 성난 목소리로 말했다. "자기는 나 사랑하잖아."

"아니야." 내가 다시 말했다. 내 남은 인생에서 할 수 있는 말은 '아니'라는 말밖에 없는 것 같았다.

"하지만 난 그렇다고 생각해." 그녀가 말했다.

"그렇다고 하면, 그럼 리비오 스트레사가 뭐라고 할까?" 내가 말하는 순간 그녀가 몇은 숨을 삼키는 것이 확실히 느껴졌다. 그리고 울음이 섞여 갈라진 그녀의 목소리가 들렸다.

"누구한테 들었어?" 그녀가 절망적으로 물었다.

바로 그때 그라지아노가 경찰서에서 나왔다. 그는 미소를 지으며 박수 따위는 사양한다는 듯 손을 흔들어 보였다. "다들 나한테 속았어." 그가 차에 타면서 말했다.

"어떻게 했는데?" 내가 물었다.

"미안하다고 했지. 우리 자유를 되찾은 기념으로 어디 가서 파티나 할까?"

"난 집에 갈래." 아리아나가 말했다. 그녀 특유의 도도한 얼굴로 앞만 바라보고 있었다.

"왜 그래?" 그라지아노가 물었지만 우리 둘 다 아무 대답도 하지 않았다. 그러자 그가 다시 입을 열었다. "좋아, 상황이 그렇다면 어쩔 수 없지." 그러고는 시가에 불을 붙였다. 그리고 포폴로 광장에 도착할 때까지 아무도 말을 하지 않았다. 우리가 차에서 내리기를 기다리는 동안에도 아리아나는 계속 앞만 보고 있었다. 그라지아노가 잠시 머뭇거리다가 시가를 몇 번 질겅거린 후 나를 따라 차에서 내렸다. 그리고 그녀의 영국산 소형차가 광장 끝으로 사라질 때까지 지켜보았다. "그래, 떠나는 사람이 항상 최고인 법이지." 그가 말했다.

"저기 가서 앉자." 내가 오벨리스크(Obelisk, 방첨탑)를 가리키며 말했다. 광장은 황량했고 분수 소리만 들렸다. 우리는 핀초언덕을 등지고 앉았다.

"레오, 무슨 일이야?" 그라지아노가 물었다.

"지쳤어." 내가 말했다. "너무 피곤해."

"온 세상이 다 그래. 그런 세상에서 우리가 뭘 할 수 있을까?" 그가 말하고는 주머니에서 스카치 병을 꺼내 한참 동안 꿀꺽꿀

껏 마셨다. 그러고는 잔뜩 인상을 쓰고 술병을 바라봤다. "이 홍분제는 나를 점점 더 작게 만든단 말이야." 그리고 술병을 다시 주머니에 넣었다. "이런 불행이 또 있을까." 황량한 광장에 시선을 고정한 채 그가 계속 말했다. "나도 아리아나를 사랑하게 된 것 같아."

8

검은 달(月), 8월이 되었다. 불타는 태양 아래 도시는 황량했다. 거리는 텅 비어 있었고, 햇빛을 반사시키는 자갈이 깔린 광장은 뜨거운 먼지로 뒤덮여 있었다. 물이 부족해지면서 분수들은 갈라진 틈을 회반죽으로 보수한 자국을 선명히 드러냈고, 그곳에 누리끼리한 풀까지 자라 완전히 노후된 흔적을 드러낸 채 부서져 내리고 있었다. 고양이들은 자동차 그늘에 숨어 더위를 피했고, 사람들은 해 질 녘이 되어서야 집에서 나와 수박 가판대 주위에 모여 시원한 바람이 불기를 기다렸다. 신문에서는 지난 10년 중 가장 더운 여름이라고 했다.

내게는 증오스러운 한 달이었다. 친구들은 모두 떠나고 트라토리아도 문을 닫아서, 9월이 될 때까지 돈 빌릴 곳이 없는 사람은 여차하면 굶어 죽을 수도 있겠다는 생각이 들었다. 그해 나는 직장이 있었고, 텅 빈 도시가 두렵지 않았어야 했다. 하지만 나는 혼자였다. 아리아나에 대해서는 더 이상 들은 소식이 없었고, 그라지아노는 틀림없이 크루즈 여행 중일 테고, 렌조 부부는 그들의 바닷가 별장으로 휴가를 떠났다. 그래도 가끔 빈집에서 울리고 있을 전화기를 상상하면서 그들의 번호를 눌러 보기도 했다.

그리고 나는 거의 매일 정오까지 늦잠을 자고 수영장에 가서 한 쪽 구석에 누워 책을 읽었다. 나 말고 체스를 두러 오는 사람이 두 명 더 있었는데, 간혹 그들 중 승자에게 도전해 보기도 했지만 별로 재미가 없었다. 4시 정도가 되면 집으로 돌아와 쉬면서 과일을 조금 먹고 신문사에 출근할 시간을 기다렸다. 계단을 올라오다가 몇 번 전화벨 소리를 들었지만 한 번도 제때 받은 적이 없었다. 그리고 어느 오후, 내가 문을 열고 있을 때 전화벨이 울렸다. 나는 곧바로 수화기를 들었다. 모르는 목소리였고, 전화기 너머에서 그라지아노가 죽었다는 소식을 전했다.

내가 병원에 도착하자 당직 경찰관이 자리에서 일어났고, 그는 내가 앉은 후에야 다시 앉았다. 그는 아주 친절했고, 적절한 어조로 내게 사건의 경위를 설명해 주었다. 그라지아노는 이틀 동안 혼수상태로 있다가 그날 아침 11시에 사망했다고 했다. 그의 소지품에서 자기한테 무슨 일이 생기면 내게 전화를 해야 한다고 적힌 쪽지가 발견되었기 때문에 병원으로 이송된 직후부터 줄곧 나를 찾았다면서, 내게 수차례 시도한 끝에 결국 내가 도시를 떠나 있다는 결론을 내리게 되었다고 했다. 내가 받은 그 전화는, 누군가가 떠돌이 개처럼 혼자서 쓸쓸한 죽음을 맞을 수 있겠다는 생각에 마음이 아팠던 그가 개인적으로 시도한 것이었다. 나는 그에게 감사 인사를 건넸고, 그는 그럴 필요까지는 없다며 겸손하게 말했다. 내가 어떻게 된 것인지 물으니 경비원이 월요일 오후에 거실 창문과 통하는 정원 한구석에서 그라지아노를 발견했다고 했다. 그날 경비원은 아파트가 거의 비어 있었기 때문에 휴가 중인 세대의 정원에 물을 주러 잠시 들렀을 뿐이었다. 사건은 그 전날인 일요일 저녁, 그라지아노의 아내 샌디와 두 딸이 떠나고 몇 시간 후에 일어난 것이었는데, 그때 경비원이 쿵 하는 소리를 듣기는 했지만 안타깝게도 다른 건물에서 나는 소리인 것 같아 크게 신경 쓰지 않았다고 했다.

그라지아노는 아직 숨이 붙은 상태로 정원의 자갈밭 위에서 하루 밤 하루 낮을 보냈던 것이다. 나는 그 자갈밭을, 작은 타원형의 자갈들과 그 틈에서 자란 풀까지도 기억하고 있었다.

"이틀째 부인의 행방을 찾고 있습니다." 경찰관이 말했다. "어디에 있을지 아시나요?" 나는 아마 크루즈 여행 중일 것이라고 말했고, 그가 메모를 한 후 그라지아노에게 다른 친척이 있는지, 있다면 연락할 방법이 있는지 물었다.

"그의 아버지가 계세요." 내가 대답하자 그는 또 한 번 메모를 하려고 했다. 하지만 나는 내가 직접 연락할 테니 메모할 필요는 없다고 했다. 그는 내게 고맙다고 말한 후, 이제 부검이 끝났을 테니 의사를 만나볼 것인지 물었다. 나는 그렇게 하겠다고 했다.

경찰관을 따라 병원 복도를 걸었다. 환자들은 바람을 쐬려고 창문으로 고개를 내밀고 있었다. 몹시 더운 오후였고, 텅 빈 복도에는 선풍기들이 요란한 소리를 내고 있었다. 우리는 어느 이중문 앞에서 멈춰 섰고 경찰관이 모자를 벗는 것을 보니 때가 된 것 같았다. 예의도 아주 바른 경찰관이었다.

"들어오세요." 안에서 누군가의 목소리가 들렸다. 타자기가 놓인 책상에 앉은 간호사의 목소리였다. 의사는 그가 앉은 책상보다 더 큰 책상에 앉아 손에 서류 몇 장을 들고 가끔 얼굴에 부채질을 했다. 그 의사는 무척 뚱뚱했는데, 살집이 많은 사람이 마른 사람보다 대체로 더위를 더 탄다고 하더니 틀린 말은 아닌 것 같았다. 그가 하얀 가운 속에 아무것도 입지 않은 탓에 털 한 올 없이 살찐 맨 가슴이 훤히 들여다보였다.

"잠깐만요." 의사가 안경을 벗고 손수건으로 두 눈을 닦으며 말했다. 그러고는 부채질하던 서류를 훑어본 후 타자기를 두드리고 있던 간호사에게 다시 받아 적게 했다. 경찰관이 내게 의자를 가리켰고 나는 잠자코 가서 앉았다.

"충돌로 인한 상악 앞니 부재." 의사가 간호사에게 말했다. "턱과 3번 경추 골절. 왼쪽 쇄골에 광범위한 혈종을 동반한 타박상. 좌측 갈비뼈 3번과 5번 골절을 동반한 몸통 요절. 소뇌 출혈로 인한 사망. 원인, 추락사." 의사가 우리를 바라봤다. "믿을 수 없군요. 손에 아무런 골절이 없어요. 추락 시 본능적으로 얼굴을 가리려고 해서 손이 망가지는 경우가 일반적인데, 이분의 경우에는 그렇지가 않아요." 그때 경찰관이 의사에게 내 신원을 밝히자, 의사가 의아한 표정을 짓더니 이미 앉아 있는 내게 또 한 번 앉으라고 권했다. "시신을 보시겠어요?" 그가 내게 물었다.

나는 아무 말도 하지 않았고, 의사가 간호사에게 손짓하자 그가 책상에서 일어났다. 나도 의자에서 일어섰다. 경찰관이 나와 헤어지기 전에 내가 장례를 진행할 것인지 물었고, 나는 그러겠다고 했다. 그리고 간호사를 따라 창문에 매달린 환자들이 있는 복도를 다시 걸었다. 복도 끝에는 햇볕 가득한 안뜰로 향하는 계단이 있었다. 안뜰에는 주차된 차들이 가득했고, 우리는 차 사이사이를 힘들게 지나 담쟁이덩굴로 뒤덮인 어느 낮은 건물의 입구 쪽으로 향했다. 건물 내부는 서늘했는데, 어쩌면 햇볕 가득한 안뜰을 가로질러 온 후라 그렇게 느꼈을 수도 있었다. 입구를 들어서니 곧바로 커다란 방이 나왔다. 한쪽 구석에는 대량의 시트가 차곡차곡 쌓여 있었다. 그리고 탁자 하나가 방 한가운데 놓여 있었고, 그 위에 무엇인가가 시트로 싸여 있었다. 탁자로 다가갔다. 바닥에는 시커먼 얼룩들이 있었는데 피인 것 같았고, 그라지아노를 탁자에 올려놓으면서 생긴 얼룩일 수도 있겠다는 생각이 들었다.

그라지아노는 거기, 시트 속에 있었다. 그의 얼굴은 보이지 않게 덮여 있었고, 가슴 한 부분이 무섭게 튀어나와 있었다. 그뿐만 아니라 시트 위로 드러난 모든 부위가 부어올라 있었다. 잠시 동안 나는 모든 것이 잘못되었다고, 이건 그라지아노가 아니라고, 그는 지금 크루즈 여행 중이라고, 이런 일은 있을 수 없다고 생각했다. 시트를 벗기자 머리카락을 뒤로 넘겨 이마를 드러내고 있어서 처음에는 알아보기 어려웠지만, 낯익은 코의 곡선과 얇고 움직이지 않는 입술, 그리고 배에 난 두 개의 굶주림의 흉터가 그가 그라지아노라는 사실을 말해 주고 있었다. 순간 울고 싶었지만 울지 않았다. 간호사가 문 앞에서 기다리고 있는 것이 신경이 쓰여서 나가달라고 하고 싶었지만 도저히 말할 기분이 아니었다. 나는 손을 뻗어 시트를 걷고 그의 다리를 옆으로 밀어 옮겼다. 시트 속은 방 안의 공기보다 더 차가웠다. 대리석 탁자에 어느 정도 공간을 만들고 그 위에 올라앉았다.

"그러시면 안 됩니다." 간호사가 말했다. 나는 작고 마른 그를 매섭게 쳐다봤다. 그러자 그는 무슨 말을 하려다가 그냥 한 손을 올리고 밖으로 나가 버렸다. 나 혼자 남으니 좋았다. 대리석의 차가움도 좋았다. 나는 그라지아노를 바라보며 담배에 불을 붙였다.

"누구요?" 문이 다시 열리는 소리가 들려서 큰 소리로 물었다. 가슴에 커다란 보라색 십자가가 있는 수도복을 입은 수도사가 바닥에 쌓인 시트 사이로 걸어 들어왔다.

"내려오세요, 형제님."

그가 내 팔에 손을 얹으며 말했다. 그의 수염에서 밀랍 냄새가 났다. 하느님은 몇 층에 계신 걸까? 나는 그의 손 아래 있던 팔을 뺐다. 그의 얼굴을 보지 않으려고 고개를 숙이고 있었더니 담배 연기가 자꾸만 눈으로 들어왔다.

"기도를 해 보지 그래요?" 수도사가 물었다.

"전 기도 안 해요. 기껏해야 부탁 정도죠." 내가 대답하자 수도사는 배 위에 두 손을 포갠 채 한동안 나를 바라보다가 고개를 저으며 뒤돌아 걸어 나갔다. 고요 속에서 파리 한 마리가 윙윙거리는 소리가 들렸다. 수도사가 문을 열었을 때 들어온 모양이었다. 파리가 허공을 몇 바퀴 돌다가 내 손에 앉았다. 손을 흔들어 쫓았더니 그라지아노의 가슴 위로 날아가 앉았다. 또 쫓아냈는데 곧바로 돌아왔고, 이번에는 그의 입술 위에 앉았다. 결국 나는 탁자에서 내려와 그의 얼굴을 시트로 덮고 밖으로 나왔다.

고물 알파 로메오가 후끈 달아올라 있어서 등이 데지 않으려면 등받이에 기대지 않고 운전해야 했다. 그라지아노의 아파트 건물 앞에서 경비원을 만났다. 그는 무척 원통해 했다. 그는 소리를 들었을 때 바로 가서 확인하지 않은 자신을 용서하지 못했다.

"그분이 집에 있는 것도 몰랐어요." 그가 말했다. "부인과 함께 휴가를 떠난 줄 알았죠."

나는 그에게 열쇠를 달라고 해서 3층 그의 집으로 올라갔다. 필요한 것을 찾을 때까지 모든 시도를 다 해 볼 생각이었다. 집 안으로 들어갔다. 열려 있는 창문은 침실에 있는 것 하나뿐이었는데, 그 창문은 정원을 향하고 있었고, 그 가까이에는 가지 않았다. 온 집을 다 뒤진 끝에 현관 앞에 있는 탁구대 아래에서 작은 전화번호 수첩을 발견했다. 안에 적힌 번호를 다 살펴봤지만 그라지아노의 아버지 번호는 없었다. 그가 외우고 있었기 때문일 수도 있고 아예 연락하지 않고 지냈는지도 몰랐다. 대신에 나도 잘 아는, 다 같이 친구로 지내던 사람들의 번호가 대부분이었다. 내 번호도 있었다. 나는 거실에 있는 전화기로 수첩에 있는 모든 번호를 눌러봤지만 전화를 받는 사람은 없었다. 그래서 수첩을 주머니에 넣고 신문사로 갔다.

"어쩐 일로 이렇게 일찍 출근했어? 무슨 일 있어?" 로사리오가 내게 물었다.

"아니요, 아무 일도 없어요." 나는 짧게 대답하고 피렌체 전화번호부를 가져와 '카스텔베키오'라는 성을 가진 사람들에게 모두 전화해 봤다. 그러나 전화를 받은 사람 중 그라지아노와 관련 있는 사람은 아무도 없었다. 전화를 받지 않은 번호 옆에는 나중에 다시 걸어보려고 펜으로 표시해 두고, 로사리오에게 먼저 퇴근해도 괜찮다고 말했다. 곧바로 일을 하려고 했지만, 그가 가자마자 내가 실수했다는 것을 깨달았다. 우리 특파원들이 쓸데없이 전화를 걸어대는 바람에 너무 피곤했다. 하지만 이미 상황이 이렇게 된 이상 사무실로 걸려오는 전화를 받을 수밖에 없었고 기사 옮겨 적기를 중단할 때마다 피렌체로 전화를 걸었다.

자정이 다 된 시간에야 그라지아노의 아버지를 찾을 수 있었다. 그는 택시 운전을 하는데 11시가 교대 시간이었다고 했다. 나이가 들기는 했지만 어딘지 아들의 목소리와 닮아 있었다. 그의 아버지는 조용히 내가 하는 말을 들었고, 내 말이 다 끝난 후에도 한동안 입을 다물고 있었다. 그리고 그가 말하기 시작했을 때 그의 목소리에는 눈물이 섞여 있었다. 곧바로 출발하겠다고, 회사에 알리고 곧바로 출발하겠다고 했지만, 나는 다음 날 아침에 출발해도 되니 일단 좀 쉬는 것이 낫겠다고 말했다. 그의 아버지와 통화를 마치고 난 후에야 장의사에게 연락하지 않은 것이 생각났다. 전화번호부 장의사 목록에서 가장 눈에 띄게 광고를 하는 곳에 전화를 걸었다. 그 늦은 밤인데도 아주 친절했고, 무슨 일이 있어도 병원에 제시간에 도착해 모든 준비를 해 놓겠다고 약속했다. 더 이상 내가 할 일은 없었다. 사무실에 걸려오는 전화도 잠잠해졌다. 나는 창가로 가서 담배를 피우며 황량한 도로와 가로등을 바라봤다. 가끔 차가 한 대씩 지나가며 밤의 침묵을 깨트렸다. 얼마 후부터 하늘이, 말로 표현할 수 없을 정도로 느린 속도로 밝아지기 시작했고, 집에 가야 할 시간이 다가왔다.

다음 날 장례를 치렀다. 오전 내내 그라지아노의 수첩을 손에 들고 전화기에 붙어 있었지만 부고를 전할 만한 사람이 아무도 없어서 결국 포기했다. 그의 아버지는 정오쯤 자신의 택시를 몰고 왔다. 그는 작은 키에 긴장해서 창백한 얼굴이었고, 두 눈은 얼마나 울었는지 붉어져 있었다. 그는 곧바로 아들을 보고 싶어 했고, 나는 그를 영안실에 혼자 들여보낸 후 안뜰에서 그가 나오기를 기다렸다. 고양이들이 주차된 차들 사이를 돌아다니고 있었고, 한 남자가 햇볕 속에서 손수건으로 이마에 난 땀을 닦으며 내게 걸어왔다. 장례 회사에서 나온 사람이었다. 그라지아노가 입고 있던 옷은 핏자국 때문에 사용할 수 없다며, 자기네가 한 벌 구입해야 하는지 물었다. 나는 아니라고 말하고 그라지아노의 집으로 갔다. 옷장에 옷이 가득했다. 그중 흰색을 골라서 병원으로 돌아와 아까 땀을 흘리던 장례 회사 직원에게 건넸다. 그리고 덩굴이 덮인 벽을 등지고 있는 화강암 벤치에 앉은 그라지아노의 아버지 옆에 가 앉았다. 그는 차들 사이에 있는 고양이를 바라보고 있었다.

"그 애는 이상이 없었던 거야." 그가 말했다. "이상이 없으면 살 수가 없지."

나는 그의 단춧구멍에 은색 참전 용사 배지가 달려 있는 것을 봤지만 아무 말도 하지 않았다. 그는 우리가 만든 이야기 속에서 우리가 죽인 사람, 그 노인이었다.

우리는 조용히 앉아서 기다리고 있었고, 얼마 후 내가 만났던 경찰관이 왔다. 내게 종이 한 장과 그라지아노가 병원에 왔을 당시 주머니에 들어 있었던 물품이 든 봉투를 건네며 유감을 표했다. 봉투 안에는 열쇠 다발과 돈뭉치, 이니셜이 새겨진 실크 손수건, 시가 꽁초, 그리고 왠지 산텔리아를 떠올리게 하는 시든 카네이션이 들어 있었다. 아마 단춧구멍에 끼우기에 적당한 길이로 잘린 줄기 때문인 것 같았다. 수령증에 서명한 후 카네이션만 꺼내 주머니에 넣고 나머지 물품은 모두 그라지아노의 아버지에게 건넸다.

장례 회사 직원이 와서 준비가 다 되었다고 전했다. 우리는 그를 따라 장례식장으로 들어갔다. 꽃다발 몇 개가 견딜 수 없는 향기를 풍겼고, 선풍기 한 대가 굉음을 내며 그라지아노 쪽으로 바람을 날려 셔츠 깃을 흔들고 있었다.

"신발이 없네요." 내가 지적하자 장례 회사 직원이 유품에 신발이 없었지만 사람을 보내서 한 켤레 사 올 수 있다고 했다. 이번에도 나는 괜찮다고 했다. 사람들을 기다리게 하는 것이 내키지는 않았지만 고물 알파 로메오를 타고 그의 집으로 다시 갔다. 신발을 찾아 나와 담배 가게를 찾기 시작했다. 문을 연 곳을 찾느라 애를 먹어야 했지만 기어코 나는 신발과 담배를 가지고 병원으로 돌아왔다. 그라지아노의 아버지는 다시 덩굴 그늘에 앉아 있었다. 장례 회사 직원에게 신발을 전해 주자 곧바로 그라지아노의 시신에 신기기 시작했는데 쉽지 않은 듯 보였다. 그가 낑낑

거리며 다 신길 때까지 나는 뒤돌아 서 있었다.

"닫아도 될까요?" 장례 회사 직원이 내게 물었고, 나는 럭키 스트라이크 담배 한 갑을 관 속에 넣었다.

"닫으세요." 직원에게 대답하면서 이런 건 그의 아버지가 말해야 하는 게 아닌가 생각했지만, 그는 말 한마디 할 수 없는 상태로 꼼짝도 하고 있지 않았고, 내가 쳐다보자 동의하는 뜻으로 고개만 끄덕였다. 티셔츠 차림에 발염 장치를 든 청년 세 명이 작업하러 왔다. 화염 소리가 요란스럽고 냄새도 나서 안뜰에 가 있는 게 나았다.

병원에서 교회까지는 멀지 않았다. 그라지아노의 아버지는 택시를 운전할 상태가 아니어서 내가 운전대를 맡아 장의차를 따라갔다. 장례 미사는 굉장히 간단했지만 나는 교회에 들어가지 않았다. 대신 물이 바싹 마르고 금이 간 어느 분수의 가장자리에 앉았다. 여기도 분수 아래 그늘 속에 웅크린 고양이들이 있었다. 장례 회사 직원이 내게 다가왔다.

"미치게 덥네요. 이런 경우는 아주 빨리 진행해야 해요. 시기가 좋지 않아서 말이죠." 그가 잠시 머뭇거리다가 다시 말을 이었다. "그런데 비용은……."

내가 책임질 것이니 〈코리에레 델로 스포르트〉 신문사로 연락해서 나를 찾으라고 했다. 그는 잘 마무리될 거라고 말하고 장의차 보닛에 걸터앉았다. 잠시 후, 교회에서 관이 나왔다. 그라지아노의 아버지는 몸이 좋지 않은지 티셔츠를 입은 청년 두 명의 부축을 받고 있었다. 그가 택시 뒷좌석에 앉았다. 안색이 몹시 안 좋았다.

"밤새 잠을 못 잤다네. 그런데다 운전까지 했으니." 그가 말했다. 내가 다시 운전대를 잡았다. 묘지까지 가는 길은 멀었지만 햇볕이 내리쬐는 도로가 워낙 한산해서 장의차도 속도를 낼 수 있었다. 한 번은 빨간색 신호에 교차로를 지나기도 했는데, 그 정도로 도로는 텅 비어 있었다.

묘지 안은 시원했지만 더위 때문에 시들어 가던 꽃들의 냄새에 숨이 막혔다. 땅에 박힌 대리석 묘비들이 해변에 버려진 거대한 갑오징어 뼈처럼 보였다. 사제 한 명이 두 명의 신학생과 함께 관이 구덩이로 내려가는 동안 축원을 했다. 나는 왜 저 어린 두 학생은 다른 사람들처럼 휴가를 가지 않고 도시에 남아 이런 힘든 일을 하고 있는지 궁금해졌다. 관이 바닥에 놓이자 사제는 자신이 가져온 책을 펼쳤지만, 나는 그를 만류하고《모히칸 족의 최후》를 꺼내 들었다. 성호를 그을 필요도 없고, 페이지를 찾을 필요도 없었다. 내가 읽고 싶은 내용은 책의 마지막 몇 문장뿐이었다. 그라지아노의 아버지가 마른 꽃이 가득한 수레로 가서 몸을 기대고 있는 동안 나는 햇살 가득한 구덩이에 다가가 책을 펼쳤다.

"'나의 형제들이여, 왜 괴로워하는가?' 그가 말했다." 나는 큰 목소리로 읽었다. "칭가치국(Chingachgook, 소설 속 모히칸 족의 추장)이 자신을 둘러싼 절망에 빠져 우울해하는 전사 족을 바라보며 말했다. '나의 딸들이여, 왜 울고 있는가? 청년이 천국(the happy hunting ground, 북미 원주민 전사가 죽어서 가는 곳)으로 떠났기 때문인가? 추장이 명예로운 삶을 살았기 때문인가? 그는 착하며 순종적이고 용맹했다. 누가 그 사실을 부정할 수 있겠는가? 매니토우(Manitou, 북미 원주민 신학에서 어느 곳에든 존재하며 영적이고 근본적인 생명력을 뜻하는 말)는 그런 전사가 필요해 그를 곁으로 불렀다. 웅카스의 아버지이자 매니토우의 아들인 나는, 얼굴이 하얀 자들의 빈터에서 찢긴 소나무다. 내 부족은 소금 호수의 끝으로 사라졌다. 그러나 그 부족의 뱀이 지혜를 잃었다고 누가 말할 수 있겠는가?'" 나는 책을 덮고 장례식에서 나왔다.

묘지 앞 도로는 황량했다. 나는 버스 정류장 쪽을 바라봤다. 고물 알파 로메오가 병원 앞에 있어서 찾으러 가야 했기 때문이다. 하지만 선뜻 움직여지지 않았다. 그라지아노를 위해 다른 무엇인가를 할 수 없다는 것이 말이 안 되는 것 같았다. 하지만 그를 위해 내가 할 수 있는 것은 더 이상 없었다. 정말 아무것도 없었다.

8월 중순이 되자 제비들이 사라졌다. 제비들이 이렇게 일찍 떠난 것은 처음이었다. 석양 무렵 내가 바람을 쐬러 발코니로 나가면 하늘은 텅 비고 고요했다. 신문에서는 도시를 짓누르고 있는 유독성 대기 때문이라고 했지만, 그것은 유치한 합리화였다. 진실은 높은 곳에서 봐야 잘 보이는 법이다.

나는 책도 읽지 않고 극장에도 안 가고 아무것도 하지 않았다. 신문사에 출근할 시간을 기다리며 하루를 보냈다. 내가 유일하게 자부할 수 있는 것은, 나를 움직이게 하는 것은 술을 마시지 않는다는 것뿐이었다. 심지어 밸런타인도 한 병 사서 탁자 위 잘 보이는 곳에 두고도 건드리지 않았다. 그렇게 지내던 중 9월을 열흘 남겨두고 아리아나의 편지를 받았다.

'내 사랑, 레오. 도대체 어디 있는 거야? 뭐 하고 지내? 누구랑 있어? 자기 소식을 전혀 모르니까 걱정돼. 여기 있는 모든 사람이 다 내게 친절하지만, 끔찍한 시기를 겪었어. 밤마다 질식할 것 같아서 계속 잠을 깼고, 무슨 수를 써서라도 병원으로 돌아가고 싶었지. 첫 번째 주에는 에바가 계속 리비오에게 전화를 걸었어. 그러더니 여기로 왔고, 결국 둘이 함께 떠나는 한심한 장면이 연출됐지. 둘 다 지옥에나 가라지. 지금은 아주 좋아. 너무 잘 먹어서 살찔까 봐 걱정될 정도야. 하지만 수영도 하고 있고, 아주 멋진 보트를 타고 바다로 소풍을 가기도 해. 내가 배를 이렇게 좋아하는지 처음 알았어. 그런데 오늘은 비가 와서 우울하네. 이 광활하고 험난한 세상에 나 혼자인 것 같아. 어디로 가야 할지 모르겠어. 난 어떤 인생을 살게 될까? 자기가 돛을 올려서 나를 데리러 오지 않을래? 제발 부탁할게, 제발, 제발!'

편지에 주소가 있었고, 이틀 후 나는 신문사에 휴가를 내고 차를 타고 그곳으로 출발했다. 고속도로는 타지 않았다. 고속도로가 생겨서 가장 좋은 점은 일반 도로에 차가 없다는 것이다. 고물 알파 로메오는 거칠고 메말라 보이지만 벌써 아주 차분한 가을색으로 물들기 시작한 전원 마을 한가운데 있는 로마성의 오르막길을 간신히 기어오르며 천둥 같은 소리를 냈다. 성을 지나자 긴 내리막길이 시작됐고, 마지막으로 양옆으로 플라타너스가 이어지는 길고 긴 직선도로를 통과하니 바다가 나타났다. 나는 속도를 낮추고 정오의 햇살을 받으며 천천히 운전했다. 남쪽으로 갈수록 해변은 더 웅장해졌다. 넓고 곧은 도로가 수많은 작은 둑들 사이로 반짝이는 바다보다 높은 척박한 돌산을 가로지르다가 갑자기 내리막길로 이어져 하얗고 황량한 해변에 둘러싸이기도 했다. 그러다가 바다 저 위로 사라센의 탑이 나타났다. 내가 그 만을 본 것이 바로 이 지점이었다.

그곳은 다른 만들보다 더 넓었고, 바다로 뻗은 두 개의 푸른 해안을 따라 수 킬로미터를 볼 수 있었다. 키 작은 덤불이 해변과 도로의 경계를 이루며 자라 있었고, 시커먼 사라센 요새가 햇볕을 받으며 바위가 많은 곳 위에 솟아 있었다. 차를 세우고 옷을 벗었다. 그리고 맨발로 해변으로 가는 통로를 찾아 덤불 속으로 들어갔다. 모래가 뜨거웠지만 물은 시원하고 깨끗했다. 물에 들어가 숨이 가쁠 때까지 수영을 했다. 그리고 몸을 돌려 귀 주위의 물에서 나는 쉬익 하는 소리를 들으며 죽은 척 가만히 있었다. 기분이 좋았다. 그렇게 기분이 좋았던 적은 없었다. 나는 다시 차분하게 산 쪽을 향해 수영하면서 해안으로 돌아왔다. 햇볕에 몸을 말리고 다시 차를 몰기 시작했다. 맨발로 운전했고, 물이 마르자 피부가 소금으로 한 겹 덮였다. 배가 고파서 도로 옆에 있는 트라토리아에 들어가 생선 요리를 먹었다. 이후부터는 사람이 있는 곳이면 무조건 들러서 길을 물었다. 그러다 드디어 한 소년이 내가 찾는 별장을 알고 있다고 했고, 천 리라를 주면 직접 동행해서 길을 알려 주겠다고 했다.

별장은 한 사라센의 탑 근처에 지어진 낮고 아주 흰색인 건물이었고, 해송과 덤블처럼 자란 서양 협죽도가 그늘져 있었다. 대문에는 스포츠카와 관용차처럼 보이는 자동차 몇 대가 있었다. 나는 스포츠카도 관용차도 아닌 고물 알파 로메오를 세워 두고 대문 옆 벽에 튀어나온 작은 사슬을 잡아당겼다. 저 멀리에서 종소리와 개 몇 마리가 짖는 소리가 들렸고, 5분 뒤 흰색 재킷을 입은 하인이 나타났다.

"아무도 안 계세요. 모두 보트를 타러 가셨고, 주인 나리는 작업실에 계시지만 방해할 수 없습니다." 그가 말했다.

"자코모, 누구야!" 탑 쪽에서 누군가 소리를 질렀다.

"아가씨를 찾아오셨어요!" 자코모가 큰 소리로 대답했더니 그 목소리가 나를 집으로 들이라고 소리쳤다. 하인은 콘크리트가 깔린 길을 따라 바다가 내려다 보이는 테라스까지 나를 안내했다. 테라스는 아라베스크 무늬의 하얀 의자와 생동감 넘치는 색상의 쿠션으로 가득했다.

"톨 드링크(tall drink, 운두가 높은 잔에 마시는 칵테일) 한 잔 드릴까요?" 하인이 내게 물었다. 그리고 술을 마시기 시작한 지 15분쯤 지났을 때, 집주인이 나타났다. 내가 아는 사람이었다. 이 사람을 전에 한 번 본 적이 있었다. 그의 이름은 아르롤리오이고, 그가 그린 바다와 범선, 화물차, 할리퀸 등이 로마에 있는 모든 집 절반의 거실을 채우고 있었다. 내 기억대로 그는 키가 훤칠하고 날씬했으며, 힘줄이 솟은 목덜미를 반쯤 덮은 회색 머리카락이 후광처럼 빛나고 있었다. 그는 피카소를 닮았지만 더 크고 건장했으며, 피카소처럼 환한 미소는 없었다.

"다들 보트에 있어요. 올 때까지 기다려야 할 거예요."

"괜찮아요." 내가 대답했다.

그의 눈동자는 맹금류의 눈처럼 번뜩였고, 길고 울퉁불퉁한 탐구적인 손가락을 가지고 있었다. 햇볕에 그을린 피부에 흰색과 붉은색 꽃무늬 수영복만 입고 있었는데, 무릎에는 어린 시절의 싸움으로 생긴 흉터가 분명해 보이는 오래된 상처의 흔적이 남아 있었다. 나는 이런 사람도 한때는 어린아이였다는 것을 생각하니 놀라웠다. 그는 자리에 앉으면서 손가락으로 수영복을 살짝 꼬집어 올렸는데, 수영복보다는 바지를 입고 앉는 것에 익숙한 사람의 전형적인 행동이었다. 웃으려고만 했으면 얼마든지 웃을 수 있었다.

"로마 날씨는 어땠어요?" 그가 물었다.

"8월다웠죠."

"무슨 말인지 이해해요. 로마는 너무 덥죠. 아리아나가 돌아가고 싶어 하는 이유를 모르겠어요. 너무 예상이 안 되는 사람이에요." 그가 접속법까지 정확히 사용해서 또박또박 말했다.(우리말과 다르게 이탈리아어의 접속법은 동사 변형에 혼란이 있어 이탈리아인들도 사용하지 않는 경우가 많다.) "두 분이 굉장히 친한 것 같던데, 그런가요?"

"네, 그렇죠."

"그냥 친구 사이에요?" 그가 물었다. 내가 그의 눈을 쳐다보자 그는 웃었지만 진짜 웃는 것 같지는 않았다. "아리아나에게 들으니 저널리스트라고요. 〈코리에레 델로 스포르트〉 신문사에 다니는 것 같던데, 직장이 마음에 드세요?" 내가 대답하기도 전에 그가 급하게 덧붙였다. "언론사에서 일하는 친구들이 많은데, 뭔가 도움이 될 수도 있겠구나 싶어서 말한 거예요."

"무척 마음에 들어요."

"그렇게 생각하는 편이 나아요." 그가 두 손을 펼쳐 보이며 말한 다음 주위를 한 번 둘러봤다. "그렇게 생각하는 편이 낫죠." 그러고는 한 번 더 똑같이 말했다. "한잔할래요?"

내가 괜찮다고 거절하자 그가 웃으며 자신은 남은 작업이 있어서 가 봐야 하니, 내게는 내 집처럼 편하게 있으라고 했다. 그리고 수영을 하고 싶으면 자코모에게 수영복을 달라고 하면 된다고 했다. 또한 그는 다른 사람들이 너무 늦게 오지 않기를 바란다고도 했다. 어쨌든 그는 정말 자리를 떠야 했던 모양이다. 그는 다시 한번 실례를 구한 뒤 개들에게 휘파람을 불며 멀어져 갔다. 그리고 얼마 지나지 않아 탑 쪽에서 바흐 합창곡이 흘러나왔다.

4시가 되자 바다에서 무엇인가 일렁거리며 다가오기 시작했다. 보트였다. 그것도 거대한 캐빈 크루저(cabin cruiser, 침실과 요리 시설 따위를 갖추고 동력 기관을 장착한 배)였다. 배는 절벽 아래 선창에 정박했고, 모두 똑같은 흰색과 붉은색 꽃무늬 수영복을 입은 몇몇 사람들이 배에서 내렸다. 그들 중에는 머리를 풀어 어깨 위로 늘어뜨린 아리아나도 있었다. 그녀의 조화롭고 가슴 두근거리게 만드는 소녀같이 작은 몸이 구릿빛으로 반짝였다. 무척 행복해 보였다. 그들이 바위를 깎아 만든 계단을 오를 때 그녀의 목소리가 들렸다. 그녀는 자신이 얼마나 피곤했는지에 대해 말하고 있었고, 목에 조개 목걸이를 건 금발 청년이 그녀의 어깨에 팔을 둘렀다. 그들은 해안의 초목 속으로 잠시 사라졌다가 다시 나타났고, 두 사람의 목소리가 아주 가깝게 들렸다. 그리고 어느새 테라스에 도착했다. 아리아나가 깜짝 놀란 눈으로 나를 바라봤다.

"맙소사! 끝내준다! 끝내줘!" 그녀가 연극 대사를 읽듯이 소리치고 눈물을 글썽이며 내 빰에 입을 맞췄다. "그라지아노는 잘 지내?"

"잘 지내."

"진짜 못돼먹은 사람이라니까." 그녀가 말했다. "엽서 한 장도 안 보내더라. 그런데 자기 뭘 입고 온 거야?" 그녀가 계속 내 카키색 바지를 바라보며 말을 이었다. "자기 청바지는 없었던가? 이리 와, 사람들한테 소개해 줄게. 마우로는 만났어? 마우로 아르롤리오 말이야." 그녀의 입에서 그의 이름이 자연스럽게 나왔다. 그 후 나는 여러 사람과 악수를 했다. 그들 모두 여유롭고 햇볕에 그을려 있었다. 바로 그때 아르롤리오가 탑 꼭대기에 나타나 사람들에게 축복을 내리는 듯한 과장된 동작을 취하며, "인트로이보 아드 알타레 데이(Introibo ad altare Dei, 라틴어로 '하느님의 제단으로 간다'는 뜻)."라고 말했다. 맙소사. 다들 웃었지만 아리아나는 잠시 심각한 표정을 지었고, 내 손을 잡고 나서야 웃었다. "두 사람은 이미 인사한 거 같네, 그렇지?" 아리아나가 자만하는 듯한 표정으로 말했고, 저 높은 곳에서 아르롤리오가 진지한 얼굴로 고개를 끄덕이며 내게도 축복을 전했다.

"짐을 싸야 해." 아리아나가 말했다. "내 방에 같이 갈래?" 우리는 협죽도 사이로 나 있는 콘크리트 길로 들어갔다가 또 다른, 아주 짧은 샛길로 접어들어 본채와는 완전히 구분된 방에 도착했다. 바다가 훤히 내다보이는 커다란 창문에서 쏟아져 들어오는 햇빛이 방 안을 가득 채우고 있었다. 가구라고는 탁자 하나와 고풍스러운 트루모(trumeau, 벽걸이 장식 거울), 수영복과 같은 재질에 흰색과 붉은색 꽃무늬까지 똑같은 시트가 덮인 침대가 전부였다. 나는 아무 말 없이 가방을 채우는 아리아나의 모습을 바라봤다. 그녀는 그곳에 내가 없는 것처럼 행동했고, 그녀가 수영복을 벗었을 때 나는 굴욕감마저 느꼈다. 그녀는 팬티도 입지 않고 아주 낡은 청바지에 속이 다 비치는 레이스 블라우스를 입었다. 그리고 빨간색 고무 샌들을 신었다. "준비됐어." 그녀가 말했다.

우리는 테라스로 돌아갔다. 사람들은 모두 하얀 의자에 널브러져 있었고, 우리를 보더니 항의하듯 일제히 일어났다.

"엄청 지루했나 보네!" 한 아가씨가 말했다. "일요일에 우리랑 같이 가면 안 돼?"

절벽이 내려다보이는 난간에 기대어 있던 아르롤리오도 미소 띤 얼굴로 우리 둘 다 일요일까지 머무는 것이 좋겠다고 말했다. 아리아나가 그를 잠시 노려보다가 다른 사람들에게 작별 인사를 하기 시작했고, 사람들과 로마에서 만날 약속을 잡느라 시간이 좀 걸렸다. 그녀가 마지막으로 인사를 건넨 사람은 아르롤리오였다. 그는 여전히 미소를 짓고 있었고, 그 미소가 아리아나를 짜증 나게 했다.

"안녕." 그녀가 그에게 말했다. 그때 하인이 그녀의 가방을 들고 왔고, 그녀는 곧바로 등을 돌렸다. "이제 돛을 올려 볼까?" 아리아나가 발걸음을 떼며 내게 말했다. 우리가 테라스 끝에 다다랐을 때 아르롤리오의 목소리가 또 한 번 들렸다.

"아리아나!" 그가 외쳤다. "뭐 잊은 거 없어?"

"뭘 잊은 것 같은데?"

"잘 알 텐데." 아르롤리오가 손을 내밀며 말했다.

아리아나는 그 큰 눈으로 그를 잠시 응시하다가 청바지 주머니를 뒤지기 시작했다. 아주 꽉 끼는 바지를 입은 터라 카드 뭉치를 꺼내는 데 애를 먹어야 했다. 그녀가 카드를 하인에게 건넸고, 하인은 그것을 받아 아르롤리오에게 가져갔다. 카드 뭉치를 받은 아르롤리오는 손으로 무게를 재보는 듯하다가, 여전히 미소 띤 얼굴로 자신의 어깨 너머 뒤쪽으로, 절벽 저 아래로 던져 버렸다. 그러자 아리아나도 미소를 지었다.

우리는 말없이 하인을 따라갔다. 고물 알파 로메오가 있는 곳까지 왔을 때 내가 앞장서 트렁크를 열었고, 하인은 가방을 실어 준 뒤 손에 먼지를 털었다.

"안녕히 가세요, 아가씨. 로마에서 다시 뵐 수 있으면 좋겠네요." 그가 말하자 아리아나는 고개를 끄덕이고 차에 탔다. 출발해서 100킬로미터를 달리는 동안 우리 둘 다 한마디도 하지 않았다. 두 사람이 함께 있을 때가 혼자 있을 때보다 조용한 법이다. 그녀는 입을 굳게 다문 채 창밖에 석양 속으로 꺼져가는 바위산들을 바라보고 있었다. 바다는 진줏빛을 띠고 있었다. 점점 짧아지는 하루가 너무 슬프게 느껴졌다. 돌이킬 수 없는 무엇인가를 돌이키고 싶은 마음이랄까. 나는 씁쓸한 마음을 안은 채 혹독했던 여름이 가라앉을 9월을 생각했다.

"왜 내게 데리러 오라고 한 거야?" 내가 물었다.

그녀는 선뜻 대답하지 못하다가 입을 열었다. "자기가 생각하는 게 맞아, 미안해."

나는 그녀가 왜 내게 그렇게 했는지 아주 잘 알고 있었다. 그날 저녁 산텔리아 저택의 대문 앞에서 내게 아르롤리오를 보여 준 것처럼 그에게도 나를 보여주고 싶었던 것이다. 아르롤리오에게 다행인 점은 그는 이런 사실을 모른다는 것이었다. 그렇다. 그는 언제나 유리한 위치에서 모든 이점을 얻고 있었다. 하지만 나는, 내게는 아무것도 없었다. 어느새 도로 옆으로 깔린 철도를 따라 달리기 시작했고, 점점 어두워지고 있었다. 어둠 속에서 침묵을 지키는 것은 더 이상 어려운 일도 아니었다. 나무가 늘어선 직선도로는 그림자로 가득했고 창문으로 시원한 바람이 들어왔다. 저 멀리 불빛이 보이기 시작했고, 카스텔리(Castelli, 이탈리아 아브루초주 테라모도에 위치한 주민 자치 공동체)의 첫 번째 마을에 도착한 우리는 트라토리아에 들러 간단히 식사를 했다. 그러고는 곧바로 다시 출발해서 한 시간 후에 로마 외곽으로 들어섰다.

"집까지 데려다줄까?" 내가 물었지만 그녀는 에바가 있는 집에 발을 들이는 일은 결코 없을 것이라고 했다. "그럼 어디로 가?"

"모르겠어. 자기 집에 가 있으려고 했거든, 며칠 동안."

"안 돼." 내가 대답했다.

“자기 다 알고 있었구나, 그렇지?” 그녀가 애써 미소 지으며 말했다. 도시는 다시 활기를 되찾고 있었다. 하루가 갈수록 점점 더 많은 사람들이 돌아오고 있었고, 어떻게든 모든 것은 이전의 모습을 되찾게 될 것이다. 이 도시에서는 그 어떤 것도 바뀌지 않는다. 그것이 로마라는 도시가 존재하는 방법이었다. 나는 그녀에게 호텔에 데려다주겠다고 했다. “알았어.” 그녀가 핸드백에서 무엇인가를 찾으며 말했고, 차 안은 라일락 향기로 가득 찼다. “미안해.” 그녀가 말했다. “정말 미안해.”

9

나는 아침부터 저녁까지 취해 있었다. 솔직히 말해서 그런 점에서는 예전에 좋았던 시절 같았다. 하루하루가 알아서 흘러가고 여름이 가을이 되고 가을은 겨울이 되고 있었다. 산투피지오(Sant'uffizio, 로마교황청 심의회 9곳 중 가장 오래된 신앙교리성이 있는 건물)에서 기도를 할 때만 유일하게 제정신이었고, 매일 아침의 구토는 알코올의 지독한 작용 중 가장 불쾌한 것이었다. 하지만 그 외의 것들에 대해서는 불평할 수가 없었다. 손이 떨려 타자기를 치는 데 어려움이 있었지만 신문사에도 계속 출근했다. 손가락이 자판 사이에 끼는 일이 많아지면서 손톱은 항상 부러지기 일쑤였다. 근무 시간 중 타자기 앞에서 가만히 앉아 있는 시간이 대부분이었고, 그사이에도 레코드는 부질없이 돌아갔다. 내 몫의 일까지 떠맡는 데 지친 여직원들이 결국 인사 책임자인 부서장에게 하소연을 했다. 마스티프 부서장은 처음에는 이해한다는 뉘앙스로 말하더니 얼마 후에는 다른 업무를 주는 것이 아니라, 11월 말에 회사를 떠나야 한다고 통보해 버렸다. 하지만 세상은 항상 공정해서, 내가 퇴출당하기 보름 전에 그가 먼저 무너져야 했다. 그렇다고 그가 죽었다는 것은 아니고, 내가 어디선가 들은 바로는 신문사 부서 몇 곳에서 개혁 같은 것을 하는데 부서장이 해고되고 그 자리에 로사리오가 올라간다고 했다. 결국 나는 쫓겨날 걱정 없이 안전한 상황이 된 것이었다.

저녁이면 나는 산드로 씨 술집에 갔고, 취기가 얼큰하게 오르면 밖으로 나가 경찰들과 싸웠다. 제복을 입은 사람들은 항상 나를 짜증 나게 했고, 술을 마시면 꼭 가서 시비를 걸어야겠다는 기분이 들었다. 누구든 제복만 입고 있으면, 심지어 전차 운전사까지 붙잡고 늘어졌지만, 경찰 다음으로 내가 시비 걸기 좋아한 사람들은 호텔 경비원이었다. 집으로 돌아올 때면 나는 녹초가 되었다. 아침에 일어설 수만 있으면 대본을 들고 영화 제작사를 돌아다녔다. 그라지아노만을 위한 것이 아니라 나 자신을 위한 일이었다. 나는 아직 어지러울 정도의 장례 비용을 갚고 있었다. 하지만 영화 제작 외에는 아무 계획도 없었다. 비서보다 높은 직책에 있는 사람과 이야기를 할 기회는 거의 없었는데, 비서들과는 몇 번 잠자리까지 가졌던 것 같다. 그러던 어느 날 한 제작자의 사무실에 들어갈 기회를 얻었다.

이 제작자는 북부 출신에 젊고 활력이 넘쳤지만 돈이 없었다. 그는 대본을 읽고 무척 마음에 들어 했다. 그의 사무실에는 청바지에 스웨터를 입은 남자가 한 명 더 있었는데, 영화감독이었다. 나도 그의 영화 몇 편을 봤다. 제목에서 느껴지는 것만큼 재미없지는 않은 서부영화들이었다. 우리는 서로 호감을 갖고 대화를 나눴다. 그 감독은 스토리의 본질을 살리려면 기본에서 벗어나는 몇 부분은 수정해야겠지만 기획 자체는 마음에 든다고 했다.

하지만 제작자는 금전 사정에 따라 많은 것이 달라질 수 있다고 조심스럽게 말했다. 내가 별문제 없을 거라고 말하자 두 사람은 안도하는 것 같았고, 다시 호의적인 말투로 돌아왔다. 심지어 그들은 배우로서 영화계에서 자신의 이름을 알리고 싶어 하는 젊은 팝가수도 데리고 있었다. 사실 그는 배역을 소화하기에는 나이가 좀 어렸다. 하지만 감독이 주인공의 나이를 열 살 정도 낮추자는 아이디어를 냈다.

"주인공을 좋은 집안에서 태어난 젊은 장발족으로 만들어 놓을 생각이에요. 젊은 평화주의자로요. 그런 그가 아버지를 죽였다는 사실은 훨씬 더 상징적이니까요." 감독이 말했다.

"어쩌면 나보나광장에서 플루트를 연주할 수도 있겠네요." 내가 말했다. 감독은 눈을 반쯤 감고 골똘히 생각하더니 좋은 생각 같다고 했다. 탁자에 놓인 위스키를 비우며 우리가 계속 이야기를 나누는 동안 분위기는 점점 더 화기애애해져갔다. 그러다 술을 다 마셨을 때 내가 술병을 그들 쪽으로 밀면서 그것을 어디에, 왜 그곳에 둬야 하는지 말해 보라고 소리쳤고, 그들은 내 태도에 몹시 화를 냈다. 그들은 심지어 나를 치려고까지 했는데, 나는 술병을 휘둘러 그들을 위협해서 유유히 그곳을 빠져나올 수 있었다. 거리로 나왔을 때까지도 술병은 여전히 내 손에 들려 있었다. 나는 가장 가까운 술집에 빈병을 팔러 갔다. 술집에서는 내게 한 푼도 주지 않으려 했고, 나는 유리는 플라스틱이 아니니 증권 시장에서 아직 최소한의 배당금은 있을 거라고 주장하며 한참 동안 말싸움을 했다. 하지만 그 사람들은 그런 수준 높은 금융에 대해서는 아는 바가 없어서 그냥 나와 버렸다. 내가 다시 거리로 나왔을 때 처음 눈에 띈 것은 순찰차에서 내리는 경찰관이었다. 그가 머리를 밖으로 내민 순간 나는 순찰차 문을 향해 몸을 날렸고, 그 후의 일은 기억나지 않는다. 그 경찰관의 치아 두 개가 부러졌다는 것도 나중에서야 알게 되었다.

정신이 들었을 때 나는 철제 침대에 누워 있었고, 듬직하고 참을성 있어 보이는 외모에 하얀 모자를 쓴 여자가 내 바로 몇 센티미터 앞에서 고개를 기울이고 있었다. 그리고 곧바로 팔에 바늘이 꽂히는 느낌이 들었다. 주사기에는 붉은 액체가 채워져 있었다. 침대 양옆에 결박용 끈이 있는 것이 보였다. 나는 그 끈을 사용했는지 물었다.

"첫날 밤에만 사용했어요." 간호사가 말했다.

"제가 여기 온 지 얼마나 됐죠?"

"나흘이요."

"제 옷 주세요." 내가 침대에 걸터앉으며 말했다. 병실은 상당히 넓고 침대도 많았지만 환자는 나와 문 옆의 침대를 사용하는 환자, 단 둘뿐이었다. 나는 당장 의사를 만나 이 지옥 같은 곳에서 나가고 싶었지만, 일어서려고 하자 어지러웠고 무릎에 힘이 들어가지 않았다. 그리고 칠이 벗겨진 벽을 따라 커다란 라디에이터가 몇 개나 있었는데도 불구하고 추워 죽을 것 같았다.

"담요 하나 더 갖다 드릴게요." 간호사가 나를 부축해 침대에 다시 뉘어주며 말했다. "담당 선생님은 정오에 만나실 수 있어요. 병원에 있다고 연락할 곳 있나요?"

나는 아무 대답 없이 담요를 어깨까지 덮었다. 그렇게 다시 잠이 들어 다음 날까지 푹 자고 일어나니 몸이 한결 좋아졌고 술이 마시고 싶었다. 전날과 다른 간호사가 와서 술 생각은 잊는 게 좋지만, 정 마시고 싶으면 담당 의사에게 물어보라고 했다. 역시 의사는 항상 중요한 존재였다. 나는 의사를 당장 만나서 퇴원하고 싶다고 말했다. 정오가 되자 병실의 거의 모든 침대가 다 찼고, 간호사가 유리 캐비닛과 책상이 놓인 사무실로 나를 안내했다. 책상 뒤에는 무뚝뚝한 분위기의 노인이 앉아 있었다. 그가 자기 맞은편에 나를 앉게 한 후, 처음으로 한 말은 내가 죽고 싶은지 묻는 것이었다.

"아니요." 내가 대답했다.

"그럼 이것 좀 보세요." 그가 종이 한 장을 내밀며 내게 말했다. 나는 종이를 받지 않았다. 그러자 나를 한 번 흘깃 쳐다보더니 다시 책상 위에 올려놓았다. "'일몰 증후군'이라고 알아요?" 그가 물었다. 나는 고개를 저었고, 그가 종이에 적힌 내용을 읽기 시작했다. 나는 그에게서 의식의 단절과 원시적 성격 분열, 불안 발작, 의식장애, 정신 착란, 단순 망상, 작화증에 대해 들었다. 나는 그중 작화증에 대한 내용이 무척 흥미로웠다. "쥐를 본 적이 있나요?" 그가 물었다. 이 질문이 나를 무섭게 했다. 어떻게 쥐가 보일 수 있지? 왜 내게 이런 질문을 하는 걸까? 절대 나는 그 정도까지는 아니었다. 나는 아무 대답도 하지 않았지만 그는 내 걱정을 눈치채고 종이를 한쪽 옆으로 밀었다. "빈병을 술집 거울에 던지고 경찰을 공격한 건 기억하나요? 당신을 신고한 사람이 있어요." 내가 기억하는 것은 차에서 내리는 경찰관의 모습뿐이었다. 의사가 계속 나를 바라보다가 어떤 결론을 내린 듯 연필을 책상에 떨궜다. "앞으로 알코올은 단 한 방울도 건드리면 안 됩니다. 간이 버텨내지 못할 거예요. 조심해야 해요. 술을 마실 수 있는 사람이 있고 그럴 수 없는 사람이 있어요. 당신은 마실 수 없는 쪽이에요. 계속 살고 싶으면 그걸 잊으면 안 됩니다. 살기 싫으면 마음대로 하세요."

"이제 안 마실 거예요." 내가 대답했다.

"당신 자신에게 달렸어요."

"이제 안 마실 거예요." 나는 다시 한번 말했다. "이제 가도 되나요?"

"가고 싶으면 가세요." 그가 대답했다. 나는 그에게 감사 인사를 하고 문 쪽으로 향했다. 내가 문을 열려고 할 때 그가 다시 나를 불러 세웠다. "가짜라 씨." 그의 목소리는 방금 전과 달리 친절하게 들렸다. "힘들 겁니다." 내가 몸을 돌려 그를 바라보자 그가 말했다.

"알아요. 전에 한 번 시도한 적이 있거든요." 갑자기 울고 싶었다.

"도움이 필요하면 다시 찾아오세요." 그가 말했다.

문을 닫고 복도를 걷기 시작했다. 한 간호사가 붉은 주사기를 실은 카트를 밀고 있었다. 술병 카트처럼 땡그랑거리는 소리가 났다. 간호사를 멈춰 세우고 내 옷을 찾을 수 있는지 물었다. 그리고 병실로 돌아가 침대에 앉아 기다렸다. 간호사가 내 옷을 가지고 왔을 때 나는 그녀에게 오늘이 며칠인지 물었다. 열흘 후면 성탄절이었다.

술을 완전히 끊으면 세상이 온통 자신을 공격할 기회만 엿보고 있는 듯한 느낌을 받는다는데, 내 경우에는 그냥 느낌만 그런 것이 아니었다. 다음 날 아침, 집에서 이제까지 한 번도 들어보지 못한 숨 막히게 하는 단조로운 고동 소리에 잠이 깼다. 발코니에서 본 계곡은 이제 다 말라 있었다. 12월의 차가운 태양 아래 굴착기 한 대가 초원에 상처 같은 검은 흔적을 남기며 나무를 뿌리째 뽑고 있었다. 무엇인가를 지으려고 하고 있었고, 언제나 그렇듯 모든 것을 파괴하는 것부터 시작했다. 이런 소란은 며칠씩이나 계속되었고, 이따금 굴착기의 울림이 나무가 쓰러질 때 나는 우지끈하는 소리와 겹쳐서 들리기도 했다. 이때부터 내가 집에 있는 시간 동안 하는 일이라고는 잠자는 것밖에 없었다.

나는 서 있는 것도 간신히 할 수 있었다. 알코올이 혈관에서 빠져나가면서 공허함을 남겼고, 나는 그것을 어떻게 채워야 할지 몰랐다. 병원에서 나올 때 파란 알약과 함께 받은 종이에 적힌 대로 엄청난 양의 고기와 신선한 채소는 어떻게든 먹었지만, 억지로 차와 오렌지주스를 마시는 건 아무리 적은 양이라도 정말 고역이었다. 어느 저녁, 여럿이서 함께 식사를 하면 더 잘 먹을 수 있을 것 같다는 생각에 렌조 부부에게 전화를 걸었다. 비올라 부인이 전화를 받았지만 수화기 너머로 내가 아는 다른 사람들의 목소리가 들려서 다음 날 저녁으로 약속을 잡았다. 렌조의 집 거실에 들어갔더니 하얀 벨벳 소파 뒤에 리나센테 백화점(La Rinascente)의 것에 비교해도 그리 작지 않은 크리스마스트리가 있었다.

"이 도시는 미쳤어요." 비올라 부인이 말했다. "요즘 시내에 가 봤어요?"

시내 외출은 조심스럽게 피하고 있었다. 내가 참을 수 없는 것이 하나 있다면, 거리의 장식과 상점 앞에 서 있는 흰 수염을 단 산타들이었다. 크리스마스트리도 온통 플라스틱으로 바뀐 후부터 눈 뜨고 봐 주기 힘들었지만 그런 말은 입 밖에 내지 않았다. 렌조 부부가 장식해 놓은 트리의 나무만큼은 냄새는 물론 모든 것이 진짜였기 때문이기도 했지만, 나는 나대로 괜찮았기에 굳이 오해가 될 만한 말을 하고 싶지 않았다. 나는 가만히 앉아 하인이 식사 준비를 하면서 왔다 갔다 하는 모습을 바라봤고, 렌조가 방송국에서 돌아오기를 기다리는 그 순간에는 화목한 분위기가 감돌았다. 그리고 복도에 알록달록한 선물 상자들이 쌓여 있는 것도 봤는데, 그것은 오랜 시간 동안 잊고 지낸 밀라노의 크리스마스를 떠올리게 했다. 차갑고 습한 공기와 안개, 감귤 냄새, 그리고 신선한 치즈와 줄줄이 이어진 소시지, 뜨끈하고 맛있는 프랑크푸르트 소시지를 산처럼 쌓아 화려하게 장식한 상점들이 즐비한 그곳 말이다. 크리스마스가 되면 아버지는 온갖 음식들을 바구니째 주문했고, 크리스마스이브 오후 내내 어린 배달부들이 왔다 갔다 하면서 현관 초인종을 누르고 들어와 주방 식탁에 놀라운 음식들을 쌓아 놓았다. 그러는 동안 누이들은 소리를 지르며 모든 음식을 조금씩 맛보기 시작했고, 어머니는 접시에 올릴 모양새를 망쳤다며 화를 냈다. 맙소사, 우리도 한때는 그렇게 행복했다니. 나는 갑자기 밀라노에 가고 싶다는 충동에 사로잡혔다.

“예전에는 크리스마스가 아주 친밀했는데.” 비올라 부인이 말했다. “지금은 선물의 수준이 도를 넘어 미친 지경이죠. 렌조가 크리스마스 선물에 얼마를 썼는지 알아요?”

“이건 네 거.” 아버지는 선물을 나눠 주면서 꼭 이렇게 말했다. “그리고 이건 네 거, 이 건 네 거.” 아버지는 단 한 번도 우리 이름을 부르며 선물을 준 적이 없는데, 신만이 그 이유를 알 것이다.

“아리아나 소식 들었어요?”

“제가 알아야 하나요?” 내가 대답했다. “어디서 라일락을 키우고 있을지도 모르죠.” 칼 한 자루가 내 안에 들어와 뱃속을 휘젓는 듯했다.

“정신 나간 짓이죠.” 비올라 부인이 말했다. 산텔리아 저택 앞에 가 본 적 없는 그녀로서는 내가 무슨 말을 하는지 몰랐다. “그 사람 있잖아요, 아르롤리오라는 사람. 그 사람이 아리아나와 에바를 못 만나게 하고 있어요. 그건 우리도 만나지 말라는 뜻이죠. 에바가 마음이 많이 상했어요. 상태가 많이 안 좋아요.” 그녀가 나를 바라봤다. “아리아나가 아르롤리오랑 같이 있는 건 알고 있었죠?” 그녀가 주저하는 목소리로 물었다. 내가 몰랐다고 하자 그녀는 아차 싶었는지 입술을 깨물었고, 내가 다시 그래도 예상은 하고 있었다고 말하자 표정이 풀리면서 잠시 생각에 잠겼다.

"두 사람은 왜 그렇게 끝난 거예요?" 그녀가 물었지만 나는 대답하지 않았다. 다른 누군가가 참견하지 않아도 나는 이미 그녀에 대해 생각하지 않고 지내는 것에 충분히 어려움을 겪고 있었다. 하지만 비올라 부인은 아랑곳하지 않았다. "에바 잘못도 상당히 커요. 거의 에바 때문이기도 하죠. 미친 듯이 질투했으니까요. 리비오 얘기가 아니에요. 내 생각에 그때는 그저 순수한 광기였을 뿐이고, 지금 내가 말하는 건 레오 씨 당신이에요. 에바는 아리아나가 당신을 사랑하는 걸 못 견뎌 했죠."

그 말을 듣고 그녀가 나를 사랑했다는 것을 알게 되었다. 그렇게, 친밀하고 설득력 있는 어조의 뒷소문을 통해 그녀가 나를 사랑했다는 것을 알게 된 것이다. 비올라 부인의 말로는 나로 인해 끔찍한 순간이 많았다고 했다. 에바는 자신의 동생이 어떻게 나 같이 얼빠진 놈을 사랑할 수 있는지 이해하지 못했다. 그래서 둘은 만날 때마다 다툴 수밖에 없었고, 가장 심하게 다툰 것은 내가 방송국에서 조용히 사라졌을 때였다. 여느 때처럼 다 같이 저녁 식사를 하고 있었고, 극도의 불안에 사로잡힌 아리아나가 내게 전화를 하려고 계속 자리에서 일어나자 에바가 폭발하고 만 것이었다. 접시가 깨지고 울음이 터지고, 결국 아리아나는 나와 함께 살겠다고 소리를 지르며 집을 나와 버렸다. 하지만 그녀는 나를 만나지 못했고, 새벽 5시에 렌조 부부의 집으로 갔다. 당시 그녀는 의사를 불러야 할 정도로 심각한 상태였다.

"숨도 제대로 못 쉴 정도였어요." 비올라 부인이 말했다. 나는 아무 말도 하지 않았다. 그다음 날 저녁 아리아나가 다시 나를 찾아왔을 때, 그녀를 소파에 내버려 둔 채 등을 돌리고 있던 때를 떠올리고 있을 뿐이었다.

그때 렌조가 들어와 언제나처럼 내 어깨를 툭 쳤다. "이게 누구야!" 그가 말했다. "우리 트리는 봤어? 어때?"

"보통 레오 씨처럼 교양 넘치는 사람들은 그런 거 관심도 없나 봐." 비올라 부인이 웃으며 말했다. "트리에 눈길 한 번 안 줬다니까."

구역질이 났다. 내가 방송국에서 사라졌던 날 저녁에 비올라 부인이 현관까지 나를 배웅해 주면서 했던 말이 생각났다. 아리아나에게 전화해 보라고, 그녀가 과장이 심한 것을 알지 않냐고. 그녀는 그 모든 일이 벌어진 후에도, 아리아나가 그런 심각한 상태에 있는 모습을 본 후에도 내게 그런 식으로 말했던 것이다. 렌조 부부는 그런 사람들이었다. 모든 것을 가볍게 생각했다. 경박하고 보잘것없는 사람들인데도 끔찍할 정도로 자신만만했다. 말 한마디로 사람을 망가뜨리고 손에 닿는 곳에 있는 가장 가까운 의자로 향하는 사람들이었다. 여기는 더 이상 내가 올 곳이 아니었다. 나는 저녁 식사 내내 억지로 대화를 하느라 몹시 애써야 했고, 식사를 마치고 렌조와 체스를 두면서 또 한 번 곤욕을 치러야 했다. 밀라노 생각이 났다. 내 고향인 그 우울한 도시에서 살 때처럼 진지하고 조금은 지루한 삶에 대한 그리움 같은 감정이 일었다. 나는 그 숱한 농담과 피 한 방울 손에 묻히지 않고도 냉정하게 사람을 죽이는 사교 모임, 그리고 걸치고 있는 옷으로 사람을 취급하는 데 지쳤다.

그 집에서 나왔을 때 손을 베는 듯한 차가운 바람이 도시를 휘감았고, 도시 위에는 가슴이 미어질 정도로 멋진 하늘이 펼쳐져 있었다. 코트 깃을 세우고 고물 알파 로메오에 탔다. 차 안에서 바람을 피하며 내가 가진 돈을 세어 봤다. 충분했다. 새벽 1시에 출발하는 기차가 있었고, 간신히 역에 도착할 수 있었다. 야간 기차인데도 승객이 많아서 숨을 쉬기가 힘들었다. 나는 복도로 나와 간이 의자에 앉아 창문에 이마를 기댔다. 편하지는 않았지만 어둠에 잠긴 객실에서 흘러나오는 웅성거리는 소리를 듣고 있자니 어느새 잠이 들었다. 내가 마지막으로 들은 것은 어느 작은 역의 고요 속 소녀의 웃음소리였다. 그 후로는 아무 소리도 들리지 않았다. 그리고 이마에 닿은 창문의 차가움도 느껴지지 않았다. 두 번 잠에서 깼는데, 한 번은 한밤중에 아펜니노산맥을 지날 때였다. 산봉우리들은 하얀 눈으로 덮여 있었고, 담배를 피우며 그 설경을 바라봤다. 두 번째는 거의 새벽이 밝을 무렵 평원 한가운데를 달릴 때였다. 그리고 두 시간 후, 밀라노에 도착했다.

창백한 아침에 기차에서 내렸다. 나는 한계에 와 있었고, 기차 안에서 하룻밤 동안 있으면서 몸에 철도 특유의 냄새가 밴 것이 느껴졌다. 여행 가방도 없이 그 상태로 불쑥 집에 찾아갈 수는 없었다. 일찍 문을 여는 공중목욕탕에 갔다. 거울에 비친 내 얼굴을 보니 그 몰골이 처참했다. 두 눈은 벌겋게 퉁퉁 부어 내 눈이 아닌 것 같았고, 창백한 두 뺨은 노인처럼 움푹 패고 축 처져 있었다. 목욕을 마치고 이발소도 들렀다. 하지만 그다지 나아지지는 않았다. 아침도 먹어봤지만 커피는 맛이 없는 데다 너무 뜨거웠고, 비닐로 포장한 브리오슈는 타이어 공장에서 만든 것 같았다. 바리스타는 설거지만 잘하는 것 같았다. 당장이라도 다시 기차를 타고 로마에 돌아가고 싶은 마음을 최선을 다해 억눌러야 했다.

그 공기의 냄새, 겨울이면 항상 밀라노에서 풍기는 습한 공기와 안개가 피어오르는 덤불의 냄새가 났다. 전날 눈이 왔는지 보도 가장자리에 더럽게 얼어붙은 눈더미가 쌓여 있었고, 건물들은 희미한 아침 햇살을 받으며 작은 소음마저 집어삼키는 하얀 연무 속에서 솟아올라 있었다. 추웠다. 전차에 타기 전까지만 해도 너무 추워서 온몸이 아릴 정도였지만, 막상 전차에 오르니 여전히 훌륭한 모습에 조금은 나아진 기분이 들었다. 나는 반질반질한 나무 의자에 자리를 잡고 앉았다. 주위에서 그동안 잊고 있던 억양으로 대화하는 소리가 들렸고, 사람들은 창백하고 지친 얼굴로 똑같은 일상을 준비하고 있었다.

익숙한 동네의 거리가 보이기 시작했다. 내가 어렸을 때 생긴 가게들이 많아서 그 이름만 봐도 무슨 거리인지 알 수 있었다. 그날 아침 나는 전보다 훨씬 더 많이 변화한 분위기를 확실히 느낄 수 있었다. 그럼에도 불구하고 과거를 다시 떠오르게 하는 몇 가지 가게들이 있었는데, 흰색 튀튀(tutu, 발레를 할 때 입는 치마)를 입은 발레리나가 그려진 초록색 간판의 선술집이나 매춘부들이 수다를 떨고 머리를 빗으러 드나들던 중국 상점과 담배 가게가 그러했다. 그것들은 모두 유리 쇼윈도가 있는 새로운 상점들 틈에 짓

눌려서도 굳건히 자리를 버티고 있었다. 그 이후부터 갑자기 알아볼 수 있는 것이 전혀 없었다. 그 볼품없는 바로크풍 교회는 어디에 있었지? 순간 전차가 경로를 바꿨을 수도 있겠다는 생각이 들어 본능적으로 거리 이름을 확인했다. 거리 이름은 맞았지만 그 교회는 이제 온데간데없었고, 전차에서 내리면서 보니 교회뿐 아니라 우리 집 앞에 있던 언덕도 없었다. 화강암 계단과 긴 비탈길이 있는 나무가 우거진 언덕이었는데, 어릴 때 겨울 추위로 꽁꽁 언 그 비탈길을 내려오다가 미끄러져 팔이 부러진 적도 있었다. 그 언덕은 이제 사라지고 없었고, 평평해진 그곳에는 낮은 지붕이 깔린 시장이 들어서 있었다. 하지만 내가 놀란 것은 시장이 생긴 것이 아니었다. 이 모든 변화가 1년이 채 안 되는 사이에 너무 빠르게 일어났다는 사실이었다. 전차에서 내려 시장을 돌아다니기 시작했다. 온갖 상품들이 넘쳐났다. 특히 과일이 많았고 알 수 없는 숲의 향기를 풍기는 전나무도 한쪽 구석에 잔뜩 쌓여 있었다. 포도 한 송이를 사서 먹기 시작했다. 얼마나 차가웠는지 이가 다 시렸다. 포도를 먹으며 우리 집을 바라봤다. 예전과 똑같은 모습이었는데 여전히 아무 감흥이 없었다. 모든 것을 망쳐버린 것은 길이었다. 예전에는 깨끗한 길이었는데 지금은 형편없게 변해 있었다. 다 먹은 포도 줄기를 버리고 길을 건너 집으로 가려다 멈춰 섰다.

아버지가 대문을 나서고 있었다. 아버지를 부르려다 그냥 조용히 따라가서 아무렇지 않은 듯 팔짱을 끼고 아버지가 놀라는 모습을 봐야겠다고 생각했지만 나는 가만히 있었다. 코트 안의 커다란 몸집도, 힘차면서도 부드러운 걸음걸이도 겉모습은 변하지 않은 것 같았다. 하지만 눈을 보면 아버지가 많이 늙었다는 것을 알 수 있었다. 아버지가 차로 가는 동안 나는 가만히 서 있었다. 아버지는 차 문을 열고 집 쪽으로 몸을 돌렸다. 아버지의 시선이 향한 방향을 따라가니 창문 앞에 서 있는 어머니가 보였다. 아버지는 손을 흔들어 인사를 하면서 감기 걸리니 들어가라는 시늉을 했지만 어머니는 꼼짝하지 않고 서서 미소를 지으며 어서 가라는 손짓을 보냈다. 나는 두 분이 그렇게 행동하는 모습을 처음 봤다. 아마 자식들이 다 떠나고 두 분만 남았을 때부터 시작된 것인지도 모른다. 이해하기 힘들 정도로 물건을 아끼는 아버지는 차에 탄 후에도 엔진이 가열되기를 기다리느라 한참 동안 머물러 있었다. 그 시간 동안 어머니는 계속 창문 앞에 서 있었지만, 창문을 닫고 있어서 어머니의 모습이 잘 보이지 않아 어떤 얼굴을 하고 있는지 알 수 없었다. 드디어 아버지의 차가 재채기 소리를 내며 출발해 교차로 쪽으로 달리기 시작하자 어머니도 창문 너머로 사라졌다.

나는 여전히 움직이지 않고 가만히 서 있었다. 부모님이 그렇게 평온한 것을 본 적이 없었다. 두 분은 내 생각은 하지도 않고 있는데, 내가 가서 귀찮게 할 필요가 있을까? 크리스마스까지 이틀밖에 남지 않았으니 누이들과 매형들, 그리고 조카들과 함께 식사할 준비가 다 되어 있을 것이다. 모두 별 탈 없이 지내는 좋은 사람들이지만 나와 무슨 상관이지? 벌써부터 어머니가 쏟아낼 질문과 말 없는 아버지의 시선, 자신들이 마련한 보금자리에서 쌓아 온 작고 사소한 자존심의 꼭대기에서 누이들이 내뱉을 말들이 들리는 듯했다. 집을 나온 지 너무 오랜 시간이 흘렀는데 하필이면 크리스마스에 찾아가 귀찮게 할 필요가 있을까? 그래도 무엇이든 해야 했다. 적어도 움직이기는 해야 했다. 가만히 서 있기에는 너무 추웠다. 그래서 살루메리아(salumeria, 햄, 소시지 치즈 등을 파는 식료품점)를 찾아 돌아다니다가 괜찮은 곳을 찾아냈다. 가게 안은 그 어느 성당보다 더 풍요롭고 화려했다. 따끈한 프랑크푸르트 소시지를 넣은 샌드위치를 주문했고, 소금에 절인 양배추와 머스터드를 조금 추가했다. 그리고 샌드위치를 먹으며 역 쪽으로 걷기 시작했다. 소시지가 정말 맛있었다. 솔직히 이것만으로도 밀라노에 올 가치가 있었다. 이상하게 슬프지도 않았다. 적어도 너무 많이 슬프지는 않았다. 조금 지친 것은 맞다. 확실히 그랬다. 그리고 어느 순간 나는 전차를 타고 있었다. 운이 좀 좋으면 역 가판대에서 좋은 책을 발견하고 기차도 너무 붐비지 않을 것이다. 운이 좋았다. 책은 재미있었고 기차는 거의 비어 있었다. 기차가 움직이기 시작하고 나서야 슬픔이 밀려왔다. 기차가 다른 방향, 그 어떤 방향으로 향해도 내게는 마찬가지라는 것을 깨달았기 때문이었다.

1월 말, 글라우코와 세레나가 편지 한 통을 보냈다. 편지가 온 것은 2년 만에 처음이었고, 편지를 펼쳐 본 순간 마지막 편지가 될 것을 알았다. 그들이 돌아오고 있었다. 도착 날짜와 비행기 번호를 적어 보낸 것을 보니 내가 데리러 가야 할 것 같다는 생각이 들었다. 집을 정리하면서 이틀을 보냈다. 이제 계곡에는 많은 굴착기들이 땅을 파헤치고 있었고, 그들이 일으킨 엄청난 양의 먼지 때문에 경비원에게 도움을 청해야 했다. 몇 달 동안 집을 완전히 방치해 둔 상태라 방 세 개가 보기 좋은 모양새를 갖출 때까지 해야 할 일이 상당히 많았다.

두 사람이 비행기에서 내리는 것을 보자마자 그들이 달라졌다는 것을 알 수 있었다. 다른 승객들 틈에서 둘을 찾는 데 애를 먹었지만, 글라우코의 권투선수 같은 걸음걸이와 그 옆에 판초를 걸친 날씬한 세레나의 모습이 보였다. 두 사람은 과장되게 팔을 흔들며 내 쪽으로 왔다. 글라우코가 먼저 나를 반겼다. 그는 떠날 때보다 살이 찌고 훨씬 더 쾌활해져 있었다. 챔피언 타이틀을 되찾은 모양이었다. 그가 흥분하며 내 손을 잡았다. 반면 세레나는 내 입술에 입을 맞췄다.

“너무 자세히 쳐다보지 마.” 세레나가 말했다. “끔찍한 비행이었거든.” 하지만 그녀는 아주 예뻤고, 주차해 놓은 고물 알파 로메오를 보고 즐거워하며 웃었다. “그런데 어떻게 이 낡은 걸 아직도 갖고 있었던 거야? 정도 참 많지!”

가방을 싣고 세 명이 앞좌석에 끼어 앉았다. 우리 중 글라우코가 가장 만족스러워했다. 그는 멕시코시티 최고의 갤러리 두 곳에서 전시회를 열었다. 세레나의 경우에는 그녀가 만든 안드레아 세니에(Andrea Chénier, 움베르토 조르다노가 작곡한 3막의 오페라)와 라 트라비아타(La Traviata, 주세페 베르디가 작곡한 3막의 오페라) 공연 무대에 대해 극찬을 하지 않은 비평가가 없었다고 했다. 사람들은 이

둘을 '두 명의 천재적인 이탈리아인'이라고 불렀다. 나는 그들이 얼마나 많은 돈을 벌었는지에 대해서 전혀 몰랐다. 나는 물론이고 그곳의 모든 정부군과 정치인들까지 놀라게 만들 숫자였다. 실제로 글라우코는 반정부 시위대에 속한 학생이 뱉은 침을 맞았지만, 그 일을 겪고 난 후 두 사람은 그들을 무시하는 법을 배울 수 있었다. 그들 대부분은 자기들이 무슨 말을 하는지도 몰랐고, 할 줄 아는 것이라고는 광장에 나가 무의미한 목숨을 내놓는 것뿐이었다.

"뭐, 어쨌든 우린 많은 돈을 벌었고, 하루빨리 돌아오고 싶은 마음뿐이었지. 여긴 어땠어?" 세레나가 내게 물었다.

"항상 똑같지." 내가 대답했다.

"대체 여기서 어떻게 버틴 거야?" 글라우코가 내게 말했다. "우린 그쪽 사태가 진정이 되면 다시 가려고 해. 그렇지?"

두 사람은 내가 얼마나 열심히 집 청소를 했는지 거의 알아차리지 못했고, 그들의 산더미 같은 짐까지 풀어놓으니 깔끔한 집 상태는 금방 끝나버리고 말았다. 세레나가 가방에서 멕시코산 가운을 꺼내 샤워를 하고 난 후 면세점에서 사 온 테킬라 한 병을 마시려고 소파에 앉았다.

"테킬라만 한 게 없어." 세레나가 말했다. "정열적이지! 그래서, 그동안 어떻게 지냈는지 말해 줄 거야, 말 거야?" 그녀가 내게 물으며 테킬라를 내밀었다.

"항상 똑같지. 술은 안 마셔도 돼." 내가 대답했다.

"여기 있고 싶을 때까지 있어도 괜찮아. 몸이 안 좋아 보여."

"저 친구만 원한다면 영원히 있어도 돼." 글라우코가 욕실에서 나와 팬티만 입은 채 말했다. "물론 여기서 계속 살고 싶지는 않겠지만." 그는 계곡에 나무들이 있던 자리에 콘크리트 골조가 들어선 것을 봤지만 그것에 대해서 아무 말도 하지 않았다.

"호텔로 다시 갈 거야. 벌써 말해 놨어. 전에 내가 쓰던 방을 줄 거래. 그런데 둘이 괜찮으면 내일 갈까 하는데." 내가 말했다. 두 사람은 괜찮다고 했고, 마지막 술잔을 비운 후 짐을 풀어 침실 옷장에 옷들을 넣기 시작했다. 그들의 손에 잡히는 모든 것에는 사연이 있었고, 그 모든 이야기를 내게 풀어 놓으려 했다.

"이건 레오 거야." 세레나가 작은 청동 토템을 건네며 말했다. "풍요의 신이야." 눈 대신 붉은 돌 두 개가 박혀 사납게 생긴 납작한 동상이었다.

"이봐, 호색한 씨." 글라우코가 침대에 앉으며 말했다. "자네가 내 침대에서 몇 번이나 했는지는 모르겠지만, 여자들이랑은 여전하지? 여자들이 왜 자네한테 그렇게 약한지 도무지 이해를 못 하겠다니까. 다른 친구들은 어때?"

"그라지아노가 죽었어." 내가 말했다.

"이런, 맙소사. 그게 무슨 말이야? 우리 친구인데 안타깝군."

왜 아니겠는가. 그에게 그라지아노에 대한 내 생각을 한 번에 모두 털어놓으려고 하는 순간 세레나가 붉은 가운을 들고 왔다.

"이 걸레를 여태 가지고 있었어? 왜 안 버리고?" 그녀가 내 입술에 입을 맞추며 말했다. 두 사람을 견디기 힘들었던 나는 호텔 방이 다음 날부터 비워진다고 말한 것을 후회했다. 하지만 책과 옷 문제를 해결해야 해서 어쨌든 하루가 더 필요하기는 했다. 두 사람과 함께 있지 않으려고 근무가 없는 날인데도 신문사에 갔다.

저녁에 돌아오니 두 사람은 텔레비전을 보고 있었다. 그날 바로 텔레비전을 수리한 것이었다. 그들과 담배를 피우며 시간을 보내다가 내 방으로 갔다. 처음으로 방문을 잠갔다. 술을 끊은 후로 불면증에 시달리고 있던 터라 좀처럼 잠이 오지 않았다. 둘이 욕실부터 복도까지 돌아다니는 소리가 들렸고, 몇 분 동안은 킥킥거리는 세레나와 그런 그녀를 바보라고 놀리는 글라우코의 목소리가 들렸다. 그러고는 침실 문을 닫았다. 잠시 후 침대 스프링이 신음하는 소리가 들렸다. 나는 램프를 켜고 책을 읽기 시작했다. 세레나가 화장실에 가면서 킥킥대며 웃는 소리가 들렸는데, 내 방문 밑으로 새 나간 불빛을 본 모양이었다.

다음 날 아침, 글라우코는 일찌감치 임대할 작업실을 알아보러 나갔고, 세레나가 내 침대로 커피를 가져다주러 왔다. 붉은 가운을 걸치고 가슴을 풀어 헤치고 있었다.

"좀 비켜 봐." 내가 커피를 마시고 있는데 그녀가 침대에 앉았다. "이거 왜 갖고 있었어?" 그녀가 가운을 매만지며 물었다.

"필요한 건 줄 알았어."

"이 걸레를?" 그녀가 웃으며 말했다. 그러고는 이불을 쓰다듬었다. "얼굴이 피곤해 보여." 그녀가 말했다.

"잠을 거의 못 잤어." 내가 말했다.

"나도 별로 못 잤어." 그녀가 말했다.

“비행 때문이겠지.” 나는 2년 전 여행 가방 사이에서 그녀를 안았을 때를 생각하며 말했다.

“그렇다고 해 두자.” 그녀가 웃으며 말했다. 나는 그녀에게 책 정리를 끝내야 하니, 방에서 나가 있는 것이 좋겠다고 말했다. 그녀는 당황한 듯 잠시 멍하게 있다가 어깨를 으쓱하며 다시 웃어 보였다. “이상해.” 그녀가 말했다. “레오 당신은 항상 글라우코의 친구 중 가장 이상한 사람이었어.”

그녀가 나간 후 커피잔을 들여다봤다. 커피가 아직 조금 남아 있어서 다 마셔 버렸다. 그리고 다시 침대에 누워 굴착기 소리를 들었다.

10

내가 지내 본 모든 호텔 중 캄포 데이 피오리 뒤에 있는 곳이 가장 괜찮았다. 저녁이면 밖으로 나와 골목길을 걷고, 텅 빈 고요한 광장을 지나는 것도 좋았다. 이곳은 5세기 전 선견지명이 있는 건축가들이 엄격한 교황들의 명령대로 건설한 돌로 만든 이 도시의 오랜 심장이었으며, 건물 사이에 끼어 있는 너무 많은 수의 교회들이 석회화된 모습을 드러내며 하늘이 얼마나 잔혹할 수 있는지를 보여주는 곳이기도 했다. 낮 동안 이 동네는 개미굴 같지만, 저녁 무렵에는 강의 수위보다 아래에 있다고 느껴졌으며, 집들의 벽에서 고대 홍수의 수위를 증명하는 날짜가 적힌 돌비석을 볼 수 있었다. 아주 높은 제방으로 둘러싸여 홍수로부터 보호받고 있기는 하지만 그 때문에 동네는 무척 건조했다. 건물 벽에 커다란 균열이 파고들고, 회벽이 벗겨졌으며 거리를 걷다 보면 창문 너머로 집 안의 스테인드글라스 천장이 조각나 떨어지는 모습도 볼 수 있었다. 아틀리에의 장인들은 항상 무엇인가를 수리하고 있었다.

나는 산드라라는 아가씨를 종종 만났다. 그녀의 나이는 스물두 살이었고 나는 그녀와 나보나광장에서 만나 저녁을 먹으러 가거나 영화를 보러 갔다. 그녀는 아트하우스 영화관을 무척 좋아했지만, 그곳은 항상 내가 이미 본 영화를 상영했다. 결국 나는 그녀에게 나와 아트하우스 영화관 중에 선택하라고 했고, 그녀는 아트하우스 영화관을 택했다. 그 외에 내가 한 일은 매일 신문사에 출근한 것뿐인데, 로사리오와는 더 이상 함께 일하지 않았다. 병가 낸 편집자를 대신해 쓴 기사 한 편이 내게 편집의 문을 열어 주었다. 내가 편집일을 수락하지 않을 이유는 전혀 없었다. 하지만 로사리오는 자기가 항상 꿈꾸던 일을 내가 하고 있는 데다가 돈까지 더 많이 벌어서 심사가 뒤틀린 모양이었다. 내가 힘들 때 많이 도와준 로사리오가 내게 냉정해진 것이 안타까워, 그를 만나러 리셉션 실에 최대한 자주 가려 했으나 오히려 그의 화를 더 돋울 뿐이어서 결국 다 그만두었다.

봄이 되자 테니스에 대한 내용을 다루던 기자가 리비오 스트레사와의 인터뷰를 게재했다. 리비오가 다시 토너먼트에 참가한 것에 대해 기자는 마흔 살의 그가 그렇게 오랜 기간 활동을 안 했는데 다시 성과를 낼 수 있을지 의문을 가졌다. 토너먼트 경기는 로마에서 열렸고, 나는 우리 신문사에서 발표한 기사들로 그의 행적을 살폈다. 놀랍게도 리비오 스트레사는 매번 훌륭한 경기를 펼쳤고, 약간의 행운도 따라주어 이번 토너먼트에서 가장 강력한 우승 후보를 이긴 스무 살짜리 폴란드 선수와의 결승전에 진출했다. 나는 이 소식에 대해 잠시 생각해 보다가 그들을 보러 가기로 했다.

화창한 봄날이었고, 관중석 계단에는 영화배우와 감독, 작가,

저널리스트, 이 도시에서 가장 예쁜 아가씨들, 그리고 잡지 사진에서 자주 보던 여자들이 있었다. 기대가 큰 경기인 만큼 다들 서둘러 좋은 자리를 찾아다녔다. 푯값이 가장 비싼, 중앙 관중석 계단에서 그들 무리를 찾았지만 보이지 않았다. 뜻밖에 그들은 경기장 끝 관중석 저 아래 계단에, 공을 따라 머리를 움직이지 않아도 경기를 볼 수 있고 선수들의 등 뒤 몇 미터 거리에서 응원할 수 있는 곳에 있었다. 그들은 머리에 괴상한 흰 모자를 쓰고 있었고, 렌조 부부와 에바, 러시아인 같은 청년, 유머 작가, 그리고 겨울에 책을 출간했는데 특별한 상은 타지 못한 흰 수염 작가까지 모두 다 있었다. 아리아나만 없었다. 리비오 스트레사가 경기장에 나오자 그들이 일제히 일어나 환호를 질렀지만 그는 너무 긴장한 탓에 그들을 돌아볼 여유가 없었다.

길고 치열한 경기였다. 리비오 스트레사는 냉정하고 영리한 훌륭한 선수였고, 여성들의 사랑을 듬뿍 받는 금발의 폴란드 선수는 무척 열정적으로 경기를 펼쳤다. 딱 봐도 긴장감을 더 잘 극복하는 선수가 이길 수 있는 경기였다. 거의 세 시간 동안 렌조 일행은 흥분과 낙담 사이를 오갔다. 리비오 스트레사가 그들이 있는 코트 쪽에서 경기를 치를 때마다 심하게 환호성을 질러 심판이 수차례 조용히 하라고 주의를 줘야 했다. 하지만 흥분하지 않을 수 없는 경기였고, 다섯 번째 세트 초반 리비오 스트레사의 백핸드가 번번히 네트에 걸리기 시작했을 때는 나도 그를 응원했다. 왜 그랬는지는 나도 모른다. 내가 슬픔을 극복했기 때문일 수도 있고, 그가 그 미묘하고 잔인한 방식으로 테니스 때문에

빚어진 침묵과 외로움의 고통을 겪고 있기 때문일 수도 있고, 그가 극장 로비에서 에바의 술잔을 들고 있는 것을 봤기 때문일 수도 있고, 그리고 지금 저 아래 소리를 지르는 사람들 속에서 방향을 잃은 새가 아니라 피투성이가 된 발톱으로 싸우는 수탉의 모습을 하고 있기 때문일 수도 있다. 어쩌면 우리 둘 다 아리아나를 품에 안았고, 우리 둘 다 그녀를 잃었기 때문일 수도 있다.

마지막 세트는 그렇게 긴장된 침묵 속에서 두 선수가 치명타를 주고받으며 이어졌다. 리비오 스트레사의 드롭샷에 폴란드 선수가 온 힘을 다해 달려들어 네트 바로 아래에서 공을 받았고, 네트를 넘길 정도로만 띄워 넘겼다. 나는 리비오 스트레사가 코트 끝에서 꼼짝도 하지 않고 눈을 감는 것을 지켜봤다. 울음 섞인 탄식이 터져 나왔다. 나는 그것이 에바의 목소리라는 것을 바로 알았다. 잠시 후 관중석에서 긴 침묵에서 해방된 것처럼 박수갈채가 쏟아졌고, 폴란드 선수는 긴장감이 한순간에 무너져 내린 듯 폭포 같은 눈물을 터뜨렸다. 리비오 스트레사가 미소를 지으며 폴란드 선수의 목에 팔을 두르고 축하해 주었다. 그 순간 나는 그를 응원하기를 잘했다는 생각이 들었다. 나는 항상 질 줄 아는 사람을 좋아했다.

나는 인파를 헤치고 출구로 향했다. 출구에 거의 다 왔을 때 누군가가 나를 부르는 소리가 들렸다. 에바였다. 혼자인 것을 보니 무리를 잃은 것 같았다.

“여기서 뭐 해요?” 에바가 망설이다 입을 열었다. “인사도 안 하려고 했어요?” 그때 인파가 몰리면서 우리는 관중석 쪽으로 밀려났고, 그녀는 어쩔 수 없이 내 팔을 잡아야 했다. "맙소사, 무서운 사람들이네!" 에바가 겁먹은 목소리로 말했다. 그녀의 얼굴은 햇볕 때문에 붉게 달아올라 있었고, 그녀가 쓴 선글라스는 주위에 있던 사람들을 비췄다.

"못 봤어요." 내가 말했다. "리비오가 경기에 져서 안타깝네요. 그래도 훌륭한 경기였어요." 하지만 그녀가 하려던 말은 리비오 스트레사에 대한 것이 아니었다. 인파에 겁을 먹은 그녀는 긴장한 상태로 계속 주위를 둘러봤다.

"아리아나에 대해서 아는 것 좀 있어요?" 그녀가 여전히 내 팔을 붙잡은 채 물었다. "그 남자가 내가 아리아나를 만나지 못하게 하는 거 알아요? 아리아나가 나를 미워하는 거는요? 나는 오늘 아리아나를 볼 수 있을 줄 알았어요!" 나도 주위를 둘러봤다. 그들 무리 중 누군가가 보였다. 인파 때문에 흩어져 서로의 이름을 부르며 찾고 있었다. 하지만 그녀는 내 팔을 놓아 주지 않았다. "정말 아리아나에 대해 아무것도 모르는 거예요? 아, 제발요! 아는 게 있으면 말해 줘요!" 에바가 울먹이며 말하는 사이 그녀의 선글라스에 비친 수많은 사람들은 여전히 서로를 밀치며 나아가고 있었다.

"아니요, 정말 아무것도 몰라요. 아는 게 있으면 말했을 거예요." 진심이었다. 아는 게 있으면 그녀에게 말했을 것이다.

에바가 고개를 끄덕이며 천천히 입을 열었다. "맞아요. 당신은 나한테 말했을 거예요. 아리아나에 대해서도, 그리고 지금이 어떤 상황인지도 알고 있으니까요." 그녀가 잠시 주저하다가 내게 손을 내밀었다. "우리 악수할래요?" 내가 그녀의 손을 잡자 그녀가 이어서 말했다. "미안해요. 날 용서해 주면 정말 좋겠어요."

그러자 이유는 모르겠지만, 나도 그녀에게 사과를 했다. 그때 누가 그녀의 이름을 불렀다. 그녀는 나를 향해 다시 한번 고개를 돌렸고, 잠시 후 더 많은 인파가 그녀의 선글라스 위에서 넘쳐흘렀다. 그녀는 그 한가운데에서 길을 잃었다.

아리아나를 다시 보게 될 줄 알았다. 그런 느낌이 들었다. 일주일 후의 어느 오후였다. 그녀는 쇼윈도를 구경하며 프라티나거리를 천천히 걷고 있었고, 나는 신문사에서 나와 걸어서 호텔로 돌아가는 중이었다.

"말도 안 돼!" 그녀가 나를 보더니 환호성을 질렀다.

"아니, 돼." 내가 대꾸했다. "살아남았지."

"자기 절대 용서하지 않을 거야. 진짜 어떻게 된 거야?" 그녀가 내 손목을 잡으며 말했다. "흉터 같은 거 없지? 어디 한번 보자." 그러고는 꼼꼼하게 나를 뜯어봤다. "자기를 보게 돼서 얼마나 행복한지 알아?" 그녀의 목소리에서 이전과 다른 분위기가 느껴졌지만 나는 그 목소리를 잊지 않고 여전히 기억하고 있었다. 천 년이 지나고 또 천 년이 지나도, 그 어떤 세상에 있더라도 나는 결코 그녀의 목소리를 잊지 않고 기억했을 것이다. 우리는 잠시 아무 말 없이 서로를 살폈다. 당연히 너무 아름다웠지만, 스타일이 달라졌고 그녀도 달라졌다. 발목까지 오는 긴 스커트와 가슴 부분에 검은 리본이 달린 실크 블라우스를 입고 목덜미 위로 머리를 묶고 있었다. 커다란 눈이 얼굴을 집어삼킬 듯했다. 도도하지 않고 평온한 모습은, 어떻게 보면 오래전 빛바랜 사진 속의 여성들을 떠오르게 했다.

"흥분제 한잔할까?" 그녀가 물었다.

"나 술 끊었어."

"또? 술 끊는 게 고질적인 습관이 됐네." 그녀가 맞은편 술집으로 향하며 말했다. 셰리 한 잔을 주문하고 바텐더에게 그녀만의 예쁜 미소를 지어 보였다. 나이 지긋한 바텐더의 모습이 그녀에게 산드로 씨를 떠올리게 했다.

"이제 산드로 씨는 떠나고 없어. 은퇴했지." 내가 말했다. 그녀는 산드로 씨가 어디에 있는지 궁금해했고, 나는 가장 먼저 떠오르는 곳인 스트레사(Stresa, 이탈리아 북서부 피에몬테주 베르바노쿠시오오솔라도의 도시)에 있는 오래된 호텔 이름을 댔다.

"그 이름은 말하지 말자, 제발. 자기는 요즘 무슨 일해?"

"똑같은 일 하지. 어떻게 지내? 건축 공부는 잘 돼 가고?"

"난 로마네스크 양식이 좋더라." 아리아나가 순진한 얼굴로 말했다. "왜냐고?" 이때부터 우리는 웃기 시작했고, 술집에서 나와 상점들의 쇼윈도를 구경하러 갔다. "내가 옷 사는 상상하는 걸 얼마나 좋아했는지 기억나?" 그녀가 물었다. 당연히 기억하고 있었다. "이제는 지겨워. 그런데 그 사람은 내가 차려입는 걸 좋아해. 나보고 항상 차려입으라는 거 있지!" 그녀가 못 참겠다는 듯한 얼굴로 말했다.

"그를 사랑해?" 내가 물었다.

그녀가 대답하기를, 여름이 끝날 무렵에 그와 결혼할 것이라고 했다.

"잘됐네."

"잘됐다니, 그게 무슨 말이야! 자기는 안됐다고 해야지."

"안됐네."

그녀가 어깨를 한 번 들썩하고는 나를 내버려 둔 채로 어느 상점으로 들어갔다. 그때 나는 내 인생에서 다른 여자를 사랑하는 일은 결코 없을 것이라는 사실을 깨달았다. 그녀를 따라 상점으로 들어갔다. 그녀는 긴 옷걸이에 걸린 옷들을 신중하게 둘러보고 있었다.

"여기는 건질 게 하나도 없네." 그녀가 점원이 듣든지 말든지 신경 쓰지 않고 말했다. 그러고는 그곳에서 나와 옆 상점으로 갔다. 그렇게 여섯 군데인지 일곱 군데를 돌고서야 엄청난 액수의 가격표가 붙은 빨간색 원피스 하나를 골랐다. 그녀의 핸드백에 손가락 두께 정도의 수표책이 들어 있었고, 여러 상점에서 그녀가 옷을 추천해 달라고 하는 사이 점원들은 나를 빤히 쳐다봤다.

"이러다 오늘 오후에 죽을지도 몰라." 그녀가 웃으며 말했다. "그 사람 질투가 엄청나거든!"

"그럼 난 갈게." 내가 말했다.

"왜?" 그녀가 말했다. "난 이제 죽는 거 안 무서워. 그리고 이렇게 죽는 것도 너무 로맨틱하잖아!" 그녀가 내 어깨를 잡고 뺨을 갖다 대며 이어서 말했다. "자기 냄새, 자기한테서는 항상 좋은 냄새가 나! 자기 차와 약간 비슷해. 아직도 그 차 타?"

"응." 내가 대답하는 동시에 지난해의 조각들이 나를 덮치기 시작했다. 순간 나는 잊고 있던 감정과 내 인생 마지막 여름에 그녀와 함께한 기억의 홍수에 압도되었다. 나는 더 이상 말을 하지 않았고 그녀도 입을 꾹 다물었지만, 우연히 손이 닿았을 때 누가 먼저랄 것도 없이 서로의 손을 꽉 잡은 것을 보면 그녀도 나와 같은 생각을 하고 있었던 것 같다. 내 손 안의 그녀의 손은 아주 작고 아주 차가웠다. 우리 주위에 있는 모든 사람들의 얼굴이 점점 흐려지더니 하얗고 뿌연 얼룩처럼 멀어졌고, 그녀의 얼굴만이 내 눈에 선명하게 들어왔다.

"있잖아." 내가 입을 열었다. "내가 묵는 호텔로 가서 함께 손목을 긋자."

"꼭 호텔에 가야 한다면, 더 재밌는 일을 할 수 있을 거야." 그녀가 말했다. "이제 그 아파트에서 안 살아?"

"응, 거기서 나왔어. 그리고 그 집 이제 예전 같지가 않아."

"그렇겠지. 내가 없었잖아." 그녀가 말했다. 그리고 어느 서점 앞에서 발걸음을 멈췄다. "자기한테 선물 하나 하고 싶어. 그런데 책 말고, 당신 눈동자처럼 회색인 뭔가를 주고 싶어."

"됐어." 내가 말했다.

"제발!" 그녀의 외침에 나는 어깨를 으쓱했고, 그녀가 나를 끌고 이 상점에서 저 상점으로 돌아다니는 중에 회색 실크 셔츠를 발견했다.

"그가 내 옷 사는 돈까지 내줄까?" 내가 물었다.

"아, 그 사람 부자잖아." 그녀는 거슬릴 것 하나 없다는 듯 말했다. "최소한 사람들이 그 사람 그림을 사는 한 말이야."

"특히 그 형편없는 그림들."

"맞아." 그녀가 잠깐 생각한 후에 말을 이었다. "형편없는 그림들이지. 그런데 그 사람도 그런 그림이 더 잘 팔린다는 걸 알아."

"그럼 그가 저것도 사줄 거 같아?" 내가 은색 아라베스크 무늬가 있는 바지를 가리키며 말했다. 나도 평생 처음 보는 정말 괴상한 바지였다. 그녀가 킥킥거리기 시작했다.

"몇 벌이라도 내줄 거 같은데? 자기 혹시 빨간색 아라베스크 무늬에 대해서 어떻게 생각해?"

나는 빨간색 아라베스크 무늬에 대해 아무런 감정이 없었고, 결국 두 바지 다 샀다. 그리고 영국산 구두 한 켤레와 용 등의 온갖 무늬가 새겨진 중국산 넥타이 스물네 개, 그리고 진홍색 슬리퍼도 한 켤레 샀다. 우리는 상점에서 한 짐을 들고나왔다. 가끔 쇼핑백을 하나씩 떨어뜨렸고 그때마다 누군가가 알려줬는데, 나중에는 아리아나가 화가 나서 돌아보며 귀찮게 하지 말라고, 우리는 땅에 떨어진 물건을 줍는 사람들이 아니라고 말했다.

"파란 턱시도." 아리아나가 길 한복판에 멈춰 서서 지붕 위를 올려다보며 말했다. "저 하늘과 똑같은 색으로."

"찾기 어려울 텐데." 내가 말했다.

"그럼 해 질 때까지 기다리자." 그녀가 말했다. "스페인광장에서 분홍색 턱시도를 본 적 있거든. 아니면 이니셜을 새긴 묵직한 순은 담뱃갑은 어때? 자기 차에 쓸 순금 열쇠고리는? 그 상표 적힌 못생긴 것들 알지?"

"금이기만 하면 괜찮지. 다른 건 시동이 안 걸릴 수도 있으니까. 그런데 난 파이프 하나면 돼."

"겨우 하나?" 그녀가 담배 가게에 들어가며 말했다. 결국 우리는 요일별로 하나씩 일곱 개를 골랐다. 그중 황소 머리가 조각된 파이프는 무슨 이유인지 모르겠지만 그녀를 두 배로 웃게 만들었다.

"그 사람 거는?" 내가 물었다. "그를 전혀 생각하지 않는 건 실례인 거 같아. 내가 시가 한 상자 사 주고 싶은데, 어때?"

"두 상자. 쩨쩨하게 굴지 마." 그녀가 대답했다.

"지금 몇 시야?" 그녀가 손목에 찬 작은 금시계를 가리키며 물었다.

"이 시계 짜증 날 정도로 정확해." 그녀가 얼굴을 찡그리며 말했다. "어쨌든 티타임이야."

근처에 아주 고급스러운 찻집이 있었다. 하지만 한가득 되는 쇼핑백들을 다 들고 갈 수 없어서 택시를 불러 내가 묵는 호텔로 짐을 실어 보냈다.

"그리고 닥스훈트 한 마리 없이 제대로 된 차를 마시러 갈 수 없지." 내가 애완동물 상점 쇼윈도 너머의 닥스훈트를 보며 말했다.

"맞아." 그녀가 맞장구를 쳤다. "사람들은 끔찍한 괴물이라도 본 듯이 불쾌해 하겠지." 그녀가 단호한 얼굴로 상점 안으로 들어갔다. "저 꼬마 녀석 주세요." 그 작고 기다란 녀석은 엄청나게 비쌌고, 신성로마제국의 백작보다 더 복잡한 가계도를 가지고 있었다. 꼬마 녀석은 이제 더 이상 슬퍼 보이지 않았고, 교통 체증으로 도로에 줄지어 서 있는 차들이 조금 무서웠는지 우리 뒤를 졸졸 따라왔다.

찻집은 보석으로 치장한 노부인들로 가득했다. 우리는 오렌지 차 두 잔과 그 찻집에 있는 모든 종류의 브리오슈와 비스킷을 주문했다. 마들렌도 있었다.

"차에 적셔 먹자. 《스완네 집 쪽으로》는 다 읽었어?" 내가 물었다.

"겨우내 그 책만 읽었어." 그녀가 닥스훈트에게 마들렌을 하나 주며 말했다. "가끔 그 사람한테 마음에 드는 내용을 큰 소리로 읽어 주려 했는데 너무 지루해 하더라고!"

"이거 너무 맛있네. 예전에 먹었던 그 맛 같아." 내가 마들렌 하나를 더 집으며 말했다.

"그렇지? 이런 마들렌은 이제 여기밖에 없어. 아직은 올 만한 찻집이야." 그녀가 말했다.

"이런 곳도 하루가 멀다 하고 점점 희귀해지고 있으니."

"내 사랑, 세상이 우리를 옥죄고 있어요! 우린 어떻게 될까요?" 그녀가 연극 대사를 흉내 내며 장난을 시작했다.

나는 모든 것이 분명하게 보인다고 말했다. "우린 찻집에서 몰래 만나다가, 아주 돈 많은 노부인을 만나 그녀를 죽이고 보석을 훔친 후, 둘이 함께 비엔나로 도망칠 거요."

하지만 아리아나는 웃지 않고 오히려 얼굴을 찡그렸다. "이제 나이 든 사람들도 예전 같지 않아. 어울리지도 않는 히피 옷을 입고 다니는 걸 자기도 봤어야 하는데." 그녀가 찻잔을 밀치며 말했다. "이 마들렌들 형편없네." 그녀가 마들렌 접시를 닥스훈트 앞에 내려놓았다. "이 케케묵은 곳에서 수표를 받을까?"

나는 웨이터를 불러 형편없는 마들렌부터 이 케케묵은 곳에서 수표를 받을지에 대한 의문까지 그녀가 한 모든 말을 그대로 반복했다. 그는 내 말이 날아오는 돌이라도 되는 듯 꼼짝도 하지 않고 들으면서 살짝 입을 비죽거렸고, 수표는 받지 않는다면서 매니저를 불렀다. 우리는 하는 수없이 짧은 만남을 뒤로하고 닥스훈트를 넘겨주고 얼빠진 듯한 부인들의 시선을 받으며 찻집에서 나왔다.

"아!" 호텔로 가는 택시 뒷좌석에 쓰러지듯 앉으며 아리아나가 말했다. "그 사람이 별장 계단에서 미끄러져 다리가 부러진 후로 이렇게 즐거운 적이 없었어." 그녀가 말하는 사이 나는 세상에는 신이 존재한다는 생각을 하고 있었다. "이런 오후 시간이 너무 따분해지기 시작하더라고! 그 사람은 웃으려 하지도 않고, 울지도 않으려 하고, 내가 그 사람한테 어떻게 해야 할지 도통 모르겠어! 참 운도 없지. 난 이제 지쳤어!" 내가 낙담한 그녀의 허리에 팔을 두르자 내 가슴에 파고들었다. "맙소사, 내가 당신을 얼마나 사랑했는지." 그녀가 쉰 목소리로 말했다. "당신을 정말 사랑했어." 그녀가 내 재킷의 옷깃에 가벼운 입맞춤을 계속하며 다시 말했다.

"항상 부정했지."

"내가 너무 바보였어! 난 모든 게 두려웠어. 사랑한다는 말조

차도 두려웠어." 그녀가 내 재킷에 계속 키스를 하며 말했다. "그런데 자기 호텔이 어디야?"

"괜찮을지 모르겠네. 방이 굉장히 소박하거든."

"아, 나 소박한 호텔 좋아해. 하지만 그 사람은 화려한 호텔을 좋아하지. 자기 호텔에 창녀들도 있어?"

"토요일과 일요일에는." 내가 대답하자 그녀는 내가 토요일과 일요일에 뭘 하는지 궁금해했다. 내가 주말에 무엇을 하는지 모르는 것을 견딜 수 없다면서 내 입술에 이슬비 같은 가벼운 입맞춤을 했다.

"아까 마신 차에 취했구나. 차에 취한 여자는 끔찍하군." 내가 말했다.

"그래, 맞아, 자기가 그렇다면 그런 거야. 맙소사!" 갑자기 그녀가 소리를 질렀다. "나 신분증이 없어. 호텔에서 자기 방에 들어가게 해 줄까?"

다행히 호텔 로비는 비어 있었고, 우리는 꼭대기 층까지 계단으로 올라갔다. 내 방에 들어서자 가장 먼저 눈에 들어온 것은 침대 위에 산더미처럼 쌓인 쇼핑백들이었다. 나는 창문부터 열었다. 창밖으로 주택가 건물들의 지붕과 강변을 따라 늘어선 나무들, 교회 첨탑들이 보였다. 저 멀리 꺼져가는 하늘에 먹구름이 모여들고 있었다. 그녀가 팔로 내 가슴을 감싸고 등에 머리를 기대는 것을 느낄 수 있었다.

"자기 살 빠졌구나." 그녀가 말했다. "그걸 이제야 알았네."

"레코드판 없어?" 아리아나가 거울 앞에서 머리를 풀며 말했다. 나는 지난해에 나온 곡들을 모아 놓은 판을 찾아 계곡이 내려다 보이는 아파트에서 가져온 휴대용 레코드플레이어에 넣었다. 그녀는 쇼핑백들을 바닥에 내팽개치고 침대에 앉았다. 내가 돌아보자 그녀가 손바닥을 펼쳐 이불 위를 톡톡 쳤다. 그리고 미소를 지었다. "이리 와." 그녀가 내게 자리를 내주며 말했다. "나 자기 냄새 맡고 싶어." 우리는 나란히 누웠다. 그녀는 계속 미소 짓고 있었다. "자기한테 키스하고 싶어." 그녀가 얼굴을 내려 내 목에 입술을 갖다 대며 말했다.

그녀의 손가락이 내 셔츠 단추를 푸는 것이 느껴졌고, 가슴께에서 그녀의 촉촉하고 차가운 입술이 느껴졌다. 창문 밖으로 색을 잃어가는 하늘을 볼 수 있었다. 그녀는 내 허리띠를 더듬고 있었다. 잠시 후 그녀가 허리띠를 풀고 다시 내게 입을 맞췄고, 나는 그녀의 입술을 잠시 뒤로하고 옷을 벗기 시작했다. 그녀도 스커트와 블라우스를 벗어 바닥에 던졌다. 그녀의 몸에는 지난여름 수영복이 남긴 창백한 흔적이 아직도 남아 있었다. 그녀가 웃으며 침대로 뛰어올랐다. 이때부터 그녀는 더 이상 웃지 않았고, 흐릿해진 목소리로 이제까지 한 번도 한 적 없는 말을 재빠르게 속삭였다. 나는 몸을 돌려 그녀에게 격렬하게 키스했다. 그녀가 말을 멈췄고, 내가 그녀의 가슴에 입술을 갖다 대자 가만히 느끼고 있었다. 그러다 다시 쉰 목소리를 내기 시작했고, 그 순간 억눌려 있던 나의 분노는 한때 그녀와 함께 그렇게 찾아 헤매던 나른함으로 바뀌었다. 그녀도 그것을 느끼고 살며시 미소 지으며 자신의 배를 내 쪽으로 밀었다. "지금이야." 그녀가 다급하게 말했다. "지금!"

내가 턴테이블을 다시 켜려 일어났을 때 하늘은 어두워져 있었다.

"이 노래들 마음에 들어." 그녀의 목소리가 들렸다. "그 망할 바흐는 정말 지겨워."

그녀의 목소리가 어둠 속에서 반짝였지만, 뭔가 다른 점이 있었다. 마치 두꺼운 현의 삐걱거리는 소리에 감춰진 수정처럼 맑은 소리가 흘러나오는 악기의 연주를 듣는 것 같았다. 나는 창가로 갔다. 주택가 건물 위로 구름이 떠 있었고 빗방울이 조금씩 떨어지고 있었다. 골목에서는 사람들이 발걸음을 재촉했고, 이따금 셔터 내리는 소리가 들렸다.

"비 오기 시작하네." 내가 말했다.

"자기 슬프구나. 자기가 슬픈 게 느껴져." 그녀가 말했다.

"아니야." 내가 말했다.

"난 참 운도 없지." 그녀가 말했다. "항상 잘못된 선택만 해. 지금 집에 가서 이 쇼핑백들을 전부 다 그 사람 얼굴에 던져 버릴 거야."

"안 돼." 내가 말했다.

"왜 안 되는데?" 그녀의 목소리가 떨리기 시작했다.

"우린 그런 거 감당 못해." 내가 말했다. 그녀가 내 것처럼 느껴졌다. 다른 사람의 여자가 된 지금, 바로 지금처럼 그녀가 정말 내 여자인 것처럼 느껴진 적이 없었다. 참 운도 없다. 나의 불운은 그녀가 다른 사람의 여자일 때만 내 것이 될 수 있다는 것을 의미했다. 나도 그것을 알고 있었다. 그녀도 남은 음식처럼 누군가의 잔재일 때만 내 여자가 되는 것이었다. 그녀가 소리 없이 울기 시작했다.

"울지 마." 내가 말했다.

"적어도 자기는 내가 울게 내버려 둘 수 있잖아." 그녀가 화를 내며 말했다. 나는 그녀에게 다가가 곁에 앉았다. "창피해, 너무 창피해. 난 창녀처럼 사랑을 하나 봐."

"바보 같은 소리 하지 마."

"맞아, 그런 거야. 그 사람이 내게 사랑을 나누는 법을 알려줬는데, 알고 보니 그는 항상 창녀들에게 가고 있었단 말이야."

나는 한동안 아무 말도 하지 않았다. 우리는 더 이상 젊지 않았고, 너무 늦었으며, 모든 것이 잘 안됐다.

"그라지아노가 죽었어." 내가 불쑥 말을 꺼냈다. "알고 있었어?"

어둠 속에서 신음 소리가 들리기 시작했고, 그녀의 목소리가 처절한 통곡으로 터져 나왔다. 그때 나는 이제 그녀가 다시는 예전 같을 수 없으리라는 것을 직감했다. 내가 생각한 것은 단 한 가지, 내가 그녀의 목소리를 갈라지게 했다는 것뿐이었다. 내가 그녀의 목소리를 생각하는 동안 그녀는 내 손을 잡고 오랫동안 울었고, 그렇게 한참을 울고 나서야 조금씩 진정했다.

"집에 가고 싶어." 그녀가 말했다.

골목에서 갑자기 무엇인가 떨어지는 소리가 나기 시작하더니 이내 비가 쏟아졌다. 우리는 조용히 옷을 입었고, 그사이 레코드판은 지난해의 곡들을 계속 흘려보냈다. 우리가 로비로 내려갔을 때 경비원은 읽고 있던 〈코리에레 델로 스포르트〉에서 눈을 떼지 않았지만, 아리아나의 얼굴은 여전히 굳어 있었다.

그사이 비가 그쳤는지 거리는 벌써 말라 있었고, 우리는 택시 승강장까지 말없이 걸었다. 나는 택시를 타고 나서야 그녀를 이렇게 두면 안 된다는 것을 깨달았다. 그녀에게 내 마음을 자세히 털어놓고, 무엇이든 말하고 싶었다. 하지만 꽉 막힌 도로 한가운데 차 안에서 그녀의 어깨에 팔을 둘렀는데도 나는 할 말을 찾지 못했다. 잠시 후 그녀가 어깨에 둘렀던 내 팔을 치우고 아주 피곤한 얼굴로 머리를 뒤로 젖혀 의자에 기댔다.

"모든 일이 한 해 동안 일어났네." 그녀가 조용히 말했다. "1년이라는 시간은 너무 짧아." 그녀가 눈을 감았다. "가끔은 그래." 그녀가 말을 이었다. "병원으로 돌아가고 싶어. 하지만 이제는 아무도 날 데리러 오지 않겠지."

"내가 갈게."

"그래, 자기가 와 줘."

택시가 막히는 도로를 빠져나와 산텔리아 저택 앞에 멈췄지만, 그녀는 내게 입맞춤하지 않으려 했다. 그녀는 차갑고 도도한 얼굴로 재빨리 차에서 내렸다. 그녀가 대문을 열고 계단으로 뛰어 올라가 초인종을 누르고 라일락 향기 속에서 문이 열리기를 기다렸다. 그녀는 한 번도 뒤돌아보지 않았다. 잠시 후 그녀가 집 안으로 들어갔다. 택시기사가 어디로 갈 건지 내게 물었다. 호텔은 멀지 않았고, 걷고 싶었다. 택시비를 지불하고 걷기 시작했다. 비가 몇 방울 다시 떨어졌고, 도시는 먼지 냄새를 풍겼다.

다음 날 아침, 나는 신문사에 가려고 집을 나섰다. 밤사이 다시 비가 쏟아진 터라 공기는 맑고 상쾌했다. 요란스러운 경적 소리가 가득한 강변의 교통체증 속에서 나무들을 바라봤다. 잎이 나고 있었다. 머지않아 여름이 오고, 그다음에는 가을, 그리고 그다음에는 겨울, 그리고 그다음에는 다시 봄이 오고, 그렇게 영원히, 혹은 어리석게도 영원으로 보일 정도로 긴 시간이 찾아올 것이라는 생각을 했다. 나는 무엇을 하려고 했던 걸까? 갑자기 신문사를 떠나 돛을 올릴 시간이 왔다는 것을 깨달았다. 그들 모두가 조만간 돛을 올릴 터였다. 가장 중요한 규칙은 규칙에 대한 예외를 만들지 않는 것이다. 나는 가장 먼저 보이는 빈 도로를 달려 호텔로 돌아왔다.

가방을 싸는 데 한 시간이 채 걸리지 않았다. 내 짐이라고는 가방 세 개밖에 되지 않았다. 옷 가방 하나와 책들을 넣은 가방 두 개가 전부인데, 이 호텔 저 호텔을 전전할 때도, 이곳에서 저곳으로 옮겨 다닐 때도 절대 버리지 않았다. 오래된《율리시스(Ulysses)》 메두사 출판사 판도 있고, 파베세(Cesare Pavese, 이탈리아의 신사실주의 작가)가 번역한《모비 딕》, 콘래드의 책들, 그리고 누렇게 바랬지만 아직 멀쩡한《개츠비(The Great Gatsby, 미국의 작가 F. 스콧 피츠제럴드의 소설)》의 문고판도 있고,《마틴 에덴(Martin Eden, 미국의 작가 잭 런던의 소설)》과 나보코프(Vladimir Nabokov, 러시아 태생 미국의 소설가)와 헤밍웨이(Ernest Hemingway, 미국의 소설가)의 책들, 엘리엇과 토머스의 시집들, 《보바리 부인(Madame Bovary, 프랑스의 작가 귀스타브 플로베르의 소설)》, 《어제의 세상(The World of Yesterday, 오스트리아의 작가 스테판 츠바이그의 회고록)》, 챈들러(Raymond Chandler, 미국의 작가)의 책과 《알렉산드리노 콰르텟(Alexandria Quartet, 영국 작가 로렌스 더렐의 4부작 소설)》, 셰익스피어(William Shakespeare, 영국의 극작가)와 체호프(Anton Pavlovich Chekhov, 러시아의 극작가)의 책들 모두 가방 두 개에 넣어 갖고 다녔다.

"항상 그렇죠." 내게 떠나는지 묻는 경비원에게 내가 말했다. "떠나야 할 때를 아는 사람이 항상 최고니까요."

그가 고물 알파 로메오에 가방들을 싣는 것을 도와주었다. 그는 이제 〈코리에레 델로 스포르트〉를 직접 사야 한다며 내가 떠나는 것을 아쉬워했다. 나는 짐 싣는 것을 도와준 대가로 방에 남겨둔 아리아나가 사준 모든 것을 그에게 선물했다. 신문사에 전화해 로사리오에게 작별 인사를 해야겠다는 생각은 했지만, 자초지종을 설명하고 싶지 않았다. 나는 그 누구에게도 말하지 않기로 하고, 로사리오에게는 나중에 내가 받아야 할 돈이나 보내라고 편지를 쓰기로 했다. 일단 여행을 하고 어디든 가면서 당분간 버티기엔 지금 가진 돈도 충분했다. 어디로 갈 것인지는 전혀 생각해 보지 않았다. 이 도시에 작별 인사를 하기 위해 시내 이곳저곳을 발 닿는 대로 돌아다니면서 어디로 갈지 생각하기 시작했다. 결국 나는 이 도시를 미워하지 않았고, 아무런 후회도 없었다. 그래서 마음이 아팠다. 계단과 교회, 야외 카페의 탁자들이 보였지만 그 어느 것에도 전혀 미련이 없었다.

순환도로에 올라 도시 주위를 돌며 이정표에 적힌 지역명을 읽어 봤지만 여기나 저기나 다 똑같아 보였다. 그래서 북쪽과 남쪽으로 선택의 폭을 줄였고, 결국 남쪽을 선택했다. 이유는 간단했다. 햇볕이 좋고, 아리아나를 데리러 갔을 때와 같은 해안 도로를 따라 바다를 보며 달릴 수 있기 때문이었다. 나는 로마라고 적힌 이정표가 점점 드물어질 때까지 계속 차를 몰다가, 주유를 하려고 잠깐 차를 세웠다. 주변 풍경이 사뭇 달라 보였다. 전에는 햇볕에 그을린 모습이었는데 이제는 푸르고 부드럽고 풍성했다. 여행하기에 너무 좋은 아침이었다. 바다에 가까워지면 가까워질수록 날씨가 온화해져서 어느 순간부터는 창문을 모두 내리고 도로를 달렸다. 마침내 멀리 바다가 나타나자, 요새가 있는 만에서 수영을 하고 싶다는 생각이 들었다.

한 시간 후 놀라운 풍경이 펼쳐졌다. 내가 기억하는 것보다 훨씬 더 넓고 황량했다. 해변에 난파의 잔해와 햇볕에 검게 그을린 나무줄기 조각이 널브러진 채 반짝이고 있는 것을 보니 해일이 있었던 것 같았다. 오른쪽에는 사라센 요새가 시커멓게 서 있었고, 한없이 푸른 하늘을 향해 바위산들이 뾰족하게 솟아 있었다. 고물 알파 로메오를 세워 두고 덤불 사이를 걸었다. 해변은 과일 상자와 어디서 떨어져 나온 판자, 항아리, 그리고 엄청난 양의 썩은 꽃들로 가득했다. 바다가 있는 곳까지 왔다. 물은 차갑지 않았다. 그래서 고물 알파 로메오로 돌아가 옷을 벗기 시작했다. 머리에서 셔츠를 빼내는 순간, 나는 여기가 내가 본 중 가장 아름다운 곳이고, 특별히 어디를 가려던 것도 아니고, 여기가 아니면 갈 곳이 전혀 없다는 사실을 깨달았다. 차에 앉아 담배에 불을 붙이고, 내게 남은 단 한 가지의 일을 어떻게 마무리해야 할지 생각했다.

가장 큰 문제는 내가 물에 떠 있으면 안 된다는 것이었다. 순간 여행 가방들이 생각났다. 책이 든 가방의 무게가 상당해서 하류 끝까지 한 번에 하나씩 가져와야 했다. 고물 알파 로메오의 트렁크에 밧줄이 두 개 있는지 찾아봤다. 하나밖에 찾지 못했지만 차 흙받이에 갈아 반으로 잘랐다. 차 문을 닫으려다 수영복 차림으로 일을 치르고 싶지 않다는 생각이 들었다. 그래서 옷 가방을 뒤져 그 흰옷을 꺼내 맨살 위에 걸치고 바지를 걷어 올리고 해변으로 갔다. 두 번째 가방을 다른 쪽 손목에 묶는 게 조금 힘들었지만 이로 물고 단단히 묶었다. 가방들을 들어 올려봤다. 무거웠다. 이 정도 무게면 괜찮았다. 어지간히 무겁지 않으면 목적을 달성하는 데 도움이 되지 못하거나 상황을 더 어렵게 만들 수 있었다. 물에 들어갔다. 발뒤꿈치에 닿은 물이 차가웠다. 만을 바라봤다. 만에서 뻗어나간 두 개의 거대한 날개가 태양 속으로 사라지고 있었다. 솔직히 말해서 나는 벌써 한계에 와 있었다.

여기까지다.

앞에서 말한 것처럼, 나는 누구에게도 나쁜 감정이 없다. 내게 주어진 운명이 있고 그것을 따라 살았을 뿐이다. 아무도 내게 강요하지 않았다. 아무런 후회도 없다. 가끔 모든 것이 시작된 그날 아침에 비가 내리지 않았거나, 주머니에 돈도 그 무엇도 없었다면 내 인생이 어떻게 됐을까 생각해 보지만, 특별히 떠오르는 것이 없다. 내가 생각할 수 있는 것은 나의 도시이자 우리의 도시이다. 그리고 강변의 나무들과 하늘로 뻗은 교회 첨탑들을 생각한다. 그라지아노의 영화와 아리아나가 규칙적인 생활을 해 보려고 문 옆에 붙여 놓은 메모들도 생각하고, 이미 끝난 내 젊음과 경험해 보지 못할 노년을 생각한다. 내가 이루지 못한 모든 것과 죽은 채 태어난 아이들, 천사들, 상상 속의 사랑, 애초에 무너진 꿈들, 영원히 죽어버린 것들과 대량 학살, 잘린 나무들, 멸종된 고래를 비롯해 멸종된 모든 종들에 대해서도 생각한다. 물을 버리고 나와 필사적인 노력으로 우리를 낳고 살아남은 최초의 물고기를 생각하자, 모든 것이 바다를 향하고 있다는 생각이 든다. 태어나지도 못한 모든 것과 영원히 죽은 것들까지, 그 모든 것을 받아 주는 바다를. 언젠가 하늘이 열리고 그 하늘이 처음으로, 혹은 다시 한번 정당성을 되찾을 날을 생각해 본다.

도시의 마지막 여름

초판 1쇄 발행 | 2023년 10월 24일

지은이 | 지안프랑코 칼리가리치
옮긴이 | 김현주
펴낸이 | 이정헌
편집 | 이정헌
번역 검수 | 이정헌
교정 | 허유진
디자인 | DNDD
인쇄 | 공간코퍼레이션

펴낸곳 | 도서출판 잔
출판등록 | 2017년 3월 22일 · 제409-251002017000113호
주소 | 경기도 김포시 김포한강3로 432 502호
팩스 | 070-7611-2413
전자우편 | zhanpublishing@gmail.com
웹사이트 | www.zhanpublishing.com

ISBN 979-11-90234-33-7 03880

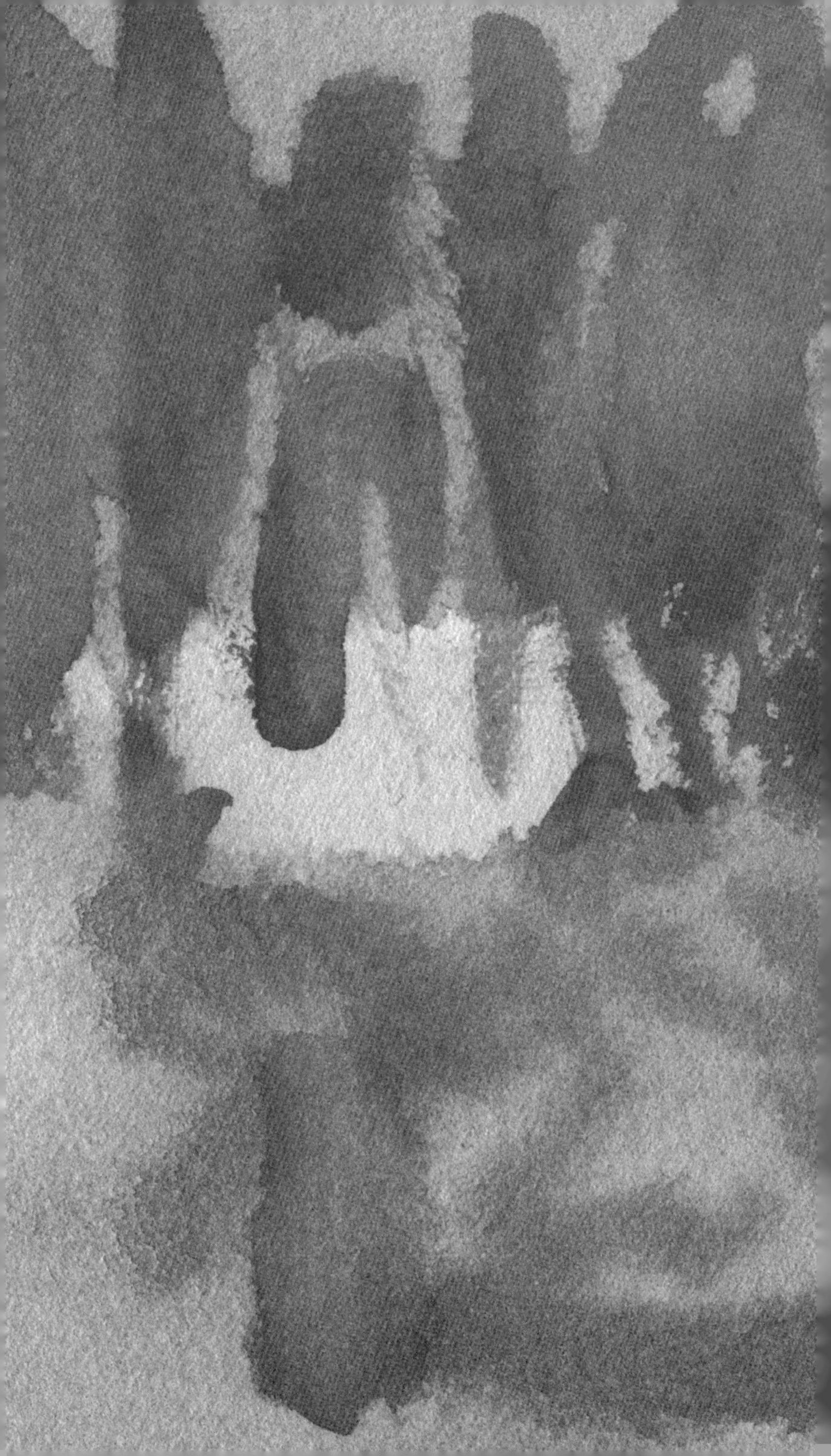

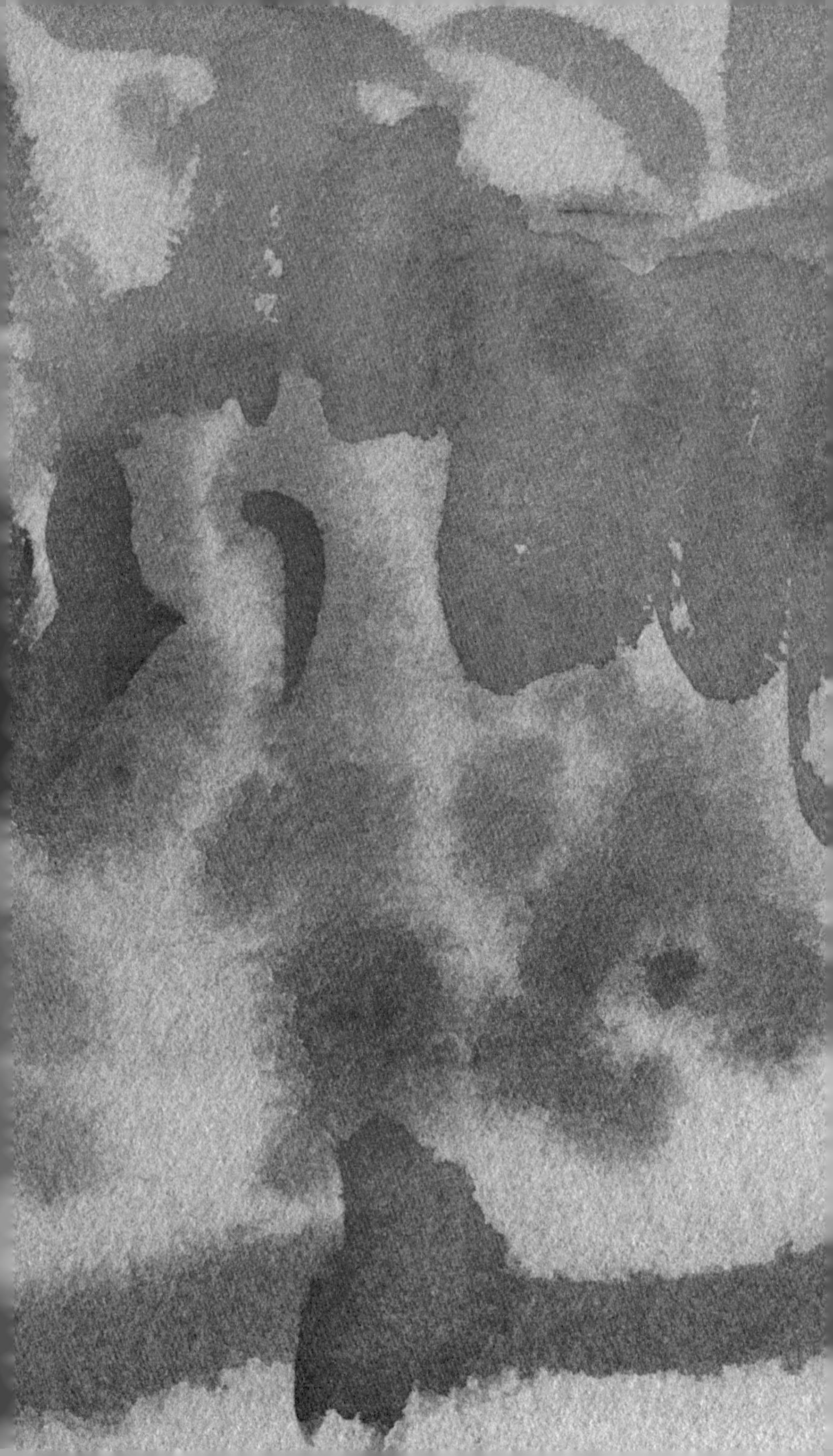